書下ろし

TACネーム アリス
スカイアロー009危機一髪

夏見正隆

祥伝社文庫

目次

主な登場人物

■日本国政府

常念寺《じょうねんじ》貴明《たかあき》 内閣総理大臣。四十七歳

乾《いぬい》光毅《みつき》 総理首席秘書官。財務省出身

■国家安全保障局（NSS）

障子《しょうじ》有美《ゆみ》 内閣府危機管理監

門《かど》篤郎《あつろう》 NSS情報班長。警察庁出身

依田《よだ》美奈子《みなこ》 同工作員（警察庁警備局・外事捜査官を兼務）

舞島《まいじま》ひかる 同工作員（航空自衛隊・政府専用機客室乗員を兼務）

■航空自衛隊

音黒《おとぐろ》聡子《さとこ》 仮設第八〇一飛行隊・F35B戦闘機先任パイロット。三等空佐

舞島茜《あかね》 同航空団・F35Bパイロット。一等空尉（航空学生出身）

城《きづき》悟《さとる》 同飛行隊へ機種転換のため赴任中。元F2パイロット。三等空尉

工藤《くどう》慎一郎《しんいちろう》 航空総隊司令部・中央指揮所（CCP）先任指令官。二等空佐

■海上自衛隊
加藤助清《かとうすけきよ》　特別警備隊（SBU）隊長。三等海佐
渡良瀬敏行《わたらせとしゆき》　第一二一航空隊・MCH101ヘリコプター機長。三等海佐
唐澤一郎《からさわいちろう》　多用途支援艦〈げんかい〉艦長。三等海佐
■中華人民共和国
馬　玲玉《ばれいぎょく》（北山ひなの）国家安全部・対外工作員。コードナンバー〈虎8〉
■スカイアロー航空
矢舟喜一《やふねきいち》　エアバスA321機長。元空自F15戦闘機パイロット
鹿島智子《かしまともこ》　スカイアロー009便・先任客室乗務員
■マスコミ等
川玉哲太郎《せんぎょくてつたろう》　政治評論家。民放ワイドショーのコメンテーター
後呂一郎《うしろいちろう》　ムサシ新重工・主任研究員。リニア新幹線の中核技術者
城　笙子《しょうこ》　城悟の姉

プロローグ

●東京《とうきょう》　霞《かすみ》が関《せき》
国土交通省

合同庁舎一階　大会議室。

午後一時。

「着工は」

会見場に充てられた大会議室——白い照明が照らす空間の前方、布をかけられた演壇に着席した小玉《こだま》よし子《こ》（57）が口を開くと。

百数十のパイプ椅子をすべて埋めた記者やレポーター、空間の後方に隙間なく並んだ中継カメラの放列が、一斉に注目した。

全員が息を呑《の》む。

会見場に入りきれないマスコミ関係者たちは、開放された入口扉から頸《くび》を伸ばして、林立するカメラのスタンドの隙間から演壇の女性政治家の姿を見ようとする。

すでに、予定の会見開始時刻を二時間オーバーしている。午前中に出されるはずだった駿河《するが》県知事の『声明』は、午後にずれ込んだ。

ＪＲ全日本《ぜんにほん》の社長との話し合いは、長引いたのか。

今朝はここ霞が関の国土交通省が仲介に入る形で、中央リニア新幹線の建設に関わるトンネル工事の問題について、建設主体のＪＲと、「駿河県内の着工を許可しない」という小玉知事との間で話し合いがもたれていた。

こじれているのは、〈水〉の問題。期待される東京と名古屋《なごや》を結ぶ中央リニア新幹線——わが国が世界に先駆けて実現させようとする超高速鉄道——を建設するに当たっては、南アルプスの山々を東西に貫通するトンネルを掘らなくてはいけない。しかしそこにトンネルを掘ると、地下水を溜《た》めている地中の破砕帯《はさいたい》を貫くため、結果として駿河県の中央部を流れる広井川《ひろいがわ》の水量が減ってしまう。駿河県の県民に大きな不利益が出てしまう、よってトンネル着工は許可できない、と知事が主張している問題だ。

川の水が減ってしまうのは、事実だ。

しかしこのままでは、二〇二七年までにリニア新幹線を開通させる計画が、頓挫《とんざ》してしまう。

　リニアのトンネルが駿河県内を通過する区間は、わずか九キロメートルだ。ＪＲ全日本では、トンネル工事で漏れ出した地下水は出来るだけ広井川へ戻す、として小玉知事の説得にあたっていたが。

　駿河財界の支持を背景に三期目の当選を果たした女性知事は「水は一滴も減らしてはいけない」と主張し、着工に許可を出さない（河川法により、着工には自治体首長の許可が必要）。

　内閣総理大臣の常念寺《じようねんじ》貴明《たかあき》が事態を重く見て、国交省に仲介を命じた。リニアの開通を遅らせないよう。駿河県民にも不利益を出さないようにして、技術的に解決する方法を考え出してくれ。

　国交省は総理の命に応え、管轄下にある東都《とうと》電力《でんりよく》に交渉して、同じ広井川の上流から取水している発電用の城田《しろた》ダムの取水量を、トンネル工事で漏出する水の量と同じだけ減らすという解決策を編み出した（ＪＲから東都電力へは金銭で補償する）。これにより、計算上はトンネル工事を実施しても、広井川の水量は現在より減ることは無い――

　現実的な解決策として、国交省はＪＲ全日本へ提示し、ＪＲ経営陣も応諾《おうだく》した。

　あとは小玉よし子知事を霞が関の国交省へ招き、解決策の説明をし、ＪＲとの和解を促して着工の許可を出してもらえばよい。

　その説明と話し合いの席が、朝の九時から省内でもたれていた。

総理の指示で出された解決策なら、広井川の水は一滴も減らさずに済む。

話し合いの終結後、小玉知事は報道陣へ向け会見を開く、としていた。

予定よりも遅れたが、いま知事からの『声明』が発せられる。ここ数年のわだかまりが消え、リニア開通が予定通りに確実となれば、国内の株価にも大きく影響する（JR全日本や、リニアを開発するムサシ新重工《しんじゆうこう》の株は買われるだろう）。

「――ええ、着工については」

しん

会見場の全員が、壇上で口を開いた女性政治家に注目した。

赤色の服装を好み、マスコミ界では〈紅《あか》い狐《きつね》〉とも呼びならわされる小玉よし子は、咳払いすると続けた。

「トンネル工事の着工については、認められません」

●永田町《ながたちよう》

総理官邸前交差点

「総理」

助手席から、次席秘書官が振り向いた。

ちょうど赤信号で、専用車は停止したところだ。

若い秘書官は手にした携帯の画面を指《さ》し、告げた。

「総理、大変なことになっています」

「――？」

総理専用車の後部座席で、答弁用のペーパーを通し読みしていた常念寺貴明は、目を上げた。

横には首席秘書官の乾光毅《いぬいみつき》がついて、これから向かう内閣委員会で想定される質問への対応を、一緒に検討している。「セキュリティ・クリアランスがわが国の経済成長に貢献する、ではなく経済成長に効果がある、と言われてはどうですか」と提案していたところだ。

「どうした」

常念寺貴明、四十八歳。中肉中背の内閣総理大臣は眼鏡《めがね》越しに前方を見る。総理官邸から国会へは車で数分だ。すでに交差点の向こう、議事堂の特徴ある尖《とが》った屋根が視野に入っている。

「駿河県の小玉知事です」

次席秘書官は、地上波放送にチューニングしているのか、TVの音声を発している携帯を指で示した。

報道番組のようだ。

「NHKが中継しています。国交省での会見です。小玉知事がリニアのトンネル工事を許可しません」

「何」

「何だって」

常念寺と乾は、同時に訊《き》き返した。

リニア中央新幹線——

わが国の経済を飛躍的に活性化させる〈切り札〉だ。完成すれば、東京・名古屋間を四〇分、最終的に大阪《おおさか》までをわずか六七分で結ぶ。

しかも、建設はJR全日本が主体となり、大きく儲《もう》かっている東海道新幹線の収益を建設費に充てるので、国民からの税金による負担はほぼ無い。皆が利用する新幹線からの収入がリニアの建設費となり、さらに国を発展させる。これは複利《ふくり》で儲かる投資信託のようではないか——

経済アナリスト出身の政治家である常念寺は、大いに期待をしていた。トンネル工事に関わるトラブルが起きた際も、ただちに国交省へ指示を出し、打開策をひねり出させたところだ。

それが。

「トンネル工事によって川の水が減る問題は、解決したはずだ」

常念寺は、指し出された放送の画面に眉を顰《ひそ》める。

小さな横長の画面で、フラッシュが瞬《また》いている。

閃光《せんこう》を浴びているのは赤いスーツの女性知事だ。

「小玉知事からの要望は、かなえられたはずだぞ」

「いえ、それが」

次席秘書官は、携帯の音量を上げる。

「聞いてください」

『――どういうことですか』

中継の声は、質問をする記者か。

●国土交通省　大会議室

「どういうことですか。認められない、とは」

「許可されないのですか」

「なぜです」

声が重なる。

数人の記者が同時に、壇上の女性政治家へ質問を投げかける。

「知事、トンネル工事を許可されない理由は」

「水の問題は、解決したのではないのですかっ」

「いいえ」

小玉よし子は、ぎっしり埋まった記者席を見回し、ゆっくり頭を振った。

「解決しては、おりません。問題は全然解決していないわ」

再び、激しく焚《た》かれるフラッシュ。

壇上の女性政治家は、うるさそうに顔をしかめる。しかめながら「分かってないわね」

とつぶやいた。

「いいですか皆さん、問題は」

●総理官邸前交差点　総理専用車

『問題は、リニア新幹線なるものが』

画面で、女性知事は化粧の濃い顔を不快そうにゆがめる。

『そもそも、南アルプスの豊かな自然環境を破壊する、ということです』

「――――」

「――――」

いったい、何を言っている……？

常念寺は目をしばたたいて、隣席の乾と共に画面に見入ったが。

同時に専用車の車体が、再び動き出した（信号が青に変わった）。

「あ、総理」

乾が我に返ったように言う。

「今はリニアの件は、ともかくとして。委員会での対応を詰めませんと」

●国土交通省　大会議室

「リニアなどを通してしまえば」

女知事は続ける。

会見場をねめ回す。

「駿河県は、三つの分野において大きな被害を受けるのです。一つ目は広井川の水量への影響。二つ目は生物多様性への影響。そして三つ目は、南アルプスの自然環境破壊です。いいですか皆さん」

●総理官邸　地下
NSS（国家安全保障局）オペレーションルーム

『いいですか皆さん』

地下六階。

壁面のメインスクリーンに、地上波の放送が映し出されている。

白い壁に囲まれた空間だ。

この地下空間――オペレーションルームは、国家安全保障局《NSS》――わが国の危機管理を司《つかさど》る機関の、中枢《ちゅうすう》だ。

総理官邸の地下深く（非公式だが「核の直撃に耐えられる」という）にあり、大災害や安全保障上の危機に見舞われた際には、中央にあるドーナツ型テーブルに総理を始めとする主要閣僚が参集し、〈国家安全保障会議〉が持たれる。文字通り、わが国の命運が決まる場所だ。

もちろん、有事でなくとも、オペレーションルームは機能している。白い壁は大小のスクリーンで埋められ、中央の会議テーブルは空席だが、壁面に沿って情報席が並び、十数名のスタッフが常駐している。

同じ地下にあり、トンネルで繋がっている内閣情報集約センターへは全国の省庁から報告が寄せられ、それらは重要度をランク付けされた上でオペレーションルームの情報席へ届けられる。わが国が保有する衛星からの情報を処理する内閣衛星情報センター、そして防衛省ともホットラインで繋がっている。

いま現在、災害も、安全保障上の懸念すべき事態も起きてはいない（沖縄《おきなわ》で、中国の軍用機と思われる飛行物体に対する空自のスクランブル発進が実施されているが、これはいつものことだ）。

空席のドーナツ型テーブルの正面にあるメインスクリーンには、今は報道番組が映されている（ＮＨＫの中継だ）。

『このように』

フラッシュが焚かれる中、赤いスーツの女性知事が会見場を見回しながら続ける。

『駿河県の環境を徹底的に破壊するリニア新幹線の建設など、根本的に認められるものではありません。水をちょっと戻したくらいでは、駄目』

「――――」

空席のテーブルの横に立ち、スクリーンを仰いでいるのは長身の男だ。

年齢は三十代後半、くたびれた黒のジャケットにネクタイは無し。不精髭《ぶしょうひげ》の顎《あご》に手をやり、画面のフラッシュの閃光に目をすがめる。

「――リニア、か」

そこへ
「門君《かど》」

同じくらい長身の女が、歩み寄って来た。

パンツスーツ姿。白い壁の地下空間は今は人が少ないので、ヒールの音が響く。

女は男の横に立つと、腕組みをした。

「駿河県知事、斡旋《あっせん》を拒否したようね」

「――あぁ」

門と呼ばれた男は、ぼそりとうなずく。

「予想はしていたが」

『すべての問題が解決されない限り』

大写しになった女性知事――赤いスーツの五十代の女は、ＮＨＫの中継カメラへ視線を向けると、画面のこちら側へ訴えるように続けた。

『駿河県はリニア新幹線の工事を、決して許可しません』


「とりあえず、リニアのことは置いておくとして」

女は言った。

天井の一方を指す。

「これから、あっちへ行くわ」

「内閣委員会か？　午後からの」

「そう」

「あんたも出席するのか、障子《しょうじ》さん」

「そう」

女はうなずく。

「内閣府危機管理監として、答弁を求められる。『セキュリティ・クリアランスの法案を成立させたら人権侵害が起きる』とか、またぞろ主張して来る輩《やから》がたくさん」

「そうか」

門と呼ばれた男は息をつき、苦笑のような表情になる。

「そいつは、ご苦労さん」


「門班長」

長身の女がオペレーションルームを歩み出て行くと、入れ替わりに、壁際の情報席の一つから若いスタッフが歩み寄った。

セキュリティの護《まも》られたオペレーションルームだが、それでも辺りを気にするように、男へ小声で告げた。

「情報班長。監視中の公安から報告が入りました。やはり例の件、動き出しました」


「――――」

男はスクリーンへ目をやったまま、小さくうなずいた。

間もなく、国会では内閣委員会――法律を作る委員会が持たれる。

今日、審議されるのは、〈重要経済安保情報の保護および活用に関する法律案〉――俗にセキュリティ・クリアランス法案と呼ばれるものだ。

これが委員会を通過し、衆参両院の本会議で可決、成立すれば——

「動きが出たのは、どこだ？　湯川《ゆかわ》」

「は」

若いスタッフは、メタルフレームの眼鏡の下で、天井の一方を視線で指す。

「米原《まいばら》です。ムサシ新重工の先進鉄道技術研究所」

「ムサシか」

「駆動システム研究室の主任研究員が、今朝から病気欠勤。以前より公安がマークしていた人物です。病欠のはずですが社宅に本人はおらず、自家用車が消えています」

「駆動システム研究室か」

「はい」

「分かった」

男はうなずくと、上着の懐《ふところ》へ右手を差し込みながら命じた。

「湯川、各所へ指示」

「は」

「NSSとして、プランAをただちに発動。俺は総理へ一報しておく」

●永田町

国会議事堂　中央玄関

「私だ」

専用車が議事堂中央玄関の車寄せに着くのと同時に、常念寺貴明の上着のポケットで携帯が振動した。

常念寺は、数名の警護官（ＳＰ）が前後の車両から駆け寄り、周囲の安全を確認してくれるのを待ってから車を降り、携帯を耳に当てた。

スマートフォンの面に浮かんだ発信者は『ＮＳＳ情報班長　門篤郎《あつろう》』。

「どうした、情報班長」

『は』

通話の向こうの男の声は、いつものやるせない調子だ。

常念寺が歩行しているのが物音で知れるのか、遠慮がちに『今、よろしいですか』と尋ねて来た。

『一応、急ぎの報告です』

「構わん」

常念寺は、二名の衛視《えいし》が警護する中央玄関をくぐりながら応える。

内部は薄暗い、中央玄関ホールだ。高い天井にステンドグラスがある。

足音が反響する。

「これから、例の委員会だが。何か起きたか？」

『ご推察の通りです』

第I章　老子学院《ろうしがくいん》の女

1

●宮崎《みやざき》県　児湯郡《こゆぐん》
航空自衛隊　新田原《にゅうたばる》基地

幹部食堂。
同時刻。

『――駿河県知事は、以上のような主張で、トンネル工事を許可しませんでした』
食堂の壁に据《す》えられた大型TVが、民放の番組を流している。
昼過ぎから始まっているワイドショーのようだ。

スタジオの音声。

『中央リニア新幹線は、南アルプスの豊かな自然環境を破壊するので、根本的に認められない。許可しない、という趣旨の主張ですが。川玉《せんぎょく》さん』

『ううむ。これは、大英断です』


（――――）


一般隊員の昼食時間は過ぎているから、食堂はがらん、としている。

TVのワイドショーの音声ばかりが響いていたが。

一人でテーブルに向かう舞島茜《まいじまあかね》には、耳に入らない。

黒の飛行服姿。髪を短くし、化粧気のない容貌《ようぼう》だ。白い頬《ほお》にはまだ酸素マスクの跡が残っている。

目の前には、カレーライスの上に大粒の唐揚げを四つ載せた新田原基地名物〈空上《からあ》げカレー〉が置いてあるが。

二十代半ばの女子パイロットは、スプーンを顔の横で止めたまま、トレーの横に出したタブレットの面《おもて》を左の人差し指でめくっている。

手順、憶《おぼ》えているか――？

目を細める。

画面のマニュアルを、指でスクロールさせる。

勉強して、操作手順は理解しているはず。

でも新しい対艦ミサイルをF35Bで発射するのは、今日が初めてなんだ――

(――ええと。ウェポンベイを開く前に速度は五〇〇ノット以下におとして……)


「あら」

ふいに声がした。

「午後フライトに備えて勉強？」


「………？」

目を上げると。

同じ黒の飛行服姿が、目の前に立っている。

トレーを手にしている。同じカレーの皿が載っている。

「聡子《さとこ》さん」

「お疲れ様」

音黒《おとぐろ》聡子は微笑すると、指で「ここ座るわね」と示し、茜と差し向かいの席に着く。

「お昼、ありつけたね」

「はい」

朝から、忙しかった。

午前中のテスト・ミッションが長引き、昼休みには間に合わない。

日向灘《ひゅうがなだ》の試験飛行エリアから無線で司令部に連絡して、食堂に二人分の昼食を取っておいてもらうよう、頼んでいた。連絡幹部が「カレーでいいですか?」と訊《き》いたので、「お願いします」と答えた。

それでも編隊長の音黒聡子は、着陸後もエプロンで待ち受けていた三菱《みつびし》重工の技術者へ細かい注文をつけるため機側に居残り、二番機パイロットの茜に「先に食べていて」と指示した。

茜は機を降りると、ヘルメットなどを装具室へ置き、急いで食堂へ来た(早くしないと閉められてしまう)。

テーブルに着くと、息が切れた。

連日、この調子か——

いま取り掛かっている仕事は『対艦ミサイルASM2改の適合性試験』。

ロッキード・マーチン社製の新鋭ステルス戦闘機F35Bは、ようやく運用評価試験を終了し、空自に正式採用されたが。

まだ、飛行テストは続いている。

機体そのものは採用されたが、ここからはわが国独自の装備——国産ミサイルなどの運用が可能かどうか、引き続きテストしなくてはならない。

「ふう」

テーブルに着くと、年上の女子パイロットも息をついた。

黒のぴったりした耐水飛行服は、茜と同じ。襟の階級章は三等空佐。右胸に、円形の飛行隊パッチがある。鋭い目つきのコウモリが頭上で雷光の剣をかち合わせる図柄は、以前の飛行開発実験団のものと同じだが。円の縁に縫い込まれた文字が変わっている。上側に〈THE 801st SQ F35B〉、下側に〈NYUTABARU AFB〉。

黒い飛行服も、コウモリの図柄のパッチも、この新田原基地で身につけているのは、まだ舞島茜と音黒聡子の二名だけだ。

「あと問題が一つ解決すれば、ASM2改のテスト、今日中に終わりそうね」

航空自衛隊パイロットである舞島茜が、新田原基地へ赴任して来て、もうじき二か月になる。

先輩の音黒聡子と一緒（二人とも新型機導入開発担当）だ。

以来、F35Bの新しい飛行隊——第八〇一飛行隊（仮称）の開設準備と、機体の引き続く飛行テストで、休む暇もない。

基地では、独身幹部宿舎女子棟に個室をもらっているが、引っ越し荷物の段ボールを床に積んだまま寝泊まりしている。

「問題って、聡子さん」

茜は、先輩——というか直属上司の女子パイロットの顔を見る。

本来なら勤務中は「音黒三佐」もしくは「主任」と呼ばねばならない。

しかし、二か月ほど前の、あの〈任務〉——南シナ海の孤島への極秘輸送飛行の任務以来、茜は彼女を「聡子さん」と呼んでいる。

「やっぱり、懸架《けんか》ラックですか」

「調整、必要ね」

髪をうなじでまとめた女子パイロットは、うなずく。

「Gをかけて機動すると、ときどきSMS画面のリンクが途切れる——ミサイル弾体の取り付けが、緩いんだと思う。まだ」

「ですね」

茜はうなずくと、目を上げる。

食堂は一階にある。差し向かいに座る聡子の肩越しに、司令部前エプロン（駐機場）が見えている。

二つの黒いシルエット——ずんぐりした二機のF35Bがこちらへ鋭い機首を向け、停止している。前方へ跳ね上がったキャノピー。機体の背から斜めに突き出す二枚の垂直尾翼が『悪魔の割れた尻尾《しっぽ》』のようだ。

機体の下にはメーカーの技術者らしき人影と、基地の整備員が数名ずつ、取り付いている（整備員の資格取得訓練も並行して実施されている）。

「大きいミサイルですから」


私は。

自分の機に、爆装をして飛んだ経験がない——

（————）

茜は思った。

自衛隊で戦闘機操縦者となってから。

ここへ来る前まで、飛ばしていた機体——F15Jは、制空任務の機体だった。高校を出てすぐ航空学生として空自へ入隊し、以来、パイロット訓練に明け暮れてきたが。

運よく、というか、努力が実って『念願の』F15イーグルへ進むことが出来た。

小学四年の夏、百里《ひやくり》基地の航空祭で初めて見た機影——蒼空《そうくう》を裂いて頭上を通過した恐ろしく速いもの。驚いて目で追うと、後から衝撃音が降って来て頭髪をなぶられた。あの機影の主に、自分もなることが出来た（女子の戦闘機パイロットは空自で五人目だ、と言われた）。

　Ｆ15Ｊの任務は制空戦闘だ。

　わが国の領空へ侵入しようとする、国籍不明の飛行物体が探知された時に、いち早く発進して〈対領空侵犯措置〉――スクランブルを実施する。

　Ｆ15イーグルは、他国の軍用機を相手にするのが主任務であり、爆弾を携行しての対地攻撃任務や、対艦ミサイルを携行して侵攻軍の艦隊を阻止殲滅《せんめつ》する任務は、専門外だった（主にそれらの任務はＦ２戦闘機が行なう）。

　数か月前まで、自分はＦ15に乗っていて、制空任務一筋だった。普段のフライトで携行していたのは赤外線誘導方式の短距離空対空ミサイルＡＡＭ３か、ごくたまに訓練でＡＡＭ４中距離空対空ミサイルも使ったが。しかしそれらより重たい物を機体に吊《つ》るして飛んだ経験は、ない。

　ＡＡＭ３がマッチ棒だとすると、ＡＳＭ２改は『丸太』だ。

　無茶苦茶、重い――

　全長四メートル弱、Ｆ35のウェポンベイに収まるように寸法を切り詰めたというが、どっしりした見た目はまさに魚雷だ。

こんなに重いのか、対艦ミサイル……。

正直な感想だった。

胴体下の左右のウェポンベイ（兵器倉）に、この『丸太』を一本ずつ搭載して飛ぶと、空中で旋回のため機体をロールさせた時の慣性が違う。ぐっ、と右手でサイドスティック式操縦桿《かん》を左へ切ると、いつもは小気味よい感じで目の前の水平線がくるっ、と傾くのに、ひと呼吸おくれてじわーっ、と傾き始める。

水平姿勢へロールアウトさせる際も、同じように、ひと呼吸おくれて反応する。

こんなに、違うのか。

テストだから、今朝はＦ35Ｂに認められた七・〇Ｇまでの運動荷重をかけ、音黒聡子の一番機と共に急旋回試験をした。そうしたら――

「やっぱり出ちゃいますね。『ＬＩＮＫ　ＥＲＲＯＲ』のメッセージ」

今回のテスト開始前に、技術幹部から説明を受けた。

それによると、ＡＳＭ２改の自重は一一〇〇ポンド。その約半分が弾頭炸薬《さくやく》の重量だという。

私の体重がおよそ一〇〇ポンドだから……

（…………）

自分の体重の五倍ものTNT炸薬が、弾頭に詰めてある。

対艦ミサイルは軍艦を撃沈するための兵器だ。

イーグルで携行していた空対空ミサイルは、空中において、アルミ合金製の航空機を破砕できればよかった。AAM3の弾頭炸薬は六ポンド。それで十分だった。

それが。

五〇〇ポンド超の炸薬——

『こんなものは要らないんですよっ』

ふいに、大きな声がした。

（………?）

思考を断ち切られ、茜は目をしばたたく。

壁のTVで、誰かが大声を出している。

『リニア新幹線なんてね、こんなものは要らないんです』

●東京　港《みなと》区六本木《ろっぽんぎ》
TV中央《ちゅうおう》　報道局第一スタジオ

「南アルプスの豊かな自然環境を破壊する、リニア中央新幹線。こんなものは要らないんです」

スタジオの中央。

司会者の左横のコメンテーター席で、口ひげを生やした男が声を上げた。

五十代か。縞《しま》模様のダブルのスーツ姿。卓上には〈政治評論家　川玉哲太郎《てつたろう》〉というプレート。

どん

政治評論家だという男は拳でテーブルを叩くと、続けて声を上げる。

「今回の、小玉よし子駿河県知事の判断は、英断です。自然環境を破壊するトンネル工事は決して許さない。国の、いや常念寺政権の自然破壊の暴挙に、敢然《かんぜん》と立ち向かったのです」

「そうですねっ」

午後のワイドショーが進行している。

報道スタジオを使用し、生でオンエアされる情報番組〈ウイークデー・ハイヌーン〉は、地上波キー局・TV中央の看板番組だ。

司会者こそ、制作費抑制のためか局アナが務めるが。その代わりに毎回、遠慮のない発言をするコメンテーターを複数迎えて、社会問題を討論させる〈視聴率調査では同じ時間帯のワイドショーの中で、『六十代』『七十代以上』の二つの年齢層においてここ数年『一位』を記録している〉。

「そう、その通りっ」

政治評論家のさらに左隣から、女性のコメンテーターが合《あい》の手を入れる。

卓上のプレートは〈衆議院議員　石館《いしだて》みづえ〉。

まだ三十代、スタジオ出演者の中では若い印象の女性国会議員は「その通りです」とうなずきながら、続ける。

「常念寺政権は、水をちょっと戻したくらいで、駿河県の人々が納得するとでも思ったのでしょうかっ。市民を馬鹿にするのもはなはだしいわ」

三台のカメラが、司会席の横長のテーブルに向いている。

出演者の背後には映像が投影され、フラッシュを浴びる赤いスーツの女性知事が大写しになっている。

テロップは『小玉知事　リニア建設を拒否』。

今日は、番組冒頭から国土交通省での駿河県知事の会見の様子が中継で入り、『リニアの工事を許可しない』という知事の方針が明らかにされると、コメンテーターたちが活発に反応した。

呼ばれている三人のコメンテーターのうち二人は、駿河県知事の意思表明に対して、これを評価する意見を繰り返した。

「しかし、これで」

中央の司会席の、四十代の女性局アナが、今度は別のコメンテーターへ話を振る。

「『二〇二七年までに中央リニア新幹線を名古屋まで開通させる』という、JR全日本の計画は頓挫《とんざ》してしまうかもしれません。九重《ここのえ》さん、どうでしょう」


「はい」

司会席を挟んで右横の席から、別の男性コメンテーターが口を開く。

四十代か、スーツの襟に向日葵《ひまわり》のバッジを付けている。

「確かに川玉さんがおっしゃるように」

卓上のプレートは〈弁護士　九重秀樹《ひでき》〉。

声が低いので、冷静な印象を与える。

「リニア新幹線は、必ずしも必要ないかもしれません。東京から名古屋や大阪へ急いで行きたければ、飛行機を利用すればよいのです」

「そうだ」

「そうよっ」

「あぁ、でもしかし」

弁護士の男は右手を軽く上げ、押しとどめるような仕草をする。

「ちょっと待ってください」

●新田原基地　幹部食堂

『ちょっと待ってください』

壁のTVの画面で、ワイドショーのコメンテーター同士が議論している。

食堂はがらん、としているので、声が響く。

『でもリニアが開通できなかった場合』

「――ねぇ」

音黒聡子が、気づいたように画面を目で示した。

スタジオに司会者と、コメンテーターたちが並んでいる。

「あの人」

「え」

茜は、リニアなんか要らない、要らないとまくしたてる政治評論家の男の口ぶりに、気を取られていた。

最近は、地上波TVは自分では見ない。

たまに食堂で流れている番組を目にすると、刺激的に感じる。

興味を引くけれど。でも、肝心のことを報道しない――

マスコミは、あまり信用できない。

そう思っていた。

根拠と言うか、原因はある。

四か月前のことだ。自分は、所属していた小松《こまつ》基地からスクランブルで出動した。

日本海に突如として出現した正体不明の飛行物体が三つ、島根《しまね》県の海岸線に接近していた。F15を駆り、僚機と共に〈対領空侵犯措置〉にあたった。

接近して来た、シシャモのような銀色の機体――あとで中国製J7戦闘機を改造した無人機と判明した――は国籍マークを付けておらず、一機が美保《みほ》基地所属のC2輸送機と空中接触、残り二機が領空へ侵入した。阻止命令に基づき、自分はうち一機を撃墜したが。

最後の一機が宍道湖《しんじこ》の水面へ突入した。

C2の乗員が行方《ゆくえ》不明となり、一歩間違えば、宍道湖周辺の国民からも犠牲者が出るところだった。

あれだけの大事件が起きたのに。

ところがTVのニュースも、新聞もだ。事件のことを何も報道しない。

宍道湖のその後の情況が知りたくても、何も報じられなかった（自分で、ネットなどで調べるしかなかった）。

それ以来、TVニュースも新聞も見ない（見なくても、大して生活に支障はない）。

「あの女のコメンテーター」

音黒聡子は、横長の画面の一方を指す。

政治評論家の隣に、三十代とおぼしき女がいる。短めのボブカット。容貌が派手なので女優か、と思うが。

卓上のプレートは〈衆議院議員　石館みづえ〉。

「確か二か月前、あの〈任務〉の日に、〈いずも〉の進路妨害をした国会議員よ」

「――えっ」

『リニアが開通しなくたって、全然、困らないわっ』

目をくるくる動かしながら、衆議院議員だという女は声を張り上げる。

『あんなものは要らないのよ』

『いえ、でもですね』

弁護士のバッジをつけた四十代のコメンテーターが、聞いてください、というように手で制する。

『リニア新幹線が実現しないと。この先、わが国の超電導技術の開発が、ストップしてしまいます』

『――――』

『――――?』

『超電導を支えるサプライチェーンも、育たなくなる』

弁護士の男は続ける。

『いいですか、超電導は今後、世界的に利用価値の高くなる技術です。鉄道だけでなく、空母のカタパルトやレールガンなど、軍事分野にも応用できるし、特にエネルギー――核融合炉実現のためには不可欠な技術と聞いています。わが国が世界をリードして行くためには』

だが
『そ、そんなもの要らんっ』

政治評論家の男が声を上げ、テーブルを叩いた。

どんっ

「あの日」

音黒聡子は、画面を見やりながら言う。

「わたしたちが着艦をする直前、あの国会議員のチャーターしたボートが〈いずも〉の進路を横切ったらしい。急転舵《てんだ》の原因は、それだって」

「――――」

2

●東京　港区六本木
ＴＶ中央　報道局第一スタジオ

「どのみち日本の技術なんて」

ワイドショー〈ウイークデー・ハイヌーン〉の生放送。

その司会テーブル左側の席で、政治評論家の男は唸《うな》った。

「世界、とりわけ中国に比べたら、もはや追いつけないくらい、遥《はる》かに後《おく》れているんだ」

「そうでしょうか？」

右側の席から、弁護士が訊き返す。

冷静な声色《こわいろ》だ。

「わが国の技術、とりわけ新幹線などはオーバー・スペックと言いたいくらい、立派なものだと——」

だが
「いいや、いいやっ」

政治評論家は、弁護士が言い終わらぬうちに激しく頭を振った。

「新幹線なんか、もう駄目だ」

「そうは思えませんが」

「あんたは」

評論家の男は、テーブルの反対側に座る弁護士を指した。

「あんた、何も分かってない」

言い合いが始まった。

スタジオの三台のカメラは、うち二台が政治評論家と弁護士をそれぞれアップにする位置へ移動する。

●宮崎県　新田原基地
　幹部食堂
『いいかっ』

　壁の大型TVの画面は、ひげ面の政治評論家をアップにする。

　男は、ぎょろりと目玉を動かしてスタジオの面々を見回し、そしてカメラの向こうの視聴者にも訴えるように続けた。

『去る二〇一五年のことだ。東南アジアのインドネシアでは、首都ジャカルタと、大都市バンドンとを結ぶ高速鉄道の建設が計画された。それに対し、日本は新幹線方式の建設を提案したが、中国の提案する高速鉄道計画に負けてしまった。中国案が採用され、現在では中国製の高速鉄道が時速三五〇キロという素晴らしいスピードで、市民を乗せて安全に走っている。今から十年も昔の時点で、すでに日本の技術なんか、中国に負けているんだよっ』

『いや、あのインドネシアの事例は――』

『いい加減に目を覚ませっ』

　どんっ

「――」

「――」

言い合いが激しい。聡子が思わず、という感じで画面に見入る。

茜も同じだ。

政治評論家だという男はテーブルを叩きながら『目を覚ませ』と怒鳴《どな》る。

『目を覚ますんだ。これが世界の評価だ』

『そうよっ』

左横の国会議員――石館みづえも、同調するように声を大きくする。

『日本なんか、もう駄目よっ。いま世界では、中華人民共和国製の素晴らしい電気自動車が市場を席巻《せっけん》しているわ。世界中を走り回っている。日本の自動車メーカーなんか、いつまでも古いハイブリッドにこだわっていて、話にならないくらい後れている。国内でも、ついに太陽光発電の規模が五三〇〇万キロワットに達して、世界で第三位になったけれど、設置されている太陽光パネルのほとんどすべてが中国製なのよっ。日本製のパネルなんて、採算が取れなくて、とっくに淘汰《とうた》されているわっ』

『なるほど』

司会席の局アナがうなずく。

『高速鉄道だけでなく、ＥＶとか、再生可能エネルギーの分野でも中国の技術が抜きん出ているわけですね』

『いや、待ってください』

弁護士が手を挙げる。

『中国の太陽光パネルが低コストなのは、ウイグル自治区の――』

『ええい黙れ、黙れっ』

どん

画面の中の男は、弁護士に最後まで言わせずテーブルを叩いた。

『中国の技術は、今や世界一だ。そして間もなく中国でも、超電導浮上式の超高速鉄道が実現する。トンネル工事も出来ない日本がもたもたしている間に、中国製の素晴らしいリニア高速鉄道が完成して、世界中で採用され走るようになるんだっ』

「――――」

「――――」

中国、か……。

茜は唇を結んだ。

脳裏に、浮かぶ光景がある。

(――――)

思わず目をつぶる。

何か見える。

視野の奥から、猛烈に押し寄せる黒い海面――

二か月前だ。深夜の洋上――海面上一〇〇フィートを行くF35Bのコクピットから、ヘッドマウント・ディスプレー越しに見た視界。

額《ひたい》の上のバックミラーに映り込む、踊るような双尾翼の影……

(……くっ)

しかし

「音黒三佐、舞島一尉。こちらでしたか」

別の声が、背後から呼んだ。

茜は我に返る。

(――――?)

何だろう。

振り返ると、いつの間にか若い制服の幹部が食堂へ入って来ていて、テーブルの傍《かたわ》らで敬礼をした。

タブレット端末を脇に抱えている。

「連絡事項をお伝えに参りました」

「あぁ」

聡子が立ち上がると、簡単に答礼をした。

「ご苦労様。おかげで昼ご飯、ありつけたわ」


「……ご苦労様です」

茜も立ち上がると、振り返って答礼する。

この人は。

無線越しに「カレーでいいですか」と訊いてくれた連絡幹部だ。

第五航空団の防衛部組織に所属する事務方の二等空尉は、茜よりは少し年上だ。

でも先月、一等空尉に昇進した茜の方が上位者なので、答礼する立場だ。

「調整、ありがとうございます」

「いえ」

若い事務方の二尉は、聡子と茜の飛行服姿に、なぜか眩《まぶ》しそうな表情をすると、すぐタブレットの画面へ視線をおとした。

「午後の飛行テストですが、空域の調整がつきました」

「――」
「――」

●東京　総理官邸地下
ＮＳＳオペレーションルーム

『ごく近い将来』
メインスクリーンに、民放の情報番組が映し出されている。
内閣委員会――国会の衆議院委員会室での質疑は、間もなくＮＨＫで中継される。
始まるまでの間、駿河県知事の会見に関する報道を見ていよう。
門篤郎は、スタッフに指示し、メインスクリーンをＴＶ中央の受信にさせた。
ワイドショー、か。
（――）
腕組みをして、見上げた。
ひげ面の男がアップになっている。
『中国の造ったリニア高速鉄道が世界中で採用され、中国製の電気自動車が世界中を走り、中国製の太陽光パネルが世界中に電力を供給する。そういう時代がやって来るんだ』

『素晴らしいわっ』

コメンテーターたちが言い合っている。

目をくるくるさせながら声を上げるのは、見覚えがある。主権在民党《しゅけんざいみんとう》の衆議院議員だ。

ブーッ
見上げていると、門のジャケットの内ポケットが振動した。

「――――」

携帯を取り出すと、目を細めた。

メッセージがいくつも、流れ込んで来ている。

顔を上げる。

「湯川」

「はい、班長」

呼ばれるのを待っていたように、情報席から湯川雅彦《まさひこ》が応える。

しかしコンソールに向いたままだ。

頭に通信用ヘッドセットを付けている。

「オペレーション、ただいま発動しました。プランAです」

「よし」

門はうなずき、主情報席に歩み寄ると、コンソールの画面を覗《のぞ》いた。

その左右でも、他に十名余り、オペレーションルームのスタッフたちが各コンソールに向かっている。『作戦』に関わるすべての省庁との連携態勢に入っている。

「監視対象の研究員の、行動は摑めているか?」

●永田町　国会議事堂

衆議院委員会室

「セキュリティ・クリアランスの法案」

委員会室の政府側の席に着きながら、常念寺貴明はつぶやいた。

やれやれ——という表情。

「今国会で、何とか成立しそうだな」

「はい」

右斜め後ろの席に着き、乾光毅がうなずく。

答弁資料を、紙の束で膝に置く（必要な情報を参照したい時は、タブレットで呼び出すよりも付箋をつけた紙をめくる方が早い）。

「一部の先生方から『そんなもの必要ない』と、かなり抵抗されましたが」

「それを言うな」

常念寺は「思い出したくない」とでも言うように、頭を振る。

「国の重要情報を取り扱う者に、機密に触れる資格――セキュリティ・クリアランスを取得させるのは、先進国では常識だ。だが、外国と親しいと見られる議員たちを納得させるため『政府内役職者はセキュリティ評価の対象としない』という妥協案を出さざるを得なかった」

「それでも」

背後から声がした。

低い女の声だ。

「法案成立まで、あと一歩に漕《こ》ぎつけました」

「――――?」

振り向くと。

常念寺の左後ろの席に、長身の女が「失礼します」と座る。

黒のパンツスーツ姿。

座りながら、ショルダーバッグからタブレット端末を取り出す。

「総理のご尽力のお陰です」

内閣府危機管理監の障子有美《ゆみ》だ。

官邸の地下から、上がって来たか（今日は政府側答弁のため、常念寺が呼んだ）。

まだ三十代の女性官僚は、パンツスーツの膝に端末を置き、いくつかのページをめくって確認し始める。

「ＮＳＳでは、みな感謝しています」

「いや」

常念寺は前に向き直ると腕組みし、頭を振る。

「本来なら〈スパイ防止法〉を、一刻も早く成立させねばならんのだが」

わが国が『スパイ天国』と揶揄《やゆ》されるようになってから、久しい。

国内では外国工作員たちが、好き放題に活動している。それを止められない。

なぜならば。

平和憲法のもと、日本には昔から、外国工作員による諜報《ちょうほう》活動――国の外交・防衛に関する秘密を盗んで持ち出す行為――を直接に取り締まる法律が存在しない。

スパイを捕まえることが出来ないのだ。

それでも、二〇一三年に〈特定秘密保護法〉が成立し、安全保障に関する機密情報を取り扱う者に一定の資格を持たせ、漏洩《ろうえい》させた場合は処罰するようになった。しかし、取り締まりの対象となるのは主にわが国の公務員であり、外国工作員をこの法律で逮捕することは依然、出来ない。

今回、常念寺が推し進めた〈重要経済安保情報の保護および活用に関する法律〉――いわゆるセキュリティ・クリアランス法は。〈特定秘密保護法〉の範囲を拡大し、国の安全保障に関する秘密を取り扱う資格対象者を、公務員から一般の民間人にまで広げたものだ。

「いえ。これで」

障子有美は言う。

「セキュリティ・クリアランス法が施行されるお陰で、わが国は次期主力戦闘機の国際共同開発に加われます。大きな一歩です」

障子有美の言う通りだった。

現在、わが国の安全保障上の懸案《けんあん》となっているのは。

自衛隊が使用する次期主力戦闘機――〈F3（仮称）〉の国際共同開発計画が、民間航空機メーカーの技術者の中に第三国の工作員、あるいは工作員に影響されている者が存在する疑いを排除できないため、前に進めない状態となってしまっている。

それが課題だった。

共同開発のパートナーとなる英国やイタリアでは、戦闘機開発に関わる民間メーカーの技術者たちには政府が身辺調査を実施し、機密情報を取り扱う資格を付与している。

ところが、わが国の民間会社の技術者には、そういった調査は一切されていないので、はっきり言うと『誰が外国の工作員なのか、工作員の影響を受けている人間なのかまったく分からない』状態だ。これでは、重要機密を共有し合う共同開発には参入させてもらえない。

新型戦闘機だけでなく、今後、友好諸国と重要機密を共有する開発などは、一切できなくなっていく。

「そうですよ、総理」

乾も言う。

「逆に、わが国の民間会社の技術者たちがセキュリティ・クリアランスの資格を得れば、海外から信用され、ビジネスのチャンスは飛躍的に増えます」

「――うむ」

常念寺は唸った。

確かに、これからは、技術開発の巨大プロジェクトは資金がかかり過ぎるので、一国だけでは出来ない時代になって行く。

わが国の研究機関や民間会社で、重要な技術開発に携わる技術者・研究者たちには、いずれ身辺調査を受けてもらい、セキュリティ・クリアランスを取得してもらわなくてはならないだろう。

分野は航空機だけでなく、工作機械、兵器産業、宇宙ロケット、核融合を含む原子力開発、付随して超電導技術も入る（非常に多岐に渡る）。

もちろん、わが国は民主主義の法治国家なので、セキュリティ・クリアランス取得のための身辺調査を受けたくなければ、拒否するのは自由だ。その場合、拒否した技術者は重要な開発研究からは外《はず》されることになる。

混乱は起きるだろう。

大変な作業になるが――

しかしセキュリティ・クリアランスが普及すれば。さまざまな分野で、国際共同プロジェクトが盛んに始まる。友好国から事業の誘い、部品の発注なども増えるだろう（わが国の経済に大きく貢献する)。

外国と繋がりがあるのではないか、と噂《うわさ》される与野党の一部議員から「そんなものは要らない」「やめておけ」と抵抗されたが。常念寺は『世界の趨勢《すうせい》』と『経済効果』を盾にとって押し切り、ようやく今日の委員会開催まで漕ぎつけた。

「総理」

タブレットを膝に置いたまま、障子有美が小声で言った。

「小耳にはさみましたが。法案の成立を見越して、ネズミが一斉に逃げ出し始めているようですね」

●総理官邸地下

NSSオペレーションルーム

「当該研究員の、推定される現在位置です」

湯川が、コンソールの情報画面を指す。

マップが現われている。

「警察庁からの情報です。研究員はすでに携帯の電源は切っていますが。所有する車のナンバーを、Nシステムのネットワークが検出しました。この赤い点です」

「——」

門は、画面を覗き込む。

眉を顰める。

北東から南西へ伸びる道路——折れ曲がった線の上に、赤い点がある。

マップは、左上を大きな水面が占めている。

琵琶湖《びわこ》か——

「湖に沿って、南下しているな」

「国道一号線です」

湯川はうなずき、カーソルを画面上の赤い点に合わせる。

「現在、草津《くさつ》市を通過中。琵琶湖の南端から、どっちへ進むか——」

「研究員がまだその車に乗っていると仮定して、だがな」

居なくなった車を見つけ出す手段はある。

警察の運営するNシステム——自動車ナンバー自動読み取り装置は、主要道路の随所に監視カメラを設け、通過する車のナンバーを自動的にすべて読み取っている。

捜索したい車のナンバーを入力すると、リアルタイムで『そのナンバーを読み取ったカメラの位置』を標示する。しかし、一部の高速道路を除き、乗車している人物の様子までは撮影できない。

くそ。

住処《すみか》を出るところから、追尾《ついび》できていれば……。

単独で逃げているのか。あるいは工作員と一緒か——

それも分からない。

門は唇を嚙《か》む。

だが、公安の監視対象となっている民間の技術者・研究者は百数十名。

その全員に、公安捜査員が二十四時間、張り付いているのは無理だ。

セキュリティ・クリアランスの法案が国会で通れば、いずれ、民間会社で先端技術の研究開発に携わる者には政府による身辺調査が行なわれる。やましいところがある研究員などは、その前に逃げ出すかもしれない。

逃げ出す際には、何かを持ち出そうとするだろう。

門は、自らの古巣である警察庁警備局と協議し、全国の都道府県警の公安課の協力を得て『外国工作員の影響が疑われる民間研究員』のリストを作成、それらの者の監視を強めていたところだったが——

米原市にあるムサシ新重工——わが国を代表する重工メーカーの一つ——の先進鉄道技

術研究所は、いま話題となっている中央リニア新幹線の駆動システムを開発している。超電導技術の粋《すい》が、そこにある。

「考えられる、国外への脱出経路は」

わが国には〈スパイ防止法〉が無い。

現時点で、日本から逃げ出そうとしているとおぼしきその研究員の車を、強制的に停車させ事情聴取、あるいは逮捕することは法的に出来ない。

たとえ、何を持ち出そうとしているとしても——

「お待ちください」

湯川はキーボードを操作する。

「警察庁警備局では、当該研究員が国外へ脱出すると見て、可能性のある経路をすべて洗い出しています」

ピッ

情報画面のマップ上で、琵琶湖畔の国道上にある赤い点から、赤い線が血管のように伸び始める。

進行方向にある草津市内から、赤い線は何本も枝分かれして伸びていく。

(──────)

門は腕組みをし、血管のような赤い線のそれぞれの行方を目で追う。

海路、空路。

わが国から出ようとするなら、考えられる経路は多岐に渡る。

赤い点の載っている国道1号線は、間もなく名神《めいしん》高速道路の草津ジャンクションに差し掛かる。

高速道路に乗っても、経路は枝分かれする。草津の先の瀬田東《せたひがし》ジャンクションで左へ進めば、宇治《うじ》トンネルを通過して京都《きょうと》市の南の宇治市。右へ進めば大津《おおつ》市だ。大津では、日本海の舞鶴《まいづる》方面へ向かうルートと、京都市北部を通過して大阪へ向かうルートに分かれる。

NSSからの指示で、警察庁が動き出しているから。

間もなく滋賀《しが》県警の公安課が、覆面パトカーで当該研究員の車を見つけ出し、追尾にかかってくれるだろう。

見失わないで済む。

その車に、本当に研究員が乗っていると仮定しての話だが──

「──湯川」

「はい」

湯川雅彦は、上司の情報班長から何を指示されるか、知っているのか。

マウスを操作すると、画面に別ウインドーを開かせる。

「わが方の工作員に、出動指示ですね」

「そうだ」

門はうなずく。


画面に浮かび出たのは。

上下に、二つのウインドー。

それぞれに顔写真。

「ゼロゼロナイン・ワンは現在」

湯川が、上側の顔写真――切れ長の目をした、制服を着た女性警察官の顔の横に表示されるステータスを読み上げる。

MINAKO　YODA――STATUS『READY』とある。

「霞が関の警察庁にて待機中。いつでも指定の場所へ向かえます」

「入間《いるま》のヘリを出せ」

「はっ」

「とりあえず、関西方面へ向かわせろ。任務のブリーフィングは機内で行なう」

「了解しました」

湯川はキーボードでメッセージを打ち込む。

「防衛省へ要請。入間ヘリコプター輸送隊のCHを、直《ただ》ちに警察庁までピックアップに向かわせます」

「うん」

門はうなずき、視線を画面の下側のウインドーへやる。

「舞島は、どうしている」

「ゼロゼロナイン・ツーでしたら」

湯川は振り向くと、確かめるように訊いた。

「先週から、空自の幹部候補生学校へ入校中ですが。出動させますか？」

3

●奈良《なら》県　奈良市
航空自衛隊　幹部候補生学校

同時刻。

午後の大講堂。

「舞島候補生」

斜めに日差しが差し込む階段教室の中ほど、右端の席で、舞島ひかるは背筋を伸ばして視線を演壇へ向けていた。

新しく支給されたばかりの制服シャツの襟が、少し硬い。

紺色の上着の襟には、これも新しくもらったばかりの空曹長の階級章。そして左胸には航空士（パイロット以外の航空機搭乗員）の資格を示す航空徽章《きしょう》を付けている。

髪は、これまでも短くしていたのを、候補生学校入校に先立ち、さらに切り揃えた（うなじの辺りが涼しい）。

見渡す空間――大講堂の階段状の席は、ほぼ埋まっている。

しん、としている。

今日は〈特別講義〉が行なわれている。新しく航空自衛隊の幹部候補生となった三六〇名の学生たちに対し、防衛省が企画した行事（井ノ下和夫《いのしたかずお》防衛大臣が直々に「やれ」と指示した、と聞いている）だ。

やや見下ろす形の演壇では、額の秀でた人物がマイクを握っている。壇の横には縦に大きく『内閣官房参与　土師要一《はじよういち》先生』と墨書された紙が下がっている。普段は、東京の総理官邸で常念寺貴明総理のブレーンをしているという、安全保障の専門家だ。普通の背広姿。官房参与は民間人であり、官僚でもないという。

講義は、始まって三十分ほど経っている。

正面のスクリーンに図やグラフを示しながら進められる内容は、ひかるにも興味深いものだった。安全保障論。「軍事力の不均衡はかえって戦争を招く」と言う。

平和のために最小限の武力しか持たない、としていると、次第に周辺国との間に軍事力の差が出来てくる。隣接した二つの国の間で『軍事力の差』が生じ片方の力の倍になると、戦争が起きる確率は三倍から四倍に増える。歴史的に、そうなのだという。逆に、それら二国間の戦力が均衡して来ると戦争の確率は下がり、仮にもしわが国が核兵器を保有すると、隣接した国と戦争が起きる確率はほぼ絶無となる――

そうなのか……

ひかるは、シャツの下のみぞおちに意識の中心を置いて、顎を引き、左右の視野の端までが見える状態にして講義の様子に見入った。唇から細く息を吐く。四つ数える間に吸い、四つ数えながら止め、四つ数えながら細く吐く――タクティカル・ブリージング。こうすると背筋はきちんと伸びるのに、身体《からだ》には余計な力が入らず、楽にしていられる。階段教室にぎっしり座った新入生たちの中には、緊張しているのか、背筋がかちかちの者も目立つ（ひかるには自然に、視野の中の人たちの呼吸が読める）。身体が堅くなっている者は呼吸が止まっているか、不規則だ。そういう人間は怖くない（〈敵〉ではない）。

壇上で、額の秀でた（おそらく六十代か）人物は説明を続ける。

わが国は現在、アメリカとの安保条約によって、核を保有しているのに準じた情況を造り出してはいる、しかし問題は――

その辺りまで話が進んだところで、背後から呼ぶ声があった。

右耳の後ろから、近づく気配がある――誰か来るな……。そう思っていたところに、控えめな声音で呼ばれた。

「舞島候補生、特別連絡だ」

何だろう。

（――――？）

舞島ひかるが、所属している千歳《ちとせ》基地の特別輸送隊から、ここ奈良の幹部候補生学校への入校を命じられたのは二か月ほど前。

ひかるは、航空自衛隊下士官として、特輸隊で政府専用機の客室乗員を務めている（民間航空で言うキャビンアテンダントだ)。しかしその傍ら、実は密《ひそ》かに内閣府国家安全保障局(NSS)の工作員としても活動している(工作員を任されたのは、これまでにいくつかの〈事件〉を切り抜けた、その功績による。自分から希望したわけではないが、NSS情報班長の門篤郎という男から「是非に」と頼まれ、引き受けてしまった)。

そのひかるに

「舞島候補生、呼び出しがかかっている」

奈良基地の事務方の三佐が、横から屈むようにして、控えめな声で告げる。

「ただちに中庭へ出るよう」

「——はい」

呼び出し、か。

急だな——

ひかるは細く吐く呼吸はそのままに、小さくうなずいた。

こういうことも、あるかもしれない。

音を立てぬよう、席を立つ。

候補生学校へ入校していても、〈任務〉のため呼ばれることは有り得る——自分でも覚悟というか、予測はしていた。

立ち上がると。周囲は演壇に注目する無数の頭だ。

総勢で三六〇名の候補生たち。さまざまなソース（出身）から成っている。防衛大学校の卒業者、一般大学から採用されてきた一般幹部候補生、航空学生課程を修了した飛行幹部候補生、そしてひかるのように部内選抜で選ばれて来たクラスだ。年齢にも若干の幅がある。ひかるは大学を三年で中退し、曹候補で空自へ入り、特輸隊客室乗員として数年間勤務したので、防衛大や一般大学出身者よりわずかに年上になる。

音を立てず、身体の向きを変える。水のように動け。ちら、と脳裏に言葉が浮かぶ。この数日、ずっとそうだ――

周囲の席の候補生たちは、ひかるが立ち上がったことに気づかない。こちらへ注意を向ける者は無い――そのまま教室の端の階段を登り、後方の出口へ向かう。

静止状態から動作に移る際は細く息を吐きながら、ゆっくり動きだせ。息はきわめて細く、ゆっくり、水のように動け。そうすれば気配を覚《さと》られない。

一等空曹から幹部への昇進が決まって、候補生学校への入校まで、ちょうど六週間の空き時間があった。

これまでは、〈任務〉の功績によって昇進をする際は階級章を付け替えればよかった。

しかし下士官である一等空曹から幹部（士官）である三等空尉へ上がるためには、いったん幹部候補生となって所定の訓練と教育課程を修了しなくてはならない。

四か月前に起きた〈国籍不明機宍道湖突入事件〉で、ひかるはNSS工作員として単独で外国工作員（と思われる者）に対処した。必死に、成り行きで動いていただけだったが、門班長からは「君の働きで、危機は回避できた。国民は救われた」と評された。自衛隊上層部——航空幕僚監部からも「立派な功績」「幹部昇進相当」と評価されて、ひかる一人のために特別に部内選抜試験が実施された。試験は筆記試験省略、簡単な面接で幹部へ昇任する心構えを訊かれ、「全力を尽くします」と答えると即日、合格とされた。

試験は特別にセットされたのだが、候補生学校は年二回の入校時期が決まっており、他の学生たちと一緒の入校・訓練になる。

入校日までは、そのまま特輸隊の客室乗員として勤務していても良かったのだが。

ひかるには希望したいことがあった。


「君は」

講義を受ける候補生たちの邪魔にならぬよう、一緒に出口へ向かいながら事務方の三佐は小声で訊いた。

「ここへ来る前、呉《くれ》に居たそうだな。海自へ出向でもしていたのかね」

「——あ、いえ」

ひかるは曖昧《あいまい》にうなずき、それは〈秘〉です、という意味で軽く頭を振った。

三佐は「そうか」と言うようにうなずくと、それ以上は訊いて来なかった。

そこへ
「先生」

背後の教室から、ふいに声が上がった。

「質問です、わが国に〈非核三原則〉があることは、戦力の均衡という意味において、国にとってかえって危険なのでしょうかっ」

はきはきと、強い口調の声だ。

学生の一人が、質問をしているのか。

「その通りだが」

土師要一、といったか。

総理のブレーンだという官房参与の学者（学者なのだろう）は、マイクの声で答える。

「実は、それ以上に、わが国にとっての『大きな脅威』がいま存在している。わが国の中に存在している。君たちは、その脅威とは何だと思うかね」

逆に、学生たちに質問し返している。

（――――）

ひかるは、右耳から入って来る議論の行方も気になったが。

身体の動きは止めずに、大講堂を出た。

●幹部候補生学校　通廊

中庭は、こっちか──

事務の三佐とは別れ、一人で階段を降りた。

本校舎一階の通廊に出ると、ひかるは中庭の方向へ進む。

建物の構造は（入校したばかりだが）頭に入っている。

「────」

通廊の先──校舎中庭への出口から、四角い光が差し込んで来る。

外の光か。

本能的に視線を外す（光源へは目を向けない）。眼球の暗順応《あんじゅんのう》が失われると、暗がりから襲いかかられた時に対処できない。

日常の動作のすべてを戦闘だと思うこと。

足を踏み入れる建物の構造は事前に調査し、〈敵〉から襲われる可能性のある死角やポイントはすべて把握しておき、避けること。

──『そうする方が楽だ』

脳裏に浮かぶのは、ある男の声だ。

かすれた声。

──『慣れちまうとな、そうする方が楽だ』

幹部候補生学校入校までの六週間。

ひかるはNSSを通じて防衛省本省へ希望を出し、〈研修〉を受けさせてもらった。

あの宍道湖での事件がなければ、もっと前に受けるはずだった。事件への対処のためペンディングとなっていた〈研修〉──海上自衛隊特別警備隊（SBU）へ派遣されての格闘術研修だ。

これまでのNSS要員としての活動の中で、何度か、外国工作員とおぼしき者と対峙《たいじ》する情況に陥った。その度、自分の能力レベルを痛感した。エレベーターの中で中国人の女スパイを取り押さえるのに成功したこともあったが、それ以外は、何をされたのか分からぬうちに投げ飛ばされたり、手にしていた銃をもぎ取られたり（生命を取られずに済んだのは、運が良かったからか——?)。

わたしは弱い。

工作員なんて、務まるのか。

でも。

ひどい目にたくさん遭い、それでも自分が今の仕事を辞めないのはなぜだ。

(————)

なぜだろう。

歩きながらひかるは、ふと自分の手のひらを見る。

暗がりを進む視野はそのままに、ひかるは擦り傷だらけになった手を見る。


あのバクテリアは、役に立ったらしいな。

また脳裏に蘇《よみがえ》るのは、かすれた男の声。

六週間前、広島《ひろしま》県の呉にある海上自衛隊の第一術科学校へ出頭して、〈研修〉初日の挨《あい》拶《さつ》をした時の会話だ。

あんたが取り戻した〈箱〉のおかげで、全世界で何億人もが死なずに済んだ。大したもんじゃねぇか、姉ちゃん。

声の主は、加藤助清《かとうすけきよ》三等海佐。特別警備隊SBUの隊長だ。

その時

ひかるは、回想を断ち切る。

（……!?）

何かいる。

ふいに感じた気配に、歩調をおとす。

同時に十メートル前方、右手——直角に交差する廊下の角から黒い影が現われた。

男だ。

身長は高い（目測で二〇センチ差）、筋肉質の体躯《たいく》を迷彩色の戦闘服に包み、足元は野戦ブーツ。両手はフリー（武具や銃器は無し）。

角を曲がり、こちらへ来る——曲がる時の筋肉の動きに無駄がない。足音も立てない。

呼吸が一定している（手強い）。

逆光の中だったが。

「————」

ひかるには黒いシルエットの中で、戦闘服の胸の徽章と階級章が読み取れた。

一等空尉か。

カツ
立ち止まると、ひかるは踵《かかと》を合わせ、敬礼した。

戦闘服の男は「おう」と応じると、軽く答礼をしてすれ違って行った。

胸に見えた徽章は、ひかると同じ航空士――パイロット以外の航空機搭乗員だ。

(この体格は)

救難員、か……?

鍛え方と、動きが普通ではない。

航空徽章をつけているから、この男は、おそらく救難隊メディックだろう。

候補生学校の廊下を歩いているということは、体育科目の訓練教官――現役のメディックが、教官として出向して来ているのだろう。

戦闘服の背中――みぞおちの裏の辺りの動きを無意識のまま目で捉え、見送ってから、ひかるは身体の向きを変え、また歩み出す。

中庭への出口へ。

だが
「待て」

背中から、呼び止められた。

何だろう。

足を止める。

「おい、待て」

わたしを呼んだのか――？

立ち止まって、振り返ると。

戦闘服の男――訓練教官らしき男はこちらを見ている。三十代だろう、短く刈り込んだ頭が角《かく》ばって見える。

「君は」

低い声で、男は訊いて来た。

「何の有段者だ」

「――――？」

ひかるは首を傾げる。

何を訊かれた……？

訝《いぶか》っていると

「武道をやっている者は」

体育科（おそらく）の訓練教官は、続けた。

「見れば分かる。どんな武道で、どのくらいの段位かも見当がつく」

「………？」

「しかし君は」

廊下の暗がりから、男はひかるのことを顎で指した。

「やりそうに見えるが。何の武道なのか、わからん」

「──」

そうか。

この人も、わたしの身体の動きを見ていたのか。

空自には〈特殊部隊〉は無い。唯一、身体能力がずば抜けて高いのは救難隊のメディック──救難員だ。ヘリからワイヤーで山地や海面へ降りて、遭難者を救助する。戦闘科ではないから格闘術などは専門外だが、中には、陸上自衛隊のレンジャー課程に希望して参加し、レンジャー資格を取得する者もいるという。

陸自レンジャーの資格も持つなら、格闘のプロだ。

当然、武道の段位も持っているだろう。

「──あの」

ひかるは口を開きながら、どう答えよう、と思った。

パリパリ

その頭上――通廊の天井の上の方から、何かの響きが伝わって来る。

(――――!)

来た。

迎えか――

空気を伝わって来るのは、回転翼の唸りとタービンエンジンの排気音だ。

パリパリパリパリ

次第に大きく。

微《かす》かだったのが次第に低く、大きくなる。

「あの、すみま――申し訳ありません」

ひかるは男へ、もう一度敬礼した。

「緊急に、呼ばれております。失礼します」

●幹部候補生学校

中庭

（う）


眩しさに、ひかるは目をすがめる。

天候は快晴だ。

古びた鉄製の両開き扉——本校舎から中庭への出口をくぐると。

白い陽光がほぼ真上から、一面の芝地へ降り注いでいる。緑の敷地の一方に、赤色の閃《せん》光《こう》灯を回転させる車両がある——小型の消防車だ。

消防の組織を有している基地では、ヘリポートが発着に使用される際、必ず消防車が出動して、不測の火災に備える決まりだ（奈良基地には消防隊がある）。

ひかるは目をすがめたまま、赤い光を明滅させる消防車を視野の隅に置いて、中庭の中央へ向かう。

そうだ。


せっかくの暗順応が、もったいない。

ひかるは制服の上着の内ポケットから軽いフレームのサングラスを取り出すと、歩きながら弦《つる》を開き、掛けた。

幹部候補生が、制服でいる時にサングラスを掛けることは通常、ない。

しかしひかるは、いつ〈任務〉に呼ばれるか分からないので、上着のポケットに濃い緑色の耐紫外線グラスを入れていた。これは、呉の第一術科学校でSBUの〈研修〉が終わる時、隊長が「持って行け」と渡してくれたものだ。お前さんはまだ網膜のトレーニングが出来ていない、俺たちのように五秒で目を暗闇に慣らすことは出来ないから、昼日中《ひるひなか》に屋外へ出る時には掛けるようにしろ――

もし街中で〈敵〉に遭遇し、追いかけることになった時。

急に暗い屋内へ誘い込まれ、もしそこで逆襲を受けたら、目が暗がりに慣れぬうちにやられてしまう。

だからできるだけ、目は暗い場所に慣れた状態を維持しろ。

日頃から、日常的に、実戦に備えた行動をしろ。

「それで初めて、いざという時、役に立つ」

加藤三佐――部下たちから「助さん」と親しまれて呼ばれる加藤隊長は目尻にしわのある顔で、ひかるをぎょろり、と見た。

「普段から、そんなに気を使って暮らすのか。そんなにやるのか――？　そう思うかもしれねぇ。だがな姉ちゃん、慣れちまうとな、そうする方が楽だ。いつも『備え』が出来ている――その方が、楽になるんだ」

手渡された濃い色のサングラス。

軽くて、弦は細く、よく曲がるけれどしなやかで決して折れない。六週間の〈研修〉、いやしごきに耐え抜いた褒美か。隊長は「やるよ、使いな」と手渡してくれた。それは世界中の特殊部隊で愛用されているブランドの耐紫外線グラスだという。外国の特殊部隊員たちがいつもサングラスをしているのは、あれらは格好をつけているのではなくて、せっかく獲得した暗順応をなくさないためだ。逆に言うと、加藤隊長のように眼球の網膜の筋肉をトレーニングし、目が直ちに暗闇に慣れるようになっている特殊部隊員には、サングラスは必ずしも必要ない（「グラサン掛けてねえ奴《やつ》は一流だ」と言う）。

手渡されたサングラスは、試しに掛けてみると、ひかるの顔にぴたりと合った。かけ心地に違和感はなく、世界が別の色に見える――まるでオーダーメイドで誂《あつら》えてくれたみたいだ。隊長は「余り物で済まねえが、良かったら持って行け」と言った。でもこれ、どうみてもわたしの顔のサイズにぴったり――

（――あ）

しまった。

でもひかるは「しまった」と思った。

歩いて行く先――サングラスを掛けて、茶色っぽく変わった視界では、中庭の芝地の中央に『H』という白い文字が円に囲われ、さらにその周囲を鮮やかな白線が正方形に取り囲んでいる。正方形の一辺は五〇メートルほど（奈良基地のヘリポートだ）。

ひかるの視野の左前方――正方形の一辺の縁に、二つの人影が立っている。制服だ。

近づいて行くと、二人はこちらを見る。

一人は年配の一佐。もう一人は若い二尉で、右肩部に飾緒《しょくしょ》を付けている。

柚木《ゆずき》一佐か。

校長だ。

（失礼に、当たるかな）

数日前の入校式では、壇上から訓示をしてくれた。柚木恒平《こうへい》一佐はもと第二航空団の司令をしていた。特別輸送隊が居を置いている千歳基地のトップだった人物だ。

付き従っている二尉は副官だろう。

候補生学校で、学生がサングラスを掛けて校長の前へ出るのは、失礼だ。

少し考えたが。

でもわたしは、これから〈任務〉へ出る。

いったい、どんなことをさせられるのか知らないけれど――

迷ったが、ひかるはそのまま歩き、へリポートの一辺の白線の縁――並んで立つ二人の幹部まで五歩の間合いへ近づくと、立ち止まって敬礼した。

「失礼いたします、舞島ひかる候補生、呼び出しを受けまし――」

だが

ボトボトボトッ

申告するひかるの声をかき消して、頭上から轟音《ごうおん》と、風圧が降って来た。

4

●奈良市

航空自衛隊幹部候補生学校　中庭

来た。

ぶぉおっ、というダウンウォッシュが頭上から押し寄せ、ひかるの短い髪をなぶった。

日が陰る。

迎えが来た。

しかし

（——————！）

ＣＨ47じゃない——

中庭の芝生が一斉になびき、太陽を隠して大型の機体が頭上に静止する。

そのシルエット。

「おお、来たな」

ひかるの横に立つ五十代の幹部――校長の柚木一佐が、眩しそうに見上げる。

「聞いていた『迎え』か」

「でも海自の機体です」

副官の二尉も、見上げて言う。

「岩国《いわくに》の航空隊かな」

「――――」

MCHか。

やはり、そうか。

呼吸は止めず、サングラスの視野で、覆いかぶさる機体の形状を確認する。

最初に音を聞いた時から、そうなのではないか、と思った。

頭上で、位置を合わせるように身じろぎするヘリコプターの機体。五枚のローターが空気を掻《か》きまわすように回転している。

逆光の中だが。その箱型の機体は白に近いグレーに塗られていて、後部胴体には日の丸がある——見なくても分かる。ひかるにとっては『命の恩人』——アグスタウエストランドMCH101。海上自衛隊・第一一一航空隊の所属機だ。

あの時——

わたしを、海面から拾い上げてくれた機体。

箱型の機体は、底部から三本の着陸脚を出すと、降下して来た。

中央に『H』と描かれた白い円の真ん中へどすんっ、と着地する。

ちぎれた芝生が緑の粉のように舞う。

「舞島候補生」

柚木一佐が、あらためて呼んだ。

「命令を達する」

「——はい」

ひかるは、五十代の幹部へ向き直る。

横からなぶられる風圧の中だが。

身体の芯は、動かない。

そのひかるへ、柚木一佐は顔をしかめながら、大型ヘリのタービンエンジンの排気音に負けぬように告げた。

「統幕より、貴官を国の重要任務に就かせるよう指示があった。後のことは心配しなくてよい、任務を完遂したならば、速やかに教程へ復帰するよう」

「はい」

ひかるは再度、敬礼する。

「舞島ひかる候補生、任務に就きます」

●京都府　宇治市
宇治総合病院　入院病棟
五階の一室。
同時刻。

「せっかく」

晴れた午後だ。

白いカーテンの向こうに広がる、濃い緑の田園風景へ目をやりながら女は言った。

病室の窓は少し開けてある。

流れ込む空気がカーテンを持ち上げ、揺らしている。

背もたれの部分を起こしたベッド。外を見やる女の化粧気のない白い頬に、ほつれた髪が数本、かかっている。

「ひさしぶりに、お見舞いに来てくれたっていうのに。何も話さないのね。悟《さとる》」

「――――」

ベッドの横に、若い男が座っている。

背筋が伸びている。

悟、と呼ばれた男は二十代の前半。

中肉中背の細身を包む紺色の制服は、姿勢の良さと相まって、見る者にかっちりした印象を与える。

言葉を発せず、病床の女と一緒に窓の風景へ視線を向ける横顔は、まだ少年のような面差しだ（もしラフな服装であれば、学生に見えたかもしれない）。

右胸のネームプレートは『城《きづき》　悟』。

ふいに

「――顔を」

ぼそり、と口を開いた。

「え」

女――白い寝間着姿の女は少し年上で、顔かたちから、男とは姉弟なのだと分かる。

アーモンド形の大きな目で、ベッド横の丸椅子に掛けた弟を見る。

「顔を？」

「見られたから、いい」

くすっ、と女は笑う。

口を手で覆うようにして「急に来るんだもの」とつぶやいた。

「だって」

「だって？」

「電話とか、するわけにいかないだろ」

「そうだけど」


「あのさ」

悟と呼ばれた若い男は、右手で紺色の制服の左胸を指す。

航空自衛隊の幹部（士官）――三等空尉の制服なのだとは、詳しい人にしか分からないだろう（実際、街中では警察官に間違われたりする）。

「前に来た時、俺、これは付けていなかったろ」

「？」

女は目を寄せるようにして、指さされた制服の左胸を見やる。

銀色の徽章がある。

翼を広げた鷲《わし》のような形。中央には桜。まだ新しく、光っている。

「それは何」

「ウイングマーク」

「ウイング、マーク？」

「航空徽章。俺、パイロットになったんだ」

「そう」

女はうなずいた。

「もっとよく見せて」

●宇治総合病院　入院病棟
廊下

「――――」

城悟は、病室を出ると、廊下の左右を見回した。

ナースステーションは、どこかな――

見回すと。

病室の入口横の壁には、入院患者の名が掲示されている。『城笙子《しょうこ》』のほかに、二つの名がある。笙子の名札だけが、時間が経過しているせいか、手書きのインクの文字が少しくすんでいる。

城悟は、名札を見て、唇を嚙んだ。

俺はもう、大丈夫だから。

つい一分前。

胸の徽章を覗き込む姉――三つ年上の笙子に、悟は言った。「俺はもう、大丈夫だから。だから――」その次が、言えなかった。

だから。

姉ちゃんも大丈夫になれよ。

(――――)

あまり話は出来なかった。

バスの時間があるから、と病室を辞した。

城悟は小さく頭を振ると、右手の奥──廊下の一方を見やった。

廊下の先が円形の広間のようになっていて、円《まる》いカウンターがある。

あそこがナースステーションか。

前に来た時、そう言えば憶えた気がする。あそこだった。

病院を出る前に、寄って行こう。

だが
「あ、それ、受け取れないんですよ」

悟が角ばった紙製の手提げを渡そうとすると、カウンターにいた年配の看護師は拒むように手を振った。

「ご家族からのご厚意は、受け取れないんです」

「──そうですか」

悟は、目をしばたたいた。

ひさしぶりに、姉の見舞いに寄る。いつも世話になっている看護師の人たちに、何かお礼をしようと考え、先ほど降り立った神戸《こうべ》空港で大きめの菓子折りを買ったのだが。

ナースステーションに詰める看護師は、受け取れないという。

病院のコンプライアンスとか、あるのかもしれない……。付け届けは受け取るな、とか

——

自分は十九の時に航空学生として自衛隊に入って、以来ずっと、一般社会との接点はほとんど無しで過ごしてきた。いつの間にか普通の社会も、自衛隊並みに規律が厳しくなっていたのか（今はそういう時代か）。

「すみません」

悟は一礼すると、姉がいつも——と礼を述べて、ナースステーションを後にした。

これ、どうしようかなぁ。

エレベーターホールで、階数表示のランプが近づいて来るのを待つ間。

城悟は右手に提げた紙袋を、顔の前に持ち上げて眺めた。

紙袋以外は、手ぶらだ。

新しい任地へ赴《おもむ》く途中だが。少ない引っ越し荷物は運送業者に任せて送り、手回り品を収めたバッグは、ここへ来る途中の神戸空港のコインロッカーに預けた。

航空自衛隊には、主要基地間をC２輸送機で結ぶ〈定期便〉がある（申請をすれば乗れる）。昨日まで所属していた第七航空団のある茨城《いばらき》県の百里基地から、新しい任地である宮崎県の新田原基地までは、入間基地を経由して飛んで行ける。無料だ。

しかし悟は、民航便を使うことにした。百里基地に併設された民間ターミナル——茨城空港から、スカイアロー航空で神戸へ。

今日は赴任のための休暇だ（一日だけもらえた）。

宇治の病院にしばらく入院している姉を見舞おう、と思った。

せわしない旅程にはなるが——

これから、神戸から夕方までに宮崎へ飛び、鉄道を使って新田原へ入る。新しい任地の飛行隊には、明日の朝一番に出頭せよという指示だ。新しく搭乗する機種への転換訓練は、その日のうちに始まるという（ずいぶん急がされる感じだ）。

「——」

悟は、紙袋を左手に持ち替えると、顔の前に開いた右手の指を動かした。五本の指にウォーミングアップをさせるように、ぱらぱらと動かす——手持無沙汰にしている時、半ば無意識に、これをやっている。

今度の機体も、サイドスティックなんだ。

百里基地の第七航空団に所属するF２戦闘機のパイロット、城悟三尉に『機種転換』の辞令が出たのは先週のことだ。

週明けに宮崎県の新田原基地——そこに新設される第八〇一飛行隊へ赴任し、新しく配備されるF35B戦闘機への機種転換訓練に入ること。

やったな、おい。

異動が発表されるなり、同じ百里に勤務する同期生たちに背中を叩かれた。

同期でトップを切りやがった。

やっぱりな。

半ば手荒く、祝福をされた。

「最初にF35へ行くのは、お前だと思っていたよ」

「でもB型か」

「空母に乗るのか」

「すごいな」

「空母って言っちゃダメなんだぞ。〈いずも〉はあくまで『護衛艦』だ」

笑い合う同期たちに囲まれながら。

悟は、別のことを思っていた。

そうだ。

新型機のことは、ひとまず置いておいて。

宮崎へ赴任するならば、途中で京都へ寄れる――

「城さん」

背中から呼ばれ、悟は我に返った。

振り返ると。

若い女性の看護師が立っている。

最近の看護師は、一昔前のように看護帽など被《かぶ》っておらず、白いパンツ姿で聴診器を首から提げ、一見して女医と見分けがつかない。

「いただきますよ。それ」

「――え」

悟よりも少し年上の看護師――姉と同じくらいの歳か――は、歩み寄って来ると、右手に持っていたクリップボードを脇に挟んで、悟が提げている紙袋を指した。

「ごめんなさいね」

「え」

「ああいうところで」

看護師は唇を微笑の形にすると、目で背後のナースステーションを指した。

「おおっぴらには、だめなの。私がこっそり受け取って、後でみんなでいただきます」

「あ」

どうも、と会釈をしながら悟は紙袋を手渡す。

そうか。

周囲から見えるところで、おおっぴらに渡しては駄目なのか……

「お姉さんとは、話せた？」

「――？」

「ずいぶん、さっさと帰ってしまうから」

「これから」

悟は、エレベーターホールの窓を指す。

「神戸空港まで行くんです。バスで」

「そう」

看護師は、悟の制服を見た。

うん、うんとうなずくようにした。

「聞いてる。訓練とか、忙しいのよね」

「はい」

姉の笙子と、親しいのか。

自分の話も、したのだろうか。

さっき笙子は「へぇ、あなたパイロットになったの」と、どちらかと言えば今日初めて知ったような口調だった。

あまり関心は持っていない様子だった。

でも、訓練で忙しいこととか、面倒を見てくれる看護師へは話していたのか。

「あの」

悟は口を開いた。

姉の――城笙子の病状は、どうなのでしょうか。

良くなる見込みは。どうなのでしょうか。

たった今、見た感じでは。前に見舞いに来た時と変わらない。

担当の医師から家族へ説明される内容については、実家へ電話した際、その都度聞かされている。心臓の血管に問題がある。手術は難しい、投薬は続ける。まだ入院は続くらしい――

実際に、毎日見ていて。

どう思いますか。良くなっていると思いますか――？

訊きたい。

「姉は」

「？」

「どう、なんでしょうか。この先」

「あぁ」

看護師は困ったような表情になり、頭を振った。

「ごめんなさいね。見通しとか、診断に近いことは、私からは言えないの」

「そう、ですか」

「よかったら、担当の先生と面談できるようにするけど——時間は大丈夫？」

「あ——ちょっと」


今日中に、宮崎まで行かなければならない。

乗り継ぎで降りた神戸空港から宮崎への便は、午後に一本きりだ。

もう、行かないと——

確認するように腕時計を見る悟の頭の上でチン、とエレベーターの来る音がした。

●奈良県　上空
海上自衛隊所属　ＭＣＨ１０１ヘリコプター

その機内。

「ご苦労様です」

タービンエンジン三発を装備したMCH101が、唸りを上げ、ヘリポートの芝地を蹴って舞い上がると。

まだキャビンの床面が前のめりに、機首方向へ傾いている中、加速Gに逆らうようにしてロードマスターの三曹がやって来た。

ヘルメットに飛行服姿の若い三曹は、壁面のストラップにつかまりながら、ひかるの席へ屈みこんで告げた。

「機内はWi-Fi環境になっています。本省の回線を経由し、どこへでも繫がります」

「ありがとう」

輸送ヘリのキャビンの座席は、側壁を背にした折り畳み式だ。

MCH101は、三十名の兵員を乗せることが可能だが。

〈乗客〉はもちろん、ひかる一人――

幹部候補生の制服は、スカートの他にパンツスタイルも選べる。急な出動――たった今のような事態に備え、ひかるはパンツの制服に、携帯電話を上着に忍ばせていた（訓練中の携帯の持ち歩きは、あらかじめ学校に許可を得ている）。

顔のサングラスはそのまま。ひかるは、左手で上着の外側ポケットからイヤフォンをつまみ出すと左耳へ突っ込み、その手を内ポケットへやって携帯を取り出す（利き手の右手は空けておく）。

左手だけで、スマートフォンの画面を開いた。

「うん、電波は来てる。ありがとう」

「いえ」

ロードマスターの三等海曹は、ひかるより年下のようだ（最近、若い隊員に自分よりも年下の者が目立つようになってきた）。

ヘリの機体が高度を取り、速度を得たのか。前のめりだった床が水平に戻っていく。

床面はまだびりびり震えている。

大声を出さないと、会話できない。

「何か、足りないものがあれば、おっしゃってください」

「充電は」

機内は薄暗い。もう目を保護する必要はない――

ひかるは、左手の携帯をいったん膝に置くと、その手でサングラスを外して外側の胸ポケットへ差し込んだ。

携帯を持ち直し、左の薬指で〈NSS〉と表示されたアプリに触れ、開く。

「充電は、出来るかしら」

「それでしたら」

三曹は、折り畳み座席の横の壁面を指す。

小さなパネルがあり、細いケーブルが垂れている。

「ここに、充電ケーブルがあります。SBUチームを輸送する際に、隊員の方々が使われるので」

「分かった、ありがとう」

「どういたしまして」

若い三曹は、ようやく両足だけで立てるようになった床の上で、ひかるに敬礼した。

ひかるは座ったまま、右手を軽く上げて答礼すると「ちょっと一人にして」と言った。

5

●東京　総理官邸地下
　ＮＳＳオペレーションルーム

「ゼロゼロナイン・ツー、回線繋がりました」

　情報席から湯川が振り向き、告げた。

　白い壁の地下空間は、ざわめき始めている（〈プランＡ〉が発動している）。

　各省庁――ＮＳＳからの要請に基づき動き始めた国の各組織から、報告と情報が流れ込み始めている。

　メインスクリーンは、すでに民放ＴＶの受信ではなく、収集された情報を貼り付けるクリップボードに変わっている。右横のサブスクリーンの一つに、滋賀県から京都府へ至る一帯のマップが表示されている（琵琶湖の南端辺りに、赤い点が浮かんでいる）。

　ドーナツ型テーブルの九つの席は、空席だが。

　今は、スクリーンが一番よく見渡せる席に門篤郎がつき、ポケットへ手を入れたまま脚を組み、流入する情報を眺めている。

その門へ、湯川が訊く。

「メインに出しますか」

上目遣いにメインスクリーンを見やる。

門は、深く掛けていた席から上半身を起こすと、テーブルに両肘をついた。

「――よし」

「出してくれ」


危機管理監の障子有美は、今、国会で総理と共に委員会に出ている。

当面、俺一人で指揮を執るわけか――

門は、また唇を嚙む。

NSSの事実上のトップである内閣府危機管理監は国の役職であり、総理を補佐する立場だ。その地位は組織上、各省庁事務次官より『上』に位置する。

障子有美が、現在の役職に就かされたのは、前の〈もんじゅプルトニウム強奪事件〉の最中だ。前任の初代危機管理監が外国工作員の影響下――いわゆるハニートラップに搦《から》め捕られていたことが発覚し、常念寺総理の指示で、急きょ当時NSSの政策企画班長だった有美が抜擢《ばってき》された。事件は解決、続く〈政府専用機乗っ取り事件〉、〈天然痘《てんねんとう》テロ事件〉

と次々に襲い来た国の危機にも対処した。

危機管理監を形式上でも『事務次官より上』としたことで、NSSがオペレーションを実施する際は、各省庁はその要請に従う。

門自身は（東大で有美の同期だが）、警察庁のキャリア官僚出身だ。警備局外事課が古巣であり、警察組織には個人的ルートで情報を流してくれる仲間もいる。

しかし警察にいた頃は、いくら『国の安全のためだ』と力説しても、他の省庁が素直に情報を出してくれることは少なかった。

（――――）

各省庁が、要請に応じ、こうして報告を上げてくれるのは有り難《がた》い――

今この瞬間も、メインスクリーンに小さなウインドーが開き、文字列が表示される。

だが読み取る前に、スクリーンは切り替わって、揺れ動く粗い映像になる。

髪をショートにした、若い女のアップだ。

門は目を細める。

どこだ。

薄暗い。ヘリの機内か――？

「舞島」

●紀伊《きい》半島上空
MCH101ヘリコプター　機内

『舞島。聞こえるか』

左耳のイヤフォンに、声が入った。

特注のイヤフォンは、頭上で回るタービンエンジンの排気音の下でも、クリアに通話を聴き取れる。

誰の声なのかは分かる。

このやるせない感じ――

『離陸したか』

「はい、班長」

舞島ひかるはうなずくと、視野の中で素早く周囲を確認した。

さっきの空中輸送員――ロードマスターの三曹は、姿がない（前方のコクピットへ引っ込んでくれたか）。

よし。

壁に背をつけ、顎を引いた姿勢で、ひかるは膝の上のスマートフォンに向き直る。

ＮＳＳでの直属上司となる門篤郎へ、報告する。

「たった今、奈良を離陸しまし――」

ゆらっ
不意に床が傾き、下向きのＧがかかった。

ヘリが旋回に入った……？

左方向か。

舷窓《げんそう》から差し込む太陽の光が、角度を変える。

両脚を開いてバランスを取る。

『どうした』

「いえ」

ひかるは両の踵を外向きにし、機体が運動をしても身体の重心――自分のみぞおちがぶれないようにした。

呼吸を、タクティカル・ブリージングにする。

「大丈夫です」
●総理官邸地下

NSSオペレーションルーム

「訓練中を、急に呼び出してすまない」

門は、メインスクリーンの女子工作員——ゼロゼロナイン・ツーというコールサインを付与した舞島ひかるへ告げた。

同時に右手を上げ、人差し指で合図する。

壁際の情報席で、湯川がうなずくのが見えた。

「今から、〈任務〉の内容を説明する。画像を」

●紀伊半島上空

MCH101ヘリコプター　機内

『画像を送る。見てくれ』

声と共に、スマートフォンの画面に何かが浮き上がった。

何だろう。

ひかるは眉を顰める。

人の顔……か？

男だ。

『この男は』声は続ける。『後呂一郎《うしろいちろう》。四十二歳。そこに表示した通り、ムサシ新重工の先進鉄道技術研究所で駆動システムの研究主任をしている』

「―――」

ひかるは、縦長の画面に現われた男――四十代なのか――の顔に見入る。

細面に黒縁の眼鏡《めがね》。

身分証の写真なのだろうか、一見して、表情に乏しい印象も受ける。

この人が、どうしたのだ。

重工メーカーの研究員なのか――？

『次の写真も見ろ』

●総理官邸地下

NSSオペレーションルーム

「こいつを見ろ」

指の合図で、次の画像を映し出させる。

今、メインスクリーンは左半分が舞島ひかる。そして右半分は、ヘリの機上へ送っている画像だ。

技術者の顔から、切り替わって現われたのは女の顔。

証明写真のような正面アングルではない、どこか物陰から撮られたような、不鮮明なスナップショットだ。

しかも暗い。

「北山《きたやま》ひなの——本名じゃない、もちろん」

●紀伊半島上空
ＭＣＨ１０１ヘリコプター　機内

『この女の写真は』

門篤郎の声は、続けた。

『滋賀県警の公安課捜査員が、米原駅前ビルにある接客飲食店へ潜入し、隠し撮りした捜査資料だ』

「——？」

ひかるは眉を顰める。

接客飲食店……？

何だろう。

『いわゆるキャバクラだ』

「――あぁ、はい」

硬い折り畳み座席で、ひかるはうなずく。

警察組織では、キャバクラのことをそのように呼ぶのか。

自分には縁のない世界だが――

『女は、そこの従業員だ』

●総理官邸地下
NSSオペレーションルーム

「滋賀県警の調査では」

門はスクリーンを見上げながら続ける。

音声は卓上のマイクを通して、ヘリの機上へ届いている。

「この女は、名古屋市にある名光《めいこう》大学老子《ろうし》学院に来ている、中国からの留学生だ」

『留学生、ですか』

メインスクリーンの中で、舞島ひかるはこちらを見返してくる。

向こうの音声はスマートフォンの内蔵マイクではなく、左耳の特殊イヤフォンが頬骨の振動を拾い、音声信号に変換して送ってくる（機内の騒音に影響されない）。

『老子学院？』

「そうだ」

門はうなずく。

その間にも、左横のサブスクリーンに新たな情報が出る。

滋賀県警からの追加報告か――

米原市のムサシ新重工の研究施設から、何か重要なデータとか、物品が盗み出された形跡は無いか。

何かが盗まれている、という訴えがあれば。

不正競争防止法、あるいは単に窃盗の疑いで、後呂一郎の乗った車を覆面パトカーが追いついて停車させ、任意ではあるが調べることが出来る。最寄りの警察署へ同行させることが出来れば、国外への逃亡は防げる――

しかし
(くそ)

門は唇を歪《ゆが》める。

短いメッセージが告げている。

滋賀県警公安課は、急ぎ研究所に乗り込んで調べているが。ムサシ新重工の先進鉄道技術研究所からは、今のところデータの持ち出しも含め、窃盗被害が起きている事実は認められない。

「いいか、老子学院というのは」

門はスクリーンの舞島ひかるへ、説明を続けた。

サブスクリーンのマップ上の赤い点も、横目でちらと確認する。

位置は――間もなく名神高速に入るか。

まずい。

わが国の警察組織は、自治体ごとに分かれている。

アメリカの連邦警察（FBI）に相当する組織は無い。戦前、特別高等警察（特高）が治安維持法を盾に、国民の言論や政治活動を弾圧していた歴史がある。わが国では戦後、その反省から『全国を包括的に捜査できる強力な警察組織』が置かれていない。

今――間もなく対象者の車、後呂研究員の所有する自動車は、滋賀県と京都府の境界へ差し掛かる。

境界を越えられてしまうと。

捜査権の及ぶ範囲を出てしまうので、滋賀県警のパトカーは当該車両に追いついても、停車を促すことなどが出来なくなる。そこから先は、京都府警にパトカーを出させて、引き継がせるしかない……

おそらく、あと五分か十分で県境だ。警察の動きを直接に指揮している警察庁警備局では、ぬかりなく京都府警へ指示を出し、準備させているだろうが――

くそ。

門はスクリーンの右半分に出ている女の写真へ視線を戻すと、睨《にら》んだ。暗い飲食店の内部で、接客をしているところか……? 客観的に見て、暗がりでも妖艶な、華やかな印象だ。

湯川が操作したのか、女の顔から画像が少しフレーム・バックする。ガラステーブルを前に、ソファの全景が映る。さきの黒縁眼鏡の男と、黒いミニ丈のスカート姿の女が、息のかかる間合いで話し込んでいる。

〈スパイ防止法〉さえあれば。

とうに、この女は県警公安課に出頭を求められている。

「老子学院というのは、中国が世界各国に設けている文化交流機関だ」

●紀伊半島上空
ＭＣＨ１０１ヘリコプター　機内

『老子学院は』

イヤフォンで、門の声が説明する。

ひかるは機体の動揺を両足の踵で受け止め、上体は安定させてスマートフォンの画面を見る。

女の写真――

キャバクラの店内で接客をしている。

歳は、わたしと同じくらいか……？

留学生、と班長は言ったか。

『中国の文化を世界に広め、友好を促すという名目で、世界各国の大学などの教育機関に〈併設〉という形で置かれている。世界に五五〇か所、わが国でも十六の私立大学が、老子学院を受け入れている』

「――――」

『これを受け入れると』門は続ける。『施設を建設する資金の大部分を中国政府が負担する上、大勢の留学生を送り込んで来る。経営の厳しい私立の大学などでは、歓迎しているところもある』

すると

『留学生が』

別の声が、ふいに通話に割り込んだ。

女の声。ひかるの声よりも低い。

『キャバクラで働いているのですか?』

(…………)

美奈子《みなこ》さんだ……

すぐに、誰なのかは分かった。

一緒に養成訓練を受け、NSS工作員となった。

依田《よだ》美奈子だ。

ひかるより四つ年上、普段の身分は警察庁警備局、公安組織に所属する外事警察官だ。

『依田か』

門の声が反応する。

『どこだ』

『本庁屋上より、ただいま離陸』

美奈子――同僚工作員の声は応える。

『西へ向かっています』

同時に、スマートフォンの画面左上に小さな窓が開き、切れ長の目をした女性の顔が現われる（微かに上下にぶれる。向こうもヘリの機内か）。


そうか。

美奈子さんも、召集を受けたんだ。

NSS工作員は現在、二名とも女子だ。

外国勢力が、わが国の要人へハニートラップを仕掛けて来ている。女性工作員の色香を利用し、要人（政治家、官僚、そして科学者など）を支配下に置こうとする。政策を曲げたり止めさせたり、科学者からは情報を取ろうとする。

中国の軍事技術が、最近になってアメリカを始めとする自由主義世界の水準へ急速に追いついて来ているが。それは研究開発の努力によるものではなく、手っ取り早く技術を奪っているからだ――そう言われる。

ひかると美奈子の任務は、たとえ〈スパイ防止法〉が無くても、外国工作員による浸透工作を阻止し、可能であれば工作員を捕らえること。ハニートラップを仕掛ける女性工作員を追う時に、女子トイレへ逃げ込まれたらお手上げ――というわけにはいかない。NSS工作員が当面、女子のみで編成されているのはこの理由による（二期生の七名がアメリカCIAに委託されて訓練中だ）。

『よし』

門の声はうなずく。

通話は三か所を結ぶTV会議になった。

『ここまでの説明は、聴いていたか』

『大丈夫です』

『女の中国名は馬玲玉《ばれいぎょく》』

依田美奈子が、話について来ていることを確かめてから門は説明を続けた。

スマートフォンの画面には、キャバクラの店内で研究員の男と親し気《げ》にしている女の姿がある。

『おそらくこれも本名ではあるまい。わが国では、法務大臣の〈資格外活動許可〉を申請して取得すれば、留学生でも週に二十八時間までの就労を認めている。したがって、滋賀県警公安課も不法就労の名目で検挙をすることは出来なかった。これを見ろ』

画面が切り替わる。

（……？）

何の写真だろう。

正面から撮った顔写真が三つ。

いずれも若い容貌の女性だ。

店内の隠し撮りではなく、履歴書の写真のようだ。

『米原駅前ビルに入っているキャバクラ〈すてきなリリ〉には、馬玲玉を含めて現在、三名の中国人留学生が在籍し働いている』

三人……

そんなに居るのか。

『米原市は』門は続ける。『新幹線が通っていて東京へのアクセスが良い割に、土地が余っているから、企業の研究施設が多い。多数の研究員が働いているが、昨今の事情で独身者が多い。新幹線の駅の他は、殺風景で娯楽の無い土地だから、駅前ビルのキャバクラは各社研究員たちに人気だという。女性従業員と店外で個人的に交際をしている例も確認されている』

『研究員たちがハニートラップに嵌《は》められている、と?』

『そうだ』

美奈子の問いに、門の声はうなずく。

『滋賀県警公安課の監視対象となっている研究員は、数社にまたがって十三名。彼らを二十四時間、見張るのは困難だ。捜査員が気づいた時には、こうなっていた。見ろ』

門の『見ろ』という声と共に、ひかるの手にした携帯の画面が切り替わる。

6

●滋賀県　草津市

名神高速道路　瀬田東ジャンクション付近

同時刻。

「車長」

ハンドルを握る巡査が、前方へ目をやりながら言った。

片側三車線の高速道路。

夕方の渋滞が始まるまでには間がある（交通量は多くはない）。

直線区間なので、中央車線からは約二キロメートル前方までを見渡せる。

「あれではないですか？」

「――そうだな」

滋賀県警・高速道路交通警察隊栗東《りっとう》分隊に所属する交通取締用四輪車（覆面パトカー）〈滋賀６８０〉は、通常のパトロールを実施していたが。

つい数分前、指令センターから別の命令を受信していた。

同時に一枚の画像が送られて来た。

今日は、訓練を終えたばかりの新隊員に経験を積ませるため、車長である巡査部長は助手席について、指導を行ないながらパトロールにあたっていた。

「前方、第一走行車線――あの車かもしれん」

当該車両を発見し、報告せよ。

巡査部長の目の前、助手席に設置された情報端末の画面には一枚の静止画が拡大されている（指令センターから送られてきた）。

画像は、やや高い位置から乗用車の正面を撮影している。

モノクロだ。

車は、マンションのような集合住宅の正門を出て来るところだ。

監視カメラの動画を切り取ったのか……？

あまり鮮明ではないが、その車種は分かる。ＣＺＥ６。最近よく話題にされる、中国製の電気自動車だ。車形はコンパクトＳＵＶと呼ばれるカテゴリーで、背は高い。画像では運転席に男、助手席には若い女が座っている。

発見し、報告しろ――って。


三十歳になる巡査部長は、県警高速隊に勤務して六年になる。

警察学校を卒業し、二年間の交番勤務を経て、この任務についた。

日常の仕事は高速道路における速度違反などの取り締まり、そして事故が起きた際の対処活動を指揮すること。

一応、高速隊には他に『逃走する被疑者の車を追跡し確保する』という任務もあるのだが。しかしそのような事案を経験したことは無い（起きたためしがない）。

あの車。

目を凝らす。

逃走中の被疑者なのか——?

しかし、命令は『発見し、報告せよ』のみだ。

考えているうちに、左端の第一走行車線をゆっくり走っているSUVは、引き寄せられるように近づいて来る。

この〈滋賀680〉は、反転警光灯を屋根に露出しなければ、普通の乗用車——濃紺のクラウンにしか見えない。

約二〇キロの速度差で接近して行っても、中国製SUVは一定の走り方を保っており、こちらに気づいた様子は見せない。

「速度おとせ」

運転席へ指示した。

「真後ろへつけろ、三〇メートルだ」

「はい」

新人の巡査は、このような事案に当たるとは思っていなかったのか。

車長の意図を確かめるように、ちらと助手席を見て来た。

「真後ろ、ですか」

「そうだ」

「命令は『報告せよ』だ」

巡査の態度は「横へ並ばなくていいのですか?」と訊きたげだったが。

巡査部長は再度「真後ろだ」と指示すると、助手席のマイクを取った。

指令センターと無線は繋がっている。

「〈滋賀680〉より指令。報告」

●紀伊半島　上空

ＭＣＨ１０１ヘリコプター　機内

『見ろ』

門の声と共に。

ひかるの膝の上に置いた携帯の画面に、何かが浮かび出た。

画像。

モノクロの静止画だ。

(………?)

何だ……?

眉を顰めるひかるに
『これは九〇分前、撮影されたものだ。米原市内のムサシ新重工社宅前の、電柱に設置した監視カメラが捉えた』

「…………」

ひかるは目を見開く。

監視カメラの画か。

粗い画像は、動画を止めて拡大したものか。

マンション（借上げ社宅なのか）の正門らしきところから出て来る乗用車――ＳＵＶタイプの車の正面形を、やや見下ろすアングルで捉えている。

運転席と助手席が見える。

ハンドルを握っているのは、あの男――黒縁眼鏡の研究員だ。

横に座っている女は。

「………？」

これは。

『変ですね』

ひかるがまた眉を顰めるのと同時に、美奈子の声が反応した。

美奈子も、どこか離れた空中を飛んでいるヘリの座席で、同じ画像を見ているのか。

『この女が、もし工作員なら。社宅の出入口に公安のカメラがあることなど、想定しているはず。後部座席に隠れていれば写らないのに』


その通りだ。

ひかるは心の中でうなずく。

運転席を捉えた画像。

左右の座席に着く二人は、前方へ顔を向けている（あるいは、顔が正面へ向く瞬間を切り取ったのか）。妙にはっきり顔が分かる。

わざと、この車で門を出るところを見せた……？

『なぜ、まともに顔を撮らせたのかは分からん』

門の声が言った。

『だが、ムサシ新重工では数日中に、主要研究員に対しセキュリティ・クリアランスを取得させるための審査を開始する。そう発表している。身辺調査をされれば、中国人のキャバクラ従業員との交際もすぐに公《おおやけ》になる。馬玲玉が後呂研究員を体調不良の名目で欠勤させ、国外へ連れ出す行動に出ることは十分、考えられる』

『私たちの任務は？』

　美奈子の声が訊く。

『研究員の国外脱出阻止ですか。あるいは、この工作員と見られる女の確保？』

　あるいは、その両方か。

　ひかるは小さく唇を嘗《な》める。

　この女を相手にするのか。

　画像を注視すると、女は小柄で、顔も小さい（芸能人の誰かのようだ）。

　手ごわいだろうか……？　やるとすれば、〈スパイ防止法〉が無いから、何らかの別の法的根拠を見つけるか造り出し、職務質問から身柄確保へ持ち込むしかないが……

『脱出阻止だ』

　門は応える。

『それが第一だ。後呂研究員は超電導技術に関する特許を個人で複数所有する、わが国の頭脳だ。流出させせただけで大きな損失になる』

『はい』

「はい」

　ひかるも応える。

同時に携帯の画面が、画像から門篤郎の顔に切り替わった。

『もちろん』

●総理官邸地下
NSSオペレーションルーム

「もちろん、警察の手で研究員の身柄が確保され、国外脱出が阻止できれば、君たちの出番はないわけだが」

門はドーナツ型テーブルの席から、メインスクリーンを見上げて告げた。

「今回の事案では、何が起きるかは分からん。二人とも、近畿圏上空をヘリで周回しながら次の指示を待て」

『はい』

『分かりました』

「班長」

門が二名の工作員との通話を終えると同時に。

壁際の情報席から、湯川が振り向いて呼んだ。

「外務省から報告。後呂研究員と北山ひなの——馬玲玉の顔データを、国内の全空港、全港湾施設の出国審査場へ送付完了。空港や港湾から出国しようとすれば、不正入出国防止システムのカメラが捉えて、自動的に警報を発します」

続いて

「班長、国交省より報告」

別のスタッフが告げて来た。

「近畿圏のすべての空港、飛行場、ヘリポートに駐機中の民間所有の小型機、ヘリコプターについては所在を確認。フライトプランを出さずに勝手に動き出す機があれば、管制機関が制止すると同時に通報して来ます」

「よし」

門はうなずいた。

〈プランA〉は進捗している。

空港や港湾から通常の手段で出国しようとしても。

進歩した顔認証技術で、出国する直前で審査場に並ぶ人の列から監視システムが対象人物を発見し、止められる（偽造パスポートを所持していても意味はない）。

また、国際線の定期便でなく、小型飛行機やヘリコプターを使って洋上へ脱出し、領海外で工作船と合流しようと試みても。それらは正規のフライトプランを出さずに勝手に飛び上がった時点、あるいはフライトプランと違うコースを飛び始めた時点で動きを摑める。領海外へ飛んで逃げようとしても、NSS工作員の乗ったヘリが追跡する。

そうだ。

「湯川」

まだ確認することがある。

●東京都　横田《よこた》基地

航空自衛隊総隊司令部・中央指揮所（CCP）

「先任」

横田基地の地下深く。

劇場のように薄暗い大空間は、静かにさざめいている。

十数列の管制卓から見上げる正面大スクリーンには、黒を背景に、ピンク色の巨大な日本列島が浮かんでいる（まるでピンクの龍のようだ、と評する人もいる）。

龍のような形の列島の上と周囲に、光る砂を撒《ま》いたように散らばる無数のシンボルは、すべて飛行中の航空機だ。

ここ中央指揮所は、対空レーダー網によって、わが国と周辺の空を監視している。接近する飛行物体は、低空を進む巡航ミサイルまで含め、すべて領空へ侵入する前に探知される。

ＣＣＰ先任指令官の工藤慎一郎《くどうしんいちろう》二佐は、昼前から発生していた南西諸島空域における〈対領空侵犯措置〉を片付け、一息ついたところだった。尖閣《せんかく》諸島魚釣島《うおつりしま》へ、北西方向から接近していた二つの未確認飛行物体に対し、那覇《なは》基地から二機のＦ《エフ》――要撃戦闘機をスクランブル発進させた。領空へ入られる手前で二機の空自Ｆ15は未確認機と会合、並走に入った。『アンノンは中国機』『Ｊ10戦闘機が二機』との報告があり、領空へ侵入せぬよう音声で警告すると、中国機はそれ以上の無茶な行動はせず、やがて引き返して行った。

いつものことだったが――

要撃機には帰投を命じ、肩の力を抜き、冷えてしまったコーヒーを飲もうとすると、隣席から副指令官の笹《ささ》一尉が呼んだ。

赤い受話器を手にしている。

「先任、官邸からです」

あぁ、そうか。

先任指令官という役職は、よく司令官と間違われるが。

組織の長ではなく、単に中央指揮所のオペレーションを統括する現場リーダーに過ぎない。

通常はCCPの責任者として、〈対領空侵犯措置〉の指揮を執るが。

もっと大変な、わが国の安全保障上の重大事態が発生した際には、工藤の先任指令官席のさらに後ろの一段高いトップダイアスに総隊司令官以下、管理部長、運用課長などお歴々がずらりと並ぶ（とてもやりにくくなる）。

今日のように、未確認飛行物体が二つ接近して来る程度であれば、CCPの指揮は、工藤にすべて任される。

そう言えば。

官邸のNSSから、頼まれていたことがあったな。

ホットラインは障子さんか……？

「すまん」

工藤は赤い受話器を受け取りながら、同時に正面スクリーンを仰ぐ。

ざっと見回して、黄色やオレンジの三角形シンボルは一つも見えない（先ほどの中国機は去った）。

「はい。先任指令官です」

ここ総隊司令部CCPと、永田町の総理官邸地下にあるNSSオペレーションルームとは、ホットラインで繋がっている。

官邸のオペレーションルームでは、国の安全に関わる事態が起きた際、総理を筆頭とする〈国家安全保障会議〉が持たれる。その場合、総理あるいは総理を補佐する内閣府危機管理監から、上空の情況について説明を求められることがある。

本来であれば、報告などは総隊司令部の上部組織である統合幕僚監部を通し、さらに防衛大臣を経由して官邸へ上げるのが正しい。

しかし、わが国の上空で起きうる事象は進行が速い。いくつも組織を挟んでいたのでは意思決定が間に合わなくなる、という理由で、例外的にCCPと官邸とが直接に連絡できる体制にされている。

しかし

『NSS情報班長、門です』

通話の向こうの声は名乗った。

「……………?」

工藤は目をしばたたいた。

男か。

呼んで来たのは、有美さんではない——

現在の内閣府危機管理監である障子有美は、東大法学部へ進む前に二年間、防衛大学校に在籍していた（工藤の一つ上級生だった）。しかし『自衛隊の中にいたのでは国が護れない』と言い、官僚の道へ針路替えをしたのだった。

そういう人だった。

NSSオペレーションルームの指揮を事実上執っている危機管理監が、気心の知れた先輩であるのは、工藤にとってはやりやすかったのだが――

ホットラインの男は、情報班長と言ったか？

NSSの情報班長には、確か、警察官僚が就く。

『あ、聞こえてますか』

どこかやるせない口調の声で、男は訊いて来た。

「あ、はい」

工藤も一拍おいて、うなずく。

まぁ、いい。

危機管理監は何かの用事で不在なのだろう。

先ほどの〈対領空侵犯措置〉の最中にNSSから受けた〈依頼〉は承知している。

自分は指揮で忙しく、笹一尉に対応してもらっていたが、内容は分かる。

「ご依頼の件ですが」

工藤は再度、正面スクリーンにちらと目をやって、応えた。

「今のところ、わが国の上空とその周辺に、未確認機はありません。フライトプランを出さずに飛行している航空機もありません」

『そうですか』

「フライトプランを出さずに勝手に離陸した機があれば、すぐに探知され、スクリーンに表示されます。また民間の小型機などが、あらかじめ提出したフライトプランと異なる行動を取り始めた場合も、防空システムのＡＩが検出してアラートを出します。すぐ分かります。国交省の管制センターより、こちらの方が早く気づくでしょう」

『ありがとうございます』


男が礼を言った。

警察官僚なのだろうが――とりあえず礼儀は知っているか。

工藤は、ＮＳＳの情報班長の男と話すのは初めてだった。自衛隊幹部と警察官僚は、そりが合わないというか、昔からあまり仲は良くない。国を護っているのは自分たちだ、という自負がお互いにあるからか（接触しても不快な思いをすることが多い）。

しかしこいつは、つかみどころは無いが、少なくとも不快にさせられるような人間ではなさそうだ――

「――情報班長」

思い切って、工藤は訊いてみた。

「先ほどからのご依頼の件、何が起きているのか、教えて頂けますか？」

●総理官邸地下
NSSオペレーションルーム

「そうですね」

ドーナツ型テーブルの席で、横田CCPと繋がっているマイクへ門は告げた。

「では、お話しします」


言いながら、視線を感じた。

横目でちらと見ると。情報席から湯川、そして他のスタッフ数人も振り向いて、こちらを窺っている。

先ほど湯川に指示し、CCPをホットラインで呼んだが。会話はすべてスピーカーに出させている（皆に聞こえた方が情況把握が早い）。

その湯川は「しゃべってしまうのですか？」という表情だ。

驚いている様子だ。

〈プランA〉は発動したが。

ＮＳＳから各省庁へ、協力依頼を出してはいるが、具体的に何が起きているのかまでは説明していない。公安警察の組織を除けば、各省庁の末端職員などは「やるべきことは言われているが、何のために動いているのか分からない」という者も多いだろう。

機密の保持のため、やむを得ないことだ。

協力を頼む相手の省庁へは、礼は言うが、起きている事態については明かさない。

ＮＳＳがオペレーションを実施する際の基本スタンスではあったが――

しかし門は、話を続けた。

「実は、中国の工作員が、わが国のメーカーの優秀な研究員を帯同して国外へ逃げようとしています」

『――』

●横田基地　地下

総隊司令部中央指揮所（ＣＣＰ）

「――」

工藤は赤い受話器を握ったまま一瞬、固まった。

何だって。

思わず、正面スクリーンをもう一度見てしまう。

記憶が蘇《よみがえ》る。

まさか――

思い出すのは、四か月前の〈国籍不明機宍道湖突入事件〉だ。

あの時も。

どこの国なのかは未だに確定しないが、外国工作員と見られる人物が宍道湖畔の医学研究施設から特殊な研究サンプルを奪い、あろうことかTV局の取材ヘリを乗っ取って日本海へ逃走した。あの時も、ここの指揮を執っていたのは自分だ。

「まさか」工藤は訊き返した。「四か月前と、同じような事案になると？」

『何とも言えません』

ホットラインの向こうで男は応えた。

ため息をつくような、やるせない口調。

『現在、滋賀県内を車で逃走中。警察が追っています。できれば四か月前の〈事件〉と同じような事態になる前に、何とかしようと考えています』

「分かりました」

工藤はうなずいた。

「ところで、航空機については、こちらですべて把握できますが。海上の船の方は――わが国周辺の船舶の情況、位置通報信号を出さずに航行している不審な船が居るかどうかは、そちらで把握しておられますか」

あの〈事件〉の時。

サンプルを奪った外国工作員は、乗っ取ったヘリを操縦し、島根沖の領海外へ出た。その海域には対空ミサイルで武装した不審な大型漁船が航行していて、その船にヘリは会合しようとした。

これから、同じようなことが起きるとしたら――

『周辺海域の情況については』

門と言ったか。

警察官僚出身の情報班長は、続けた。

『防衛省本省を通じて海上自衛隊と、国交省経由で海上保安庁に情報提供を求めているところです』

やはり。

このCCPは例外的に、官邸とダイレクトに連絡や、情報共有が出来る。

しかし海自や海保は、官邸オペレーションルームとは繋がっていない。

「そんな回りくどいことをしなくていい」

工藤は言った。

再び、正面スクリーンを振り仰ぐ。

「このCCPでは、いいですか。海自の自衛艦隊司令部と、最近では艦隊司令部経由で海上保安庁ともデータリンクで繋がっている。洋上の船舶の情報も、電話一本掛ければすぐ入ってきます。リアルタイムで、そちらへ中継できる」

●滋賀県　草津市
名神高速道路　路上

「〈滋賀680〉より指令。報告」

車長は前方から目を離さぬまま、手持ちマイクへ短く呼んだ。

滋賀県警の警察無線だ。

「報告あり」

先ほど受けた命令は『画像にある乗用車を発見して報告』というものだ。

何らかの事件を起こした被疑者が、車で逃走しているのか――？

しかし。警察無線を聞いていれば、県内で事件が起きて被疑者が逃げ出したのなら、交信が盛んに行なわれる（だいたい情況は摑める）。

今回は、そういった交信は聞こえない。ただ、監視カメラの動画を切り取ったような画像が送られて来て『この車を見つけて報告しろ』という。

いったい、何が起きているのだ――

助手席でマイクを握る車長が訝る間にも、前方の第一走行車線を進行中の乗用車は、みるみる近づいて来る。

新人の巡査の運転で、〈滋賀６８０〉は中央車線から、左端の第一走行車線へ移り、前方を走るＳＵＶに近づいて行く。

派手な色じゃないか……。

車長は目を凝らした。

7

●滋賀県　名神高速道路
県警高速隊　パトカー〈滋賀680〉

「繰り返す、報告あり」

車長は前方へ視線を向けたまま、手持ちマイクへ繰り返した。

ＳＵＶは近づいて来る（こちらが接近して行く）。

派手な色だ――

ちら、と助手席の画面へ目をやる。送られてきた画像と、前方の第一車線を走行する車両は外形が一致する。中国製ＳＵＶ（ＣＺＥ６という型の電気自動車）は、画像ではモノクロだが実際は赤に近いオレンジ色だ。

「指示にあった該当車両らしきもの発見。これより接近、ナンバーを確認する」

ザッ
短くノイズがあり、指令センターが応答した。

『──滋賀680、了解。車両ナンバーを知らせ』

無線の声が言うのと同時に。

覆面パトカーはSUVの真後ろ、約三〇メートルへ接近した。

新人隊員の巡査がアクセルを戻し、速度を合わせる。

目立つな……

車長は眉を顰めた。


「読み上げる」

特徴的な車体と色。

見つけてくれ、と言わんばかりではないか──そう思いながら、車長はSUVの後部ナンバープレートを読み上げた。間違いない、画像の車だ。

『了解した、少し待て』


「車長」

運転席の巡査が言う。

「間もなく県境です」

「うん」

車長はうなずく。

名神高速道路は、この先、一キロほどのところで滋賀県から京都府へ入る。県境を越えてしまうと、向こう側は京都府警の管轄だ。

「まずいな」

見つけて報告しろ、とだけ指示されたが。

どうするんだ。

『滋賀680』

無線が呼んで来た。

『該当車両と確認。ただいま公安課PCが急行中、少し待て』

待て……?

どういうことだ。

公安?

今『公安が来る』と言ったか。

このSUV、いったい何の事件に関係している。

「――――」

車体の後部窓へ目を凝らすが。

クラウンの助手席からは、車高の差もあり、SUVの運転席の様子は窺えない。

「滋賀680より」

車長は無線に呼んだ。

「間もなく県境。指示を乞う」

しかし

『――待て』

無線の向こう、県警高速隊の指令センターのオペレーターも、戸惑った口調だ。

後ろの誰かと相談しているのか……？

指令センターも、情況が分かっていないのか。

『少し待て』

「待て――って」

もうじき県境だぞ。

公安のPC（パトカー）が向かっている、と言っても。

間に合わないぞ。

もうすぐ県境を出る――

「車長」

巡査が言う。

「もう、一キロありません」

「分かってる」


時速八〇キロの制限速度で走っている。県境まで、三〇秒と少し。

京都府へ入ってしまうと、京都府警の管轄になってしまう。

前のSUVが、何らかの犯罪――公安が追っているのならテロ計画かもしれない――に関わっているのだとしたら。

取り逃がしたら、まずいんじゃないのか。

「680より指令」

車長は再び無線へ問う。

「間もなく県境。京都府警は待機しているか？　どうぞ」

『――』


何だ。

　なぜ答えない……？
『――あぁ、680、少し待て』
　待て、じゃない。
　どうする。
　バックミラーへ目をやる。
　公安のパトカーは来るか……？
　いや。
　後方に、それらしき影は無い。
　広域手配で、京都府警がこの先で待ち構えているとしても。
　取り逃がしたら、どうするんだ。
　ならば。
　交通法規違反検挙の名目で、止めてしまうか。
　しかし第一走行車線を八〇キロで走っている、何も違反をしていない。
「車長」
「分かってる」
　車長は歯嚙みすると、命じた。
「警光灯、出せ」

「えっ」

巡査は前を目で指す。

「でも、何も違反は」

「いい」

もう県境を越える。

他県の管轄区域に入ってしまうと、原則、取り締まりや捜査活動は出来ない。

唯一、高速隊のパトカーが県境を越えても一般車両を停止させることが出来るのは。その車両が現に交通法規違反をしていて、すでにパトカーが警光灯を点灯させ追尾にかかっている場合のみだ。追尾中なら県境を越えても、取り締まりは継続できる（違反の『逃げ得』は許されない）。

「運転者が、携帯電話を使っているように見えた」

車長は、とっさに考え付いた理由を口にした。

「停車させ、確認する」

「えっ、でも」

「一応、停車させて確認する」

●総理官邸地下
ＮＳＳオペレーションルーム

「ありがとうございます」

門は、マイク越しに礼を言った。

ホットラインの向こう――横田の地下に詰めている空自の先任指令官の男は、協力を約束してくれた。

船舶に関わる情報も、航空総隊のネットワークを活用し、提供してくれるという。

手の内を明かし、正解だった――

外事警察官を長くやっていると、人間が『見えて』くることが時々ある。あえて捜査情報を開示することで、大きな協力を得られることがある。

これは勘《かん》だ。

「では、何かありましたら、よろ――」

だが
「班長」

「班長、報告です」

湯川の声が被さった。

門が通話を終えるのと、情報席から湯川が振り向くのは同時だった。

「警察庁警備局より。滋賀県警が、名神高速道路上で捜索中の該当車両を確認。見つけました っ」

「――！」
同時に、門の内ポケットでも携帯が振動した。
見つけたか
門は卓上マイクから身を離すと、携帯を取り出し、画面を見る。
短いメッセージが浮き出ている。
警備局の後輩からだ。
当該車両発見、京都府警に手配――
（――）
京都府警か。
思わず、サブスクリーンの一つを見る。
赤い点の位置。

微妙だ。

●名神高速道路

滋賀県警高速隊　パトカー〈滋賀680〉

「警光灯、出します」

運転席の巡査が天井へ手を伸ばし、バックミラーの右にある隠しライトのスイッチを『露出』へ入れた。

途端に、天井から機械の動作する振動が伝わり、ガチっという響きと共に運転席視界の上側が真っ赤に染まった。

「点灯しました」

うっ、と車長は目をすがめる。

しまった、自分で運転する時にはサングラスを掛けるのだが――

赤い閃光の明滅は、昼間に一キロ離れていても人の注意を惹《ひ》く。強力な光量は車内にいても目を刺激する。

「サイレン、鳴らすぞ」

車長は顔をしかめながら、助手席の情報画面の右横にある黄色いスイッチを押し上げた。

フロントグリルに仕込まれたサイレンが鳴動し、車体が震え出すのと同時に、視界の左側を『京都府』と記された標識が通過した。

「——よし、間に合った」


県境を越える前に、追尾の態勢にした。

京都府には入ってしまったが、これで目の前のＳＵＶを検挙する権限が出来た。

だが、この位置からはＳＵＶの運転席の様子は依然として見えない。

運転者が通話目的で携帯電話を使用しているのか、などは本当は分からない。

だが
いいんだ。

「いいんだ、そんなふうに見えたので一応、止まってもらった」

自分にも言い聞かせるように、車長は言った。

「そういうことにする。追い越して、前へ出ろ」

「は、はい」

運転席の巡査がアクセルを踏み込んだ。

メーターパネルの回転計の針が跳ね上がり、加速Gがかかる。

同時にハンドル操作で、左端の第一走行車線から中央の車線へ横滑りして出る。

「追い越して、前へ出ます」

さらに加速。

どんな奴だ――

●総理官邸地下

NSSオペレーションルーム

「――――」

門はサブスクリーンを見上げ、唇を噛んだ。

赤い点。

警察のNシステムが、最後に当該車両――後呂研究員の所有する滋賀ナンバーの車両を確認した位置だ。

名神高速道路上、かなり県境に近い。

現在ではもっと近いはず。

目でマップを探る。

パトカーの位置などは表示されていない――しまった、警察庁へ要請しておけば表示できたはずだ。

「湯川」

●名神高速道路
滋賀県警高速隊　パトカー〈滋賀６８０〉

どんな奴だ――？
ＳＵＶのオレンジの車体は、視界の左前方から引き寄せられるように近づく。
車長は助手席から、その車体の窓の辺りを注視するが
（――変だな）
思わず、眉を顰める。
何だ、この違和感――
「そうか」

車長は違和感の正体にすぐ気づいた。

ＳＵＶの車体が、揺らがない。

平然と、八〇キロの制限速度をキープしたまま直進している。

いつもと違う。

いつもなら――普通は真後ろで覆面パトカーがいきなり真っ赤な警光灯を発光させ、サイレンを鳴らせば、驚くものだ（どんな運転者でもそうだ）。

驚きがハンドル操作に出て、車体は揺らぐ。真後ろでサイレンを鳴らされた乗用車は、生き物のように揺らぐものだ。

それがない。

訝っていると、ＳＵＶの車体はみるみる助手席の真横へやって来る。

どんな奴が乗っている……？

真横を追い越す。車長は助手席から伸び上がり、ＳＵＶの運転席を覗こうとした。

向こうは車高が高い。

その上、スモークガラスか――よく見えない。ダッシュボードと助手席の座面に手をつき、さらに伸び上がる。

その瞬間。

「……な」

何……⁉
車長は目を見開く。
同時に、その視野がオレンジの閃光で一杯になった。

8

●京都府　宇治市
ＪＲ宇治駅　駅前ロータリー

来た。
城悟が目を上げると、白い大型バスが駅前ロータリーへ入って来る。
時間通りだ。
間に合った。
間に合ったけれど――
（――浮いている、かな）

宇治総合病院からJR奈良線の宇治駅までは、タクシーを使って十分ほどかかった。

幸い、駅前の高速バス乗り場へ、発車時刻前に着くことは出来た。

神戸空港へ戻るには、バスの方が早い。

JRを使うと、いったん奈良へ出なくてはならず、神戸へは遠回りになる。

その代わり、宇治駅から大阪府の茨木《いばらき》、兵庫《ひょうご》県の尼崎《あまがさき》を経て、神戸三宮《さんのみや》を結んでいる高速バスの路線がある。

そのうち午前と午後に一本ずつは、三宮からさらに神戸空港まで走っている。

今日は一日のうちに姉を見舞い、夕方には宮崎へ着きたい。このバスの便は、有難かった。

城悟はあらかじめ、ネットのサイトで乗車券を買っておいた。

乗車券はQRコードだ。携帯電話を胸ポケットから取り出しながら、ふと『周りから浮いているかな』と思った。今日は制服姿だ。

自衛隊では、赴任のための移動では、輸送機に便乗するのでなければ服装は自由、とされている（制服を着る必要はない）。

今の時代は、災害派遣の活動などで、国民の自衛官に対する感情は、それほど悪くはないと思う。

しかし、この制服は珍しいし、目立つ。

高速バスの乗り場には、ほかにスーツケースを携えた人たちが五人ほど並んでいたが。

なんとなく、悟の前後には隙間が出来ている。

じろじろ見られることは無くても。バス乗り場に並んでいて、なんとなく隣の旅行客から距離を置かれる。あるいは街を歩いていて警察官と間違われ、高齢の女性から「おまわりさん、駅はどっちですか」と訊かれたこともある。

(でも)

悟は、視線を下げ、自分の左胸を見た。

銀の鷲。

このウイングマークを、姉ちゃんに見せたかった。

航空自衛隊パイロットとして、こうして、ちゃんとやっている。

それを見せたかった。

プシュウッ

考えている悟の目の前で、停止したバスが乗降扉を開いた。

中年の運転士が下りてきて、並ぶ乗客たちへ「手荷物を預かります」と告げた。

この便は神戸空港まで行くので、飛行機で旅行する人たちが使うらしい。

キャスターの付いたスーツケースが、白いバスの車体の横に並べられる。

自分は、手ぶらだ。

悟は、乗車券を運転士へ提示すると、携帯を胸ポケットへ戻し、乗降口のステップを登った。

ほかの乗客たちは、バスの横腹の荷物室へスーツケースを預けているので、乗車するのは悟が一番先になった。

（一番、後ろにしよう）

バスは、宇治が始発ではない（時刻表によると、滋賀県の草津から来ている）。

左右に二席ずつの客席は、すでに半分ほど埋まっていた。

制服・制帽の自分が最初に乗り込んだので、珍しいものを見るような視線を向けられるのは覚悟した。

あまり人の視線にさらされないよう、一番後方の目立たない席にしよう――

そう考えながら通路を進むと。やはり先に着席している乗客の中で、ハッ、と驚くような仕草をする者もいる。

（――――）

いつものことだから、気にはしない。

雑踏の中で、自分の制服姿を目にした者がサッ、と視線を逸らす。自衛隊は憲法違反だとか、いまだに声高に言う人たちもいる。基地のゲートの外にデモ隊が来ることもある。

気にはしないさ。

真ん中辺りの列に一人で座っていた四十代らしき男が、何だろう、嫌悪したように視線を逸らして顔を窓の外へ向けた。

いつものことだ──

悟は、そのような所作をされたことに気づかぬふりをして、通り過ぎた。

●東京　総理官邸地下
NSSオペレーションルーム

「パトカーの位置、来ましたっ」

湯川が振り向いて告げた。

「警察庁を経由して、滋賀県警と京都府警の指令センターの情報を上げてもらいました。すみません」

「いいよ」

門はテーブルに肘をつき、サブスクリーンを見やる。

湯川が「すみません」と言ったのは。

パトカーの位置情報を上げさせるのに数分を要したことと、もともとこれくらいは、自分が気を利かせて取得しておくべきだった――という反省か。

でも、いい。

先ほど、その場で勘で判断し、航空自衛隊の先任指令官へいきなり情報を開示して、スタッフたちを驚かせた（湯川は気を取られ、たぶん気を利かせる余裕が無かった）。

俺のせいだ。

それよりも気になるのは。

「スクリーンへ出せるか」

門篤郎が、気になったのは。

サブスクリーン右下に表示されている現在時刻。

当該車両を発見した、という滋賀県警の最初の報告から、何分経った……？

次の報告は……？

門の思考に

「スクリーンに出します」

湯川の声が重なった。

「警察車両は青い点です」

だが

「………?」

スクリーンのマップ上に同時に浮き上がる、いくつかの光点。

それらを一瞥《いちべつ》し、門は眉を顰める。

何だ……?

●神奈川《かながわ》県　上空

航空自衛隊所属　CH47輸送ヘリコプター

その機内。

「――――」

気流に揺さぶられている。

今回の西行きのフライトは、富士山《ふじさん》の風下を通過するので、揺れには覚悟するよう、あらかじめ機長から説明を受けていた。

ぎしっ、ぎししっ、と時おり上下に揺さぶられる。

近畿圏へ到達するまでは全速で行く、揺れは箱根《はこね》を飛び越えるまでの辛抱だ、と言われていたが――

「――何だろう」

依田美奈子は、眉を顰めた。

がらんとした空間に、独《ひと》りで座っている。

霞が関に立つ警察庁の屋上から、この機体に拾ってもらい、すでにどれくらい飛んだだろうか――

この輸送ヘリ――入間基地所属のＣＨ47は、全長九メートル余りのキャビンにＨＭＶ高機動車なら二両、兵員ならば三十三名を収容できる。

その空間に独りだ。

壁を背に、折り畳み式の座席を出して、髪を後ろでまとめ、黒のパンツスーツの膝にタブレット端末を置いている。

入間のＣＨ47には、これまでに〈任務〉で何度も乗ったが。

今日の揺れは、格別だ。端末は両手で保持していないと、どこかへ飛んでしまいそうだ。

その画面を注視する。

目を凝らす。

パトカーが、止まっている……?

(………)

何だろう、この違和感――

美奈子が見つめるのは、たった今官邸地下のオペレーションルームから送られてきた画像だ。

あのモノクロ画像の車――後呂研究員の所有する車両が発見され、確認された。

場所は名神高速道路上だという。

だが報告はそれだけだったので、門班長が要請し、当該車両を確認したパトカーと、対応しに向かう滋賀県警の公安課パトカー、待ち構える京都府警公安課パトカーのそれぞれの位置を知らせてもらった。

情報はただちに転送されてきた。

タブレットのマップ上、いくつかの青い点で表示されるのが各パトカーの位置だ(リアルタイムのGPS情報だという)。

しかし

「班長」

訝るような視線を画面に向けつつ、依田美奈子は口を開いた。

「班長、聞こえますか」

●東京　総理官邸地下
NSSオペレーションルーム

『班長、聞こえますか』

天井から依田美奈子の声。

情報共有のため、警察庁から上がって来たパトカーの位置情報は、上空にいる二名の工作員の端末へも転送したが。

すぐに反応したのが美奈子だ。

通信回線越しに呼んで来た。

『変ではないですか？』

「あぁ」

門は、テーブルに両肘をつき、サブスクリーンを見上げながらうなずく。

確かに。

プロの公安警察官なら、違和感を感じるだろう。

「確かに、『発見』を通報して来たパトカーが、止まっている——停止している」

その門へ

「班長」

情報席から湯川が振り向いた。

「『発見』を通報したパトカーは、滋賀県警の高速隊パトカーだそうです。覆面です」

「———」

交通取り締まりのパトカーか。

門は唇を噛む。

自分も感じた違和感の正体。

マップ上の一つの青い点。『発見』を通報したパトカーの位置だ。その一つだけが、停止している。情報をもらった時点ですでに、高速道路上の一点——県の境界線辺りに停止しているのだ。

見渡すと、マップ上の右方向——高速道路の滋賀県側からは別の青い点が二つ、停止している青い点へ追いつくように移動している。反対の左方向——京都府側では四つの青い点が高速道路へ上がり、ゆっくり移動しながら配置につくところだ。

「――止まっている、ということは。『発見』を報じた高速隊パトカーが、該当車両を停止させたのか？」

「わかりません」

湯川は頭を振る。

情報席の画面には、さまざまな情報が来ているようだが――

「まだ『発見』を報じたパトカーからの、その後の報告が確認できていません。該当車両を止めたのか、どうか」

「滋賀県警は」

門はスクリーンを見たまま訊く。

「県警の現場指令センターは、何と言っている」

「それも、まだ――」

湯川はインカムをつけた頭を振る。

「――警察庁警備局でも、報告を催促しているようですが」

どういうことか。

報告が上がって来ない。

(――――)

門は唇を嘗める。

現場のパトカーの動きをコントロールする指令センターから、報告が上がって来ない。

警察庁へ現状の報告を上げる余裕がないのか。あるいは――

あるいは……

門は視線をサブスクリーンから、メインスクリーンへやる。

そうだ。

「――舞島」

卓上のマイクへ訊いた。

「舞島、聞いているか」

●奈良・京都県境上空
MCH101ヘリコプター　機内

『舞島、聞いているか』

左耳のイヤフォンから声。

門篤郎だ。

『聞こえるか』

「──はい」

舞島ひかるは、イヤフォンを指で押さえ、応えた。

ヘリコプターのキャビンの座席。

両足の踵でバランスを取り、視線は左手のスマートフォン画面へ向けたままだ。

オペレーションルームから先ほど送られてきた画像──

捜していた研究員の車が、警察によって発見され、確認されたという。マップ上では高速道路に沿い、数えて七つの青い光点が浮き出ている（パトカーの位置だという）。

だが
たったいま回線を通じ、依田美奈子が『変ではないですか？』と発言した。

何が、変なのだろう──そう思って、見ていたところだ。

「聞こえています」

『よし』

回線の向こうで、門の声がうなずく。

背景にはオペレーションルームのざわめきだろうか、いくつかの声が飛び交う。

『君の機の位置は、こちらで把握中だが』

●総理官邸地下
NSSオペレーションルーム

「君の現在位置は――奈良県から北上し、おおむね京都府へ入るところか」

門が卓上マイクへ言うと。

情報席の湯川が今度は気を利かせ、命じなくともサブスクリーンの視点がバックして、表示範囲がぐっ、と広がる。

マップの左下の隅に、緑の光点が現われる。

あそこか。

よし。

「いいか」

●MCH101ヘリコプター 機内

『いいか』

門の声は続ける。

いつもの冷静な、力の抜けた感じではなく、少し興奮した口調だ。

『何かが起きている』

「――？」

ひかるは、スマートフォンの画面に目の焦点を置き、周囲の視野も無くさないようにしながら『何だろう』と思った。

さっき見た、あの画像の車――研究員の所有するという、ＳＵＶタイプの車両が見つかったのではないのか。

警察が対処してくれるのなら、わたしたちＮＳＳ工作員が出て行くこともない、写真で見た後呂一郎という研究員の国外脱出は阻止される――

だが

『あり得ないことが起きている』

「――え」

『いいか』

門は続ける。

『覆面パトカー――「該当車両発見」を通報した高速隊のパトカーが、名神高速上の、ちょうど県境の上で停止してしまっている。いいか、捜査の指揮の常識として、今回のようなケースでは「発見」を報じた交通取り締まりのパトカーに単独で手を出させるようなことはしない。セオリーでは覆面パトカーにはそのまま気づかれぬよう追尾を続けさせ、待ち受ける京都府警公安課のパトカー四台で該当車両の前後を挟んでブロック、絶対に逃げられない態勢を作ってから停止を促す。理由は何でもいい、シートベルトをしていないように見えたから確認させてもらうとか、何でもいいんだ。通常の職務質問だ』

「――――」

そうなのか。

ひかるは目をしばたたく。

『おそらく、指揮系統が混乱している』

門の声は続ける。

『滋賀県警では、覆面パトカーがどうして停止してしまっているのか、情況も分からずにいる。たぶん通信も途絶してる』

「――――」

ひかるは目を見開く。

該当車両――あのＳＵＶ――を発見したパトカーが、通信途絶……!?
画面のマップをもう一度、注視する。
ということは。
「――――」
口を開こうとした時。
『舞島候補生』
ふいにキャビンの天井から声が降った。
機内スピーカーだ。
『舞島候補生、機長だ。コクピットへ』

第Ⅱ章　紅《あか》いＥＶを追え

1

●京都府　上空
ＭＣＨ１０１ヘリコプター　コクピット

「機長」
そう言えば。
奈良基地を飛び立ってから、まだコクピットへ挨拶《あいさつ》していない。
しまった――
ひかるは『しまった』と思った（起きている事態を摑むのに精一杯だった）。
機内スピーカーで呼ばれ、ハッ、と我に返った感じだ。

携帯を胸ポケットへ戻すと、すぐ座席を立った。

コクピットへ行こう。

床面が『下り坂』だ。踵《かかと》に重心を掛ける——ヘリは巡航に入っても、やや機首下げの姿勢を取り続ける。機内を歩くのにはコツがいる。機首方向へ向かう時はつんのめらぬよう、身体《からだ》の重心をやや後ろに置く（そうしないと転ぶ）。

しかし呉で〈研修〉する間、何度かこの機体には乗せてもらっている。

もう、慣れた。

キャビンとコクピットを仕切る扉をくぐる際、ひかるは左手でサングラスを取り出し、装着した。思った通り、昼間のヘリのコクピットはとんでもなく明るい——

目をすがめつつ、敬礼した。

「舞島候補生、参りました」

「おう」

ヘリコプターでは、通常の航空機とは逆に、機長が右側、副操縦士が左側の操縦席に着く。

多数の窓に囲われ、円《まる》い金魚鉢のように視界の良いコクピットでは、前方に緑の山々の稜線《りょうせん》が広がっている。

陽光が左手から差し込んでいる（機は北へ向かっている）。

右側操縦席から、ヘルメットに飛行服の男が振り向いた。

四十代か、日焼けした顔に濃緑のサングラス。

「すまんな、舞島候補生。取り込み中だったか？」

「いえ。渡良瀬《わたらせ》三佐」

コクピットの扉口から、ひかるは飛行服姿へ再度、一礼した。

知っている人――いや、それどころか、この人は〈生命《いのち》の恩人〉だ。

「大丈夫です。ご挨拶遅れ、申し訳ありません」

この人は。

実はスピーカーの声を聞いた瞬間『そうではないか』と思った。

嗄《か》れたような声。

機長席につく四十代の男――日焼けした、ベテランらしいヘリコプター・パイロットは、四か月ほど前の〈事件〉の渦中、ひかるを日本海の荒波の中から拾い上げてくれた。

海自・第一一一航空隊の飛行班長、渡良瀬敏行《としゆき》三等海佐だ。

第一一一航空隊は、ＳＢＵチームの緊急展開を支援する。その後、呉での〈研修〉の間もＳＢＵの〈船上強襲訓練〉に同行見学した際、世話になっている。

「それはいい」

渡良瀬三佐は、潮風で嗄れてしまったのか、低い声で告げた。

「立っていないで、オブザーブ席に座れ」

「は、はい」

──『至急、向かえ』

ＭＣＨ１０１のコクピットは、いつも客室乗員として乗っているボーイング７７７の操縦室に比べると、見晴らしはよいが手狭だ。

左右の操縦席に二名のパイロット、後方のサイドパネルに向かって機上整備士（フライトエンジニア）が着き、二つあるオブザーブ席の一つには先ほどのロードマスターが着席している。

ロードマスターの三曹はすぐ立ち上がって「候補生、こちらへ」と、操縦席に近い方のオブザーブ席を譲ってくれた。

ひかるは「ありがとう」とうなずき、三曹と身体を入れ替えるようにして、機長席の斜め後ろに着席する。

航空機搭乗員としての習慣で、まずシートベルトを着装する。

そのひかるに

「候補生」

機長は振り向いたまま（操縦は副操縦士に任せているのか）、告げた。

「こうも早く、また会うとは思わなかったが。今回、我々は君の〈運び屋〉だ。統幕の方からは『奈良基地でＮＳＳ工作員をピックアップし近畿圏上空を旋回待機、その後は工作員の要請に応じ行動せよ』と指示されている」

「お世話になります」

ひかるは会釈しながら、早速、左手で携帯を取り出す。

渡良瀬三佐へ頼まなくてはならない。

呼ばれたのは、ちょうどいい――

――『いったい、どうなっているのか』

耳に、先ほどの通話が蘇《よみがえ》る。

門の声。

――『情報が入って来ない。至急、向かえ』

門篤郎に指示されたのは。天井スピーカーで機長に呼ばれるのとほぼ同時だった。

研究員が乗っているという車両を発見した滋賀県警の高速隊パトカーが、高速道路上で停止して、連絡できない状態だ。

いったい、どうなっているのか。

情報が入って来ない。

滋賀県警の指令センターでも摑めていないらしい。

情況が知りたい。

ひかるの乗るヘリで急行し、上空から確かめるのが早い。至急、向かえ――

「三佐」

ひかるは携帯の画面にマップの画像を出すと、操縦席の男へ示した。

「早速ですが、お願いが」

●東京　総理官邸地下
　ＮＳＳオペレーションルーム

「班長」

　情報席から湯川が振り向いて、告げる。

「後呂一郎研究員の所有する車両の詳細が、分かりました。第二サブへ出します」

「うん」

　ドーナツ型テーブルの席で、門篤郎はうなずく。

　その手には携帯を取り出し、親指で通話先を選ぼうとしていた。

　視線だけを上げる。

「――――」

　メインスクリーン左側の第二サブスクリーンに、写真が浮き出る。

　自動車のカタログ画像か……？

　注目する。

　動画か。背の高い車のＣＧ画像が三六〇度、ぐるりと回転する――確かに監視カメラの画像と同じ形（コンパクトSUVというのか）だ。

重なって『CZE』という大きなロゴマーク。

宣伝用の動画か。車体は、横向きになって止まる。

ロゴが大きな文字に変わる。『FUTURE DREAM CZE6』

CZE、か。

（――最近、ネットでもよく見る）

パソコン画面に、よく出る広告だ――そう思いながら、視線を携帯へ戻し、通話先をタッチする。〈障子危機管理監〉。

「該当車両ですが」

湯川がデータを読み上げる。

「車種名はCZE6。中国、CZE社製の電気自動車です。陸運局に登録されたのは、先月」

「――――？」

門は、携帯で障子有美を呼ぼうとしていた。

いま彼女は、常念寺総理と共に委員会へ出席中だが。

現在起きている事象について、一報しなくては。

工作員の舞島ひかるを、ヘリで〈現場〉へ急行させている――しかし情況が判明するまで待っていたのでは遅い。

だが

「――先月?」

思わず、振り返って湯川の方を見た。

●京都府　上空
ＭＣＨ１０１ヘリコプター　機内

「あの辺りだ」

右側操縦席で、渡良瀬三佐が前方を指す。

ヘリは北上を続けている。

高度は三五〇〇フィート。

緑の山の稜線が、前方から目の前へ迫って来ると、コクピットの足下すれすれに呑《の》み込まれる。

一瞬、ぐんっ、と持ち上げられるような感覚と共に、別の視界が広がった。

市街地だ。

眼下は、小高い山々に囲まれた広大な市街地だ。

京都か――

「あの奥に走っているのが、名神高速だ」

「――はい」

ひかるはうなずきながら、左手の携帯の画面と、前方視界を見比べる。

晴天だ。

視界の左手から陽光が降り注ぎ、眼下に広がる市街地のずっと奥の方に、灰色の筋のようなものが見える。

ところどころ鈍く光り、うねりながら視界の右手奥へ延びていく。

高速道路は、上空からはあんなふうに見えるのか――

「そのようです。ありがとうございます」

「県境へ、行くんだったな」

渡良瀬三佐は振り向くと、念を押すように訊《き》いた。

「京都と滋賀の県境か」

「その通りです」

ひかるはうなずく。

つい先ほど、携帯の画面のマップを示し『ここへ向かってください』と頼むと、渡良瀬は直ちに対応してくれた。

針路は、目視で見当がつくらしい。

操縦は左席の副操縦士に任せたまま『よし、あっちだ』と機首方向を指し示す。

左席の三尉が「はい」と応じ、操縦桿《かん》でヘリの針路を調整する（とりあえず飛ぶ方向は北向きで、あまり変わらない）。

視界の中、鈍く光る、うねるような灰色の筋は前方から急速に近づく。

「上空から、道路上の様子を確認したいのです」


「分かった」

渡良瀬は嗄れた声でうなずくと、周囲を見回した。

現在、有視界飛行（ＶＦＲ）だ。管制機関のコントロールは受けていない。空中の他の航空機や、地上障害物との衝突回避は機長の責任になる。

「よし、ここから先には目立った山は無い。俺が操縦する」

渡良瀬が「アイハブ・コントロール」と宣言すると。

左席の副操縦士は「ユーハブ」と答え、操縦桿とコレクティブ・ピッチレバーから両手を離す。

「五〇〇フィートまで降ろして、道路上を進むぞ」

前方を向いた渡良瀬は、右手で操縦桿を握り、オブザーブ席のひかるに聞こえるように か大声で告げた。

「つかまっていろ」

言うが早いか。

ブォッ

風切り音と共に、いきなり視界が傾きながら上向きに激しく流れ、同時に身体が浮くようなマイナスG。

「きゃ」

●国会議事堂

衆議院　委員会室

「――いいわ」

障子有美は、手にした携帯へ小声で応えた。

「だいたい、情況は分かった」

現在、セキュリティ・クリアランス制度創設へ向けての法案審議中だが。

有美の携帯へ、門篤郎から着信があった。

二分前だ。

委員会室での審議中、国会の規定により、答弁にあたる閣僚は外部との電話での連絡は出来ない。

閣僚をサポートする官僚にのみ、例外的に、外部からの通話を取ることが認められる。

ただし大っぴらには出来ない。

有美は、常念寺貴明が野党議員からの質問に答える間、答弁席の後方へ下がり、壁際で門篤郎からの報告を聞いた。

先ほど官邸地下のオペレーションルームを出てから、さまざまな事態が起きている。

リニア新幹線の中心的技術者が、中国工作員に連れられ国外脱出……

「――その研究員が乗っているとおぼしき車が」

有美は、立ったまま眉根を寄せ、たったいま門から電話越しに聞かされた内容を繰り返した。

「今、どうなっているのか。あの子が確認に向かっている、と——」

『そういうことだが』

オペレーションルームから報告を入れて来た門篤郎は、電話の向こうで言う。

『一つ、気になることがある』

「気になること？」

『そうだ』

門の声はうなずく。

『車の登録が、先月なんだ』

「先月——？」

●総理官邸地下

NSSオペレーションルーム

「そうだ」

門は、手にした携帯へうなずく。

ドーナツ型テーブルの席からは、正面のメインスクリーンのほか、左右にもいくつかの情報スクリーンが見渡せる。

第二サブスクリーンに出させている内容を、門は読み取る。

「国土交通省によると。まず後呂研究員は運転免許証を所持してはいるが、これまでに自動車を所有した記録は無い」

『もともと、車は持っていなかった？』

「そうだ」

門は、有美の問いにうなずく。

「滋賀県警の公安課によると。研究員は配偶者もなく独身、しかし重要な役職にあるのでムサシ新重工は彼に3LDKの借り上げ社宅を提供している。自動車を所有する前までは、社宅から研究所への通勤や日常の買物には自転車を使っていた」

『――』

「その上で」門は続ける。「陸運局の登録情報によると、研究員の所有するCZE6は、三十五日前に広東《かんとん》省深圳《しんせん》の工場で製造され、二十八日前に神戸港へ輸入、二十六日前に納車され登録されている。製造日が三十五日前、と言うと――何か気づかないか？」

『――三十五日前……？』

通話の向こうで、障子有美が訝《いぶか》るような声。

『その時期は』

「そうだ」

門はうなずくが
同時に
「班長」

湯川の声が、背後から割り込んだ。

「ゼロゼロナイン・ツーのヘリ、間もなく県境上空です」

2

●京都府　上空
ＭＣＨ１０１ヘリコプター　機内

（――うわっ）

身体が浮き上がった。急激な機首下げ（シートベルトをしていなければ、コクピットの天井へ頭をぶつけたかもしれない)。

髪の毛が逆立つ。

ひかるは目を見開いた。

ざぁあっ

斜めになった市街地が、上向きに激しく流れた——と思うと。

次の瞬間、傾きが戻る。同時に目の前に迫ってくる高速道路が、今度は反対の下向きに流れ、額の上から地平線が降って来た。

ずんっ、というプラスG。オブザーブ席の座面に叩きつけられる。

思わず、歯を食いしばった。

えっ……!?

息を呑《の》んだ。

まるで昔のSF映画で、宇宙要塞の表面の溝へ突っこんで行く戦闘機のコクピットに居るみたいだった。

水平に戻っている——視界前方からは高速道路、往復六車線の高架道路が足下へ吸い込まれるように流れて来る。

低い——

名神高速道路の真上へ、急機動で降りたのか。

ひかるは、ようやく理解した。

そのひかるへ
「驚くな」

右側操縦席で、前方を向いたまま渡良瀬が言った。右手に操縦桿、左手にコレクティブ・ピッチレバーを握り、急な機動を行なったのに、背中はゆったりした感じでシートにつけている。

ひかるが小さく悲鳴を上げたのが、聞こえたか。

渡良瀬三佐は「候補生」と笑った。

「SBUの連中を乗せて不審船へ接近する時には、これ以上の機動をする。引き起こすのも海面すれすれだ、そうしないと対空ミサイルにやられる」

「――は、はい」

「機長」

左側操縦席から、副操縦士が言う。

中央計器パネルの航法マップと、前方視界を見比べている。

「前方で道路は右へカーブ、切り通しに入ります。県境は、切り通しの辺り――ん？」

「………⁉」

ひかるも同時に、目をしばたたいた。

何だ……？

何か見える。

ヘリは低空へ降りている（五〇〇フィートと言ったか）。

すぐ足の下、両側の下方監視窓には車の列が流れる。左側三車線——滋賀県へ向かう車線では車の流れが止まりつつある。無数の赤いブレーキランプが点灯していて、その直上を追い越すようにヘリは進む。

車列は停止、渋滞になっていく。

反対に、滋賀県から京都府へ来る方の三車線は、車の姿が無くなった。

どうしたんだ。

（————）

停止した車の群れの先の方へ目をやると。

副操縦士が言うように、名神高速は右方向へカーブして、その奥が切り通しになっている。緑の小山の陰に隠れる。

と

「……煙？」

「煙です」

同時に副操縦士も声を上げる。

「黒煙。切り通しの辺りだ」

あれは。

ひかるは前方視界から目は離さず、スマートフォンを耳に当てた。

●東京　総理官邸地下
ＮＳＳオペレーションルーム

『班長』

天井スピーカーに声が入った。

舞島ひかるだ。

『舞島です。間もなく名神高速、県境の上空』

「よし」

門はサブスクリーンのマップを見やりながら、マイクへ応える。

ヘリの位置――今ちょうど県境の真上にさしかかる（停止しているパトカーの青い点と重なる）。

舞島ひかるの声は、少し呼吸が速い。

ヘリの窓から、下の様子が見えるのだろう。

「情況を撮影し、送れ」

『了解』

●京都・滋賀県境上空
ＭＣＨ１０１ヘリコプター

「燃えています」

副操縦士が言う。

「右側の車線だ」

ヘリの機体が、高速道路のカーブに沿って曲がって行くと。

切り通しの様子が見えた。

京都府と滋賀県の県境は小山になっていて、山を切り通して道路が走っている。

何か、燃えている。

コクピットから見て右側の三車線――滋賀から京都へ来る方の車線上で、黒煙が上がっていた。

（――――）

ひかるは息を呑む。

激しい黒煙――

目を凝らす。路上で燃えている何かが、前方から急速に足の下へ来る――そう思った瞬間。

ぐわっ
視界のすべてが、ふいに真下へ吹っ飛び、目に見えるものが空だけになった。

プラスG。

「きゃ」

ひかるはまた悲鳴を上げかける。

身体がシートに押し付けられ、凄まじい勢いで機首が上がる。

機首上げ……⁉

何を――⁉

目を見開くと。

右側操縦席では渡良瀬三佐がヘルメットの頭を左方向へ向け、操縦桿を左へ倒す。

グルッ

視界が回転し、ひかるの左真横へ、大地が下から廻《まわ》って来た。

同時に

「舞島候補生」

渡良瀬の声。

「火災現場の真上で、旋回に入れるぞ」

「――――」

そ、そうか。

ひかるはようやく理解する。

かなりの速力で、前進していたから。

道路上で何かが燃えている、その場所の真上で『急停止』するためには、大きく機首上げをして、行き脚を殺さなければならなかった。

外から見れば、このヘリは大きく機首上げをして宙で止まってから、左へ機首を振るようにして急旋回に入ったのだ。

「わ」

分かりました、と言いかけたが声にならない。

ひかるは、ヘリコプターは前の〈事件〉の際、成り行きで少し操縦した。

でも、このような、空中でハンマーを振り回すような機動が出来るなんて――

「候補生」

操縦席から、また渡良瀬が言った。

「そら、左側面に見えるぞ。報告を送るんだ」

●総理官邸地下
NSSオペレーションルーム

『――は、班長』

天井スピーカーから舞島ひかるの声。

声と同時に、メインスクリーンに映像ノイズが走り、何かが映し出された。

『映像、送っています。見えますか』

「――――!」

「――――!?」

門も、スタッフたちもメインスクリーンへ視線を集中させる。

何だ……?

門は目を細める。

揺れ動いている。

煙のようだが――

●京都・滋賀県境上空
ＭＣＨ１０１ヘリコプター

「うっく」

強い下向きG。

重力は座席に対して下向きにかかるのに、景色は――地平線が縦になっていて、大地が自分の左真横にある。

廻っている。

ヘリの機体はほとんど九〇度バンクで、高速道路の真上で急旋回している。

機体はGで揺さぶられ、左手でスマートフォンがうまく保持できない。

「も、燃えているようです」

イヤフォンの骨伝導マイクを使い、ひかるは通話の向こうへ報告した。

道路上で車両が一台、燃えている。

激しい黒煙で、隠されていたが。

急旋回に入ったコクピットの左側面窓からは、ようやく確認できた。

燃えているのは自動車だ。

滋賀から京都へ向かう車線の上で、一台の車両が停止して、炎上している。

それだけではない。

「炎上しているのは乗用車――その、すぐ横に、中央分離帯に乗り上げる形で横転している乗用車が一台」

●総理官邸地下

NSSオペレーションルーム

『後続の車線は、車が停止して渋滞』

天井からの声。

舞島ひかるが報告をする。

『反対の車線も、車が停止していて――あ』

「――!」

門はメインスクリーンの映像に、息を呑んだ。

激しく、ぶれているが。

道路の状態は、何とか分かる。

回転するフレームの中央で、小型車らしきものが炎上し、黒煙を噴き上げているのだ。

かなりの火勢だ――

目を凝らす。

「燃えているのは……?」

「CZE6です」

情報席から湯川が言う。

自分の席の画面で、同じ映像を拡大して見ている。

「シルエットで判別できます」

『立ち往生が起きています。車同士が追突して』

舞島ひかるが言う。

『反対の車線でも』

●京都・滋賀県境上空
ＭＣＨ１０１ヘリコプター

「どちらの車線もです」

左側操縦席から、副操縦士が言う。

「玉突き衝突だ。驚いて急停止したところへ、後続車がぶつかった」

「消防や、救急車は」

右側操縦席から、渡良瀬が訊く。

ほぼ垂直旋回になっているから、機長席からは真下の様子は見にくいのか。

「緊急車両は来ているかっ」

「いいえ」

副操縦士はヘルメットの頭を振る。

「そのような車両は、まだ見えません」

(────!)

そうだ。

オブザーブ席でスマートフォンを構えながら、ひかるは周囲を見回す。

停止しているパトカーは、どこだ……？

しかし
グルッ
ひかるが見渡し終える前に、機体のバンクが戻り、世界が水平になる。

Gが抜ける。

「いったん、真上を離れる」

渡良瀬が言った。

「少し離してから、ホヴァリングするぞ」

「離れるのですか」

ひかるは訊くが
「そうだ」

渡良瀬はうなずく。

「真上でホヴァリングすると、ローターのダウンウォッシュで火勢を強めてしまう」

「機長、まずいです」

副操縦士が、足下——下方監視窓を見ながら言う。

「上下線とも、玉突き衝突した車が多数、路側帯まではみ出して止まっています」

「何」

●総理官邸地下
NSSオペレーションルーム

「まずいです」

湯川が言う。

「今、送られてきた映像をスクリーンショットにして、拡大していますが。高速道路は上下線とも、玉突き衝突した多数の車両が路側帯まではみ出して止まっている。これでは緊急車両が現場まで辿り着けない」

●京都・滋賀県境上空
ＭＣＨ１０１ヘリコプター

「渡良瀬三佐」

ヘリは、いったん炎上する現場の直上を離れ、京都府側へ数百メートル移動すると、機首をまた滋賀県側へ向け直してホヴァリングに入った。

高度は低い(垂直旋回をする間に、かなり下がっている)。

ひかるはシートベルトを外して立ち上がると、左右の操縦席の間から伸び上がって、前方を見た。

車のいない側の車線の真上、数十メートルにいる。

「このまま、降りられませんか。道路へ」

だが

「無理だな」

渡良瀬は頭を振る。

「この機体は大きすぎる。照明灯と防音フェンスが邪魔になり、着陸は無理だ」

確かに。

道路は、両サイドから包み込むような形の防音フェンスと、中央分離帯には照明灯が立ち並んでいる。

京都へ向かう側の三車線は空いているが。

そこへ着陸しようとすれば、五枚ローターの先端が、どちらかに接触してしまう。

「では」

ひかるは、黒煙を噴き上げている路面の様子を見ながら、言った。

「わたしが降ります」

「何」

ベテランのヘリコプター・パイロットは、右側操縦席から思わず、という感じで振り向いた。

「降りる?」

「リペリングで」

「無茶言うな」

「この様子では」

ひかるは視界の良いコクピットから、周囲を見回す。

「消防車が来ようとしても、かなり時間がかかります」

「君が消しに行く、と？」

「はい」

「――――」

渡良瀬は、濃い緑のサングラス越しにひかるを見た。

見返すひかるの表情が、そのレンズに映る。

「舞島候補生。いいか、思い出せ。〈船上強襲訓練〉を見学した時、助さんにけしかけられ、君も降りたよな？」

「はい」

「リペリングで、漁船の上に降りようとした」

「はい」

「どうなったのか、憶《おぼ》えているのか？」

「憶えています」

ひかるはうなずく。

「でも、船と違って、道路は動きません」

「――――」

3

●京都・滋賀県境
ＭＣＨ１０１ヘリコプター

「――よし」

数秒間、睨《にら》み合うような形だったが。

渡良瀬三佐はうなずいた。

「いいだろう」

「ありがとうございます」

舞島ひかるは礼を口にしながら、前方視界をもう一度、確認する。

路上で黒煙を噴き上げる車両は、二〇〇メートルほど先か。

「ただちに降ります」

●東京　総理官邸地下
ＮＳＳオペレーションルーム

「舞島が降りるようだ」

天井のスピーカーからの音声で、門は情況を推察し、言った。

舞島ひかる本人からの報告はまだだが。

機長と談判し、許可を得た様子だ。

「道路へ降りる——リペリング、と言ったな」

●京都・滋賀県境
ＭＣＨ１０１ヘリコプター

「準備を」

ひかるは、後方オブザーブ席のロードマスターを振り向いた。

「ハロン消火器、それにクラッシュ・アクスをお借りします」

「今井《いまい》三曹、手伝ってやれ」

機長も振り向いて言う。

「開始高度は、路面から六〇フィートだ。それ以下は無理だぞ」

「わかりましたっ」

ロードマスターの三曹はすでに立ち上がっていて、機長からの指示を確かめると、先立ってコクピット扉を開いた。

「候補生、こちらへ」

●東京　総理官邸地下
NSSオペレーションルーム

「リペリングとは」

情報席で、湯川が素早く検索した内容を伝える。

「ヘリコプターからワイヤーを伝い、地上へ素早く降りる技術とあります。特殊部隊が使う技術です」

特殊部隊の技術——

（――――）

門は思い出す。

舞島ひかるは、門自身がスカウトした。決して器用とは言えない、しかし危機を切り抜ける才覚に長《た》けている。

向上心も強い。今回も、幹部候補生学校への入校を前に、呉に本拠を置く海自ＳＢＵ――特別警備隊を訪れ〈研修〉を受けている。

これまでに何例か、彼女は外国工作員と思われる者たちと直接に対峙《たいじ》し、格闘しなければならない情況に陥った。

ひかるは『自分の能力の無さを痛感しました』と言い、限定された空間での対人戦闘ではわが国随一の能力を誇る、海自ＳＢＵでの〈研修〉を希望して来た。許可したのは門だ。

しかし

スピーカーから聞こえて来た会話では。舞島ひかるは、ヘリからの強襲降下までは、正式に習っていないようだ。

大丈夫か……？

「班長」

湯川が振り向いて言う。

「急行中の滋賀県警公安のパトカーですが、二台とも停止してしまいました。火災現場の五〇〇メートル程手前です」

「何」

門はサブスクリーンのマップへ目を戻す。

確かに。二つの青い光点は、止まってしまっている。

「やはり路側帯も、通れないか」

「そのようです」

「ヘリからの映像を警察庁へ」

門は指示した。

「緊急車両が現地へ達するには、反対車線を逆走して行くしかないぞ」
●名神高速道路　県境上空
ＭＣＨ１０１ヘリコプター
「手袋を」
後部キャビン。

舞島ひかるは、乗降扉の前でスリングと呼ばれる革製装具に両脚を通し、ハーネスで腰周りに巻き付けて固定した。

パンツルックで良かった――

「手袋を貸して」

「軍手しかありませんが」

ロードマスターの三曹――今井三曹というらしい――は、二本が束になった降下用のロープを機体側のフィッティングに掛け、引っ張って、固定されているのを確かめると、飛行服の腰から布製の手袋を摑み取った。

「いいですか」

「構わないわ」

ひかるは手袋を素早く着け（本当は皮手袋が良いのだが贅沢《ぜいたく》は言えない）、三曹から降下用ロープを手渡されると、スリングに付属するD型の安全環（カラビナと呼ばれる）をロープの一本に巻き付け、外れぬようロックした。

「安全環、よし」

「ハーネス、よし」

三曹は素早く、ひかるの周囲を回って装具の着装が正しいのを確かめると、キャビンの床に置いていた黒い艶消し塗装のヘルメットを取り上げた。

「これはSBU隊員用の予備です。使ってください」

「ありがとう」

ひかるは両手でヘルメットを受け取る。見た目よりも軽い――左耳のイヤフォンと、顔のサングラスがずれないよう気を付けながら、被《かぶ》った。制服の右胸ポケットに差し込んだスマートフォンのカメラ部分が、外へ露出していることを確かめる。

身支度は、これでいいか――!?

準備作業で精一杯だ、オペレーションルームへ報告をしている暇も無い。しかし音声と映像は送っている。わたしが何をしようとしているのか、分かるだろう。

「行くわ。乗降扉、開け」

●総理官邸地下
NSSオペレーションルーム

「――――」

門篤郎は、腕組みしたまま、メインスクリーンの映像を注視した。

揺れ動いている。

ヘリの後部キャビンのようだ。

映像を送って来るのは、送り主——舞島ひかるの胸ポケットに差し込まれたスマートフォンのカメラだ。周囲の音声も拾っている。

飛行服姿の乗員の手で、キャビンの乗降扉がスライディングし、開放される。

ぶぉっ、という唸《うな》り。

風の吹き込む様子が、スクリーン越しにも分かる。

『ヘルメットは無線内蔵です』

飛行服の乗員が、カメラの主の顔を指すようにして、言う。

『ブームマイクを顎に。そうです、それでコクピットと話せます』

『ありがとう』

舞島ひかるの声がして、映像を送るカメラは数歩前進し、開放された乗降口から真下を見下ろすアングルになる。

『消火器と、斧《おの》を先に』

門は黙って見守った。

工作員が、やるべきことを判断して動いている。

正しい判断だ。今は、いちいち『報告しろ』などと命じて邪魔する時ではない。報告させて作業が中断すると、炎上している車に駆け付けるのが何秒か遅くなる――

揺れ動く画面では、赤い円筒型の消火器とグレーの手斧が乗員の手で雑嚢《ざつのう》に収められ、一本のロープに吊るされ降ろされる。くるくる回るようにして真下へ降りて行く。

「班長」

情報席から、振り向いて見ているらしい湯川が訊いた。

「斧なんか、持って行くのですか」

「車の窓やドアを叩き割るのに使うんだ」

門は腕組みをしたまま、うなずく。

警察官として、災害救助のノウハウは少しは知っている。

「ただし」

「ただし？」

「助け出すべき人間が車内にまだ居れば、だが」

『舞島候補生』

別の声が入った。

『聞こえるか。降下準備できたら知らせろ』

●名神高速道路　県境付近

『繰り返す』

被ったヘルメットの内蔵イヤフォンに、声が入った。

コクピットで操縦している渡良瀬三佐だ。

無線を通した声。

『準備でき次第、知らせろ』

「舞島候補生、準備できました」

ひかるは左手にロープの上部、右手に安全環のすぐ下のロープを握ると、ヘルメット内臓のブームマイクに応えた。

真下を見やる。

道路――

白い線が引いてある。

高さは……？

二〇メートル弱、か。

「下方、よし」

『よし。位置につけ』

渡良瀬の声は告げた。

『路面までは六〇フィートだ。戻ってくる時はホイストで巻き上げてやるから、帰りの心配はするな』

「――はい」

ひかるは返答しながら、乗降口のステップから真下を見る。

高い――

呼吸が、止まりそうになる。

いけない。

顎を引き、肩を下げ、意識してタクティカル・ブリージングに。

息を吐きながら、もう一度見る。真下で白線を引いた道路表面が、わずかに左右に揺れる――いや機体が風に煽《あお》られている。

ヘリは完全に宙に停止してはいない（火事場風が吹いているのか）。

でも。

道路は、向こうから急に近づいてきたりはしない。

三メートルのうねりに翻弄される漁船の甲板へ、降りるわけじゃない――

「行きます」

顎を引き、真下の着地点に視線を固定、左手でロープの上側、右手でロープの下側を握り、息を細く吐きながらステップを蹴った。

ふわっ

宙に出た。

(――姿勢だ)

SBUでの研修では、リペリング降下は〈体験〉をしただけだ。

正式に習ったわけではない。

研修の課程終盤、SBUチームの〈船上強襲訓練〉に同行し見学する機会を得た。ヘリで四国沖の外洋へ出て、海自がチャーターした漁船を『不審船』に見立て、二十名の隊員が直上五〇フィートからリペリング降下、三十秒以内に着船し制圧するという。

ホヴァリングするMCH101の左右乗降口から、五名ずつ、二波に渡りパラパラッ、と黒い物がこぼれ落ちたと思うと。黒い影たちは自由落下と変わらぬスピードで眼下の漁船の細い甲板へ着地、外されたロープ群がいったん風に舞い上がってから落ちて来る間に、船体前後へ散って制圧の配置についてしまう。

凄い……。

ひかるが後部キャビンの床に膝をつき、息を呑んで見ていると。

横で、ストップウォッチを手にしていた戦闘服姿の加藤隊長が「おい、姉ちゃん」と言った。

「姉ちゃん、せっかく来たんだ。やって行け」

「——えっ」

「聞こえねえのか。さっさと支度しろ」

それで。

ひかるは急きょ、その場で加藤隊長から直々に装具の扱いを教わり、ヘリから海面の船へ強襲降下——リペリングを実施した。

結果は。

空中で姿勢を造り、着地点を見ながら右手で制動を掛けて止まる。幼い頃から合気道で『型』を造ることには馴染んでいた。自分でも「あ、出来る」と思ったのだが。

いきなり情況は急変した。当日は白波が立つほど風が強く、海面は波高三メートルのうねりがあって、漁船の船体を上下させていた。宙に飛び出した直後、『着地』すべき甲板がいきなり向こうからぐぐっ、と持ち上がって来た。

「きゃ、きゃあっ」

ぶつかる——反射的に右手で急制動をかけ、宙に止まった。すると次の瞬間、今度は甲板がうねりで押し下がり、遥《はる》か下へ行ってしまった。

「えっ、えっ⁉」

どうすればいいんだ——と思っているうちに強風に煽られ、ひかるは宙でくるくる回転しながら漁船のレーダーマストにぶち当たりそうになった。操縦していた渡良瀬三佐が、とっさに離脱操作で船の直上から離れてくれた。あと二秒遅かったら、大怪我をしていたかもしれない。

でも今度は大丈夫だ。

びゅるるるっ

(姿勢だ)

宙に跳び出したひかるは真下を見ながら両脚をつけ、膝を伸ばし、身体を『く』の字にした。

姿勢、姿勢、姿勢だ。

あの時は身体の姿勢を崩したから、宙で回転してしまった。

今度は大丈夫。

びゅるるっ、という唸りと共に軍手をはめた両手は熱くなり、真下からたちまち地面が迫る——

（——よし、今）

地面から目は離さず、ロープ下側を保持する右手を強く引く。

制動がかかり、ひかるは舗装された道路の表面へふわっ、と着地した。

4

●名神高速道路　県境付近

「くっ」

着地した勢いに逆らわず、ひかるは路面に転がる。合気道で投げられ、床へ転がる時と同じ——転がりながら両手で腰から安全環を外《はず》し取る。

びゅるっ
外れたロープが踊るように跳ぶ。

ひかるは一回転し、膝立ちになると、先に降ろされていた雑嚢に取り付き、D型のリングをリリースしてロープを外す。

びゅっ
跳ねるロープを避け、頭上を仰ぎ、両腕を大きく輪にして『降下完了、異状なし』と合図する。

同時に
「舞島候補生、降下しました」

ヘルメット内臓の無線へも報告する。

報告しつつ立ち上がる。

「異状なし。現場へ向かいます」

●東京　総理官邸地下
NSSオペレーションルーム

「――――」

門はテーブルに両肘をつき、メインスクリーンを見守った。

揺れ動く画面。

進んでいる。視野の奥から、黒煙を噴き上げる何か――角ばった物体が急速に近づく。

カメラを胸に差した舞島ひかるが、炎上する車へ駆け寄って行くのだ。

一瞬、ひるむように接近が止まり、画面が上下する。

「大した火勢だ」

「えらいことです」

湯川もメインスクリーンを仰ぎながら、言う。

「これが、ＥＶのリチウムイオンバッテリーの火災であるなら。手持ち消火器一本ではとても消し止めることは」

「そうだろうな」

門はうなずく。

「だが、車体へ近づくことは出来る」

●名神高速道路　路上

「──────！」

ひかるは、押し寄せる熱気の強さに、思わず立ち止まると左手で顔面をかばった。

前方、三〇メートル。

車が燃えている。

オレンジ色の火焔《かえん》が、背の高い小型車のフレームを包み込むようだ。

熱い——

顔をしかめ、その場で右肩に背負っていた雑嚢を降ろし、中から消火器を掴み出す。右手に持ち、左手でクラッシュ・アクス——消火作業用の手斧を握る。

どうして、こんなところで。

あれは、送られてきた画像にあった車か——？

炎に包まれるシルエットを見れば、少なくとも型は同じように見える。

『舞島』

左耳のイヤフォンに、声が入った。

門だ。

『こちらでも見ている。上空からの画像を拡大して確かめたが、燃えているのは、後呂研究員の所有する車と同型で間違いない』

(——)

研究員の車か。

誰か、脱出しているか……？

素早く見回す。

分からない。

眉を顰《ひそ》める。

（――ドアは）

炎上する車体のドアは、閉じたままのように見える。

この車を、パトカーが『発見』して。

その直後、通信できなくなったという。

視線を左右へ。

パトカーは……

（………？）

一台、中央分離帯に乗り上げ、完全にひっくり返って止まっている乗用車がある。

色は紺、普通の車に見える。

車体のドアは閉じているようだ。

あの中にも、気を失ったままの運転者がいるかもしれない。

どちらへ行く――
その時
『舞島』
また門の声。
『誰か、脱出しているか？』

●総理官邸地下
NSSオペレーションルーム
「そのEVに乗っていた人間は」

門はメインスクリーンを注視したまま訊く。

映像は、舞島ひかるの胸の動きか、一定のリズムで上下にぶれる。

「周囲にいるか」

『い、いいえ』

舞島ひかるの声が応える。

同時に、映像は吹っ飛ぶように横へパンする。カメラの主が素早く身体を回し、周囲を確認したのか。道路上の様子が三六〇度、ぐるりと回る。

『見えません。それらしい人影は』

「燃えている車内は」

門は重ねて訊く。

「直接、見られるか？」

●名神高速道路　路上

「――はい」

ひかるはうなずく。

視線を、炎上する塊《かたまり》へ向け直す。

凄まじい火勢だが――

「消火器を使って、何とか」

『頼む』

門の声。

『気をつけて近づけ、電気自動車だ』

電気自動車……

ひかるは眉を顰める。

オレンジの焔《ほのお》の塊。

あの中に、まだ誰かが居ても――

「――くっ」

ひかるは唇を噛《か》み、手斧を左脇に挟み込むと、ハロン消火器を身体の前に保持した。

再び歩み出す。

近づく。

およそ一〇メートル。押し寄せる熱気で顔が灼ける――

歯を食いしばり、消火器を前へ突き出すようにし、右の人差し指でトリガーを引いた。

バシュッ

化学消火剤が前方へ噴射され、気化熱で一瞬だけ熱気が失《う》せる。

舗装を踏み、さらに近づく。

(――ドアが)

やはり。

ドアは閉じたままだ。

車（車の残骸）は、前部をやや中央分離帯の側へ向け、道路の進行方向に対してやや右に向いた状態で斜めに止まっている。

窓が……!?

窓も閉まっているように見える。

本当か。

バシュウッ

再度、消火剤を噴射。

今度は腕を左右に振り、車体の前部を消火剤で薙《な》ぎ払うようにした。

（使い過ぎに、注意だ）

客室乗員としての訓練で、携帯用ハロン消火器の使い方は習っている。

強力な消火器だ。ハロン化学消火剤は水を含んでいないので、電気が原因の火災にも使用できる。その代わり容量は大きくなく、全力で噴射したら一〇秒しかもたない。

白い消火剤の噴射を受け、車体の前面を包んでいた火焔が一瞬、勢いを失う。

やはり。

ひかるは目を細める。

車体の左右のドア、そして窓も閉じたまま——

バシュウッ

●総理官邸地下
NSSオペレーションルーム

「班長」

情報席から湯川が言う。

コンソールでは、たったいま舞島ひかるが周囲三六〇度を見回した時の映像を、ある一点でストップさせ拡大している。

「いました。パトカーが」


「どこだ」

門は、メインスクリーンから目を離さずに訊く。

今、舞島ひかるが前部から運転席側へ廻り込んで行くところだ。

長めに噴射された消火剤が、一瞬だが火焔と煙を吹き飛ばし、車体の右側面をあらわにする――

焦げているが、濃いオレンジ色の塗装。

●名神高速道路　路上

（今だ）

車体の右側面を消火剤で薙ぎ払い、火焔を吹き飛ばすと、ひかるは息を止め、大股で近づいた。

背の高い車体を包んでいたオレンジの焔は、いったんは失せ、焼け焦げたドアが露出した。

だがバッテリーが燃えているのなら、鎮火することはたぶんない。

急がなくては。

「うっ」

息を吸いかけ、慌てて止める。

どんな有毒ガスが発生しているか分からない。

息を止めたまま近づく。中に、誰かいるのか——？

（見えない）

窓は焦げているのか、スモークガラスなのか。

消火器を灼《や》けた舗装面に置き、軍手をはめた右手でドアの開閉ハンドルに触れるが
「あちっ」

●総理官邸地下
NSSオペレーションルーム

「中央分離帯です」

湯川が言う。

「ひっくり返っている、紺のクラウンらしき車両。これがパトカーらしい」

「何」

門は一瞬だけ、情報席を振り向く。

「分離帯？」

「これです」

湯川がコンソールの画面を指す。

静止画が拡大されている。

「この腹を見せているクラウンが、覆面パトカーでしょう。おそらく何らかの理由で、急

ハンドルを切って分離帯へ乗り上げ横転した。車室内が白く見えるのは、エアバッグが展張していると思われます」

●名神高速道路　路上

（………！）

熱い。

ひかるは右手を離した。

ドアのハンドルは、軍手をはめていても、一瞬触れただけで火傷《やけど》しそうだ。

しかし

（……ロックされてる）

一瞬でもハンドルを摑んで引いたから、分かる。

ドアは内側からロックされている。

ならば。

ひかるは、いったん後ろへ下がると、まず顔を背後へ向けて息を吸った。

「はうっ」

息を止め、左脇に挟んでいたクラッシュ・アクスの柄《え》を握った。

両手で斜めに振り上げ、EVの運転席側の窓へ振り下ろす。

ぐしゃっ
手ごたえがあり、一撃で窓ガラスは吹き飛んだ。

だが
ブワッ
「――うっく」

外から空気が入ったためか。

車室内から火焔が噴き出した。

咄嗟《とっさ》に身を反《そ》らせ、窓の開口部から噴き出す炎を避ける。

やばい、服のどこかが焦げたか――!?

ひかるは地面に置いていたハロン消火器を掴み上げ、火焔を噴き出す窓へ向けた。

バシュウウッ
トリガーを引き絞り、火焔の舌を押し返すと、そのまま消火器のノズルを窓の開口部から車室内へ突っ込んで、薙ぎ払うように噴射した。

バシュウッ

プシュ
消火剤が尽きた。
同時に火焔は失せ、車室内は白い蒸気だけになる。
よし、今――！
ひかるは消火器を横へ放ると、息を止めたまま窓の開口部へ頭を突っ込む。
嫌な物を見るかもしれない――ちらと思うが、構わずに頭を突っ込む。
熱気で顔が灼ける。
車室内は真っ黒だ。

●総理官邸地下
ＮＳＳオペレーションルーム

「――――」

「――――!?」

全員が、メインスクリーンを注視する。

揺れ動く画像は、真っ黒だ。

舞島ひかるが胸ポケットに入れているスマートフォンのカメラが、内部の様子を捉えているが――

（――!?）

門は眉を顰める。

何だ。

5

●名神高速道路　路上

「げほっ」

車室内へ頭を突っ込んでいられたのは、数秒。

火焔は収まっていても熱気は顔面を灼いた。

たまらず、ひかるは車体を軍手で突くようにして離れると、数メートル下がって身体を屈めた。

「はぁっ、はぁっ――」

有毒ガスは熱で上昇する、地面に屈めば呼吸できる。
おかしい。
肩を上下させ、空気をむさぼりながら、振り返る。
何も見えなかったぞ……？
空《から》だった。
運転席も助手席も空だった——真っ黒に焦げていたが、そう見えた。
窓ガラスの無くなった運転席を見やる。
顔をしかめる。
『舞島』
イヤフォンに声。
門だ。
『何か、見えたか』
「——」
呼吸を整えながら、ひかるは応える。
「——いいえ」

どうする。
黒焦げになると人体がどうなるか、とかは知見がなく、分からない。
でも座席が空のように見えた。
前屈みの姿勢から、車体を振り返る。
もう一度、確かめるか——？
だが
ボワッ

「う」

ひかるの視界で、黒焦げの車体は、底の方から再び火焰に包まれ始める。

消えていない、駄目だ。

『舞島』

●東京　総理官邸地下
ＮＳＳオペレーションルーム
「舞島」

門はメインスクリーンへ言う。

「今、覗いてくれたので画像は撮れた。こちらで拡大し、精査できる」

●名神高速道路　路上

『もう一度、行かなくていい』
イヤフォンの向こうで門は告げた。
『それよりも、覆面パトカーへ向かってくれ』
（――――？）
覆面パトカー……？
ひかるは、その言葉に目をしばたたく。
そうか。
反対方向を振り返る。
あの車――
『中央分離帯だ』
門の声は告げる。

『横転している車両があるだろう』

「――あれが?」

『そうだ』門の声はうなずく。『「発見」を報告した滋賀県警の覆面パトカーだ。何らかの原因で横転したらしい、救護に向かってくれ』

「はい」


ひかるは屈んだ姿勢のまま、まず、燃えるEVの車体へ近寄った。地面に放り出してあった手斧を拾い上げる。

気のせいだろうか、電気自動車を包む火勢は、さっきよりも強くなった気がする――

「分離帯へ向かいます」

背中に熱を感じながら、ひかるは燃えている車体から離れ、中央分離帯へ向かう。

車線の中央で擱座《かくざ》した格好のEVからは、斜め前方へ十数メートルだ。

でも、どうして。

研究員の車は、燃え出したのだ。

電気自動車が走行中に発火する事例は、世界中で起きている、とは聞く。リチウムイオン電池が燃え出すと鎮火は難しい。民間航空では、モバイルバッテリーは受託手荷物としては決して預からない。貨物室内で発火されたら、お手上げだからだ。

それに。

車体の窓は閉まっていて、ドアもロックされていた。乗っていたはずの人間は――

『舞島候補生』

ふいに別の声が、ヘルメット内臓のイヤフォンに入った。

渡良瀬三佐だ。

『気をつけろ』


「――？」

ひかるは立ち止まると、空を仰いだ。

パリパリという爆音が降って来る。

ヘリは、あそこか。

MCH101のライトグレーの機体は、頭上にいた。一〇〇〇フィートくらいの高さを旋回している。

わたしを降ろしてから、少し高度を取り、この地点を中心に旋回に入ったのか。

低空をホヴァリングしていると、ローターのダウンウォッシュで火勢を強めてしまう。

渡良瀬三佐の判断だろう。

『気をつけろ、舞島候補生』

渡良瀬の声は繰り返した。

『こちらから見ると、横転した車両からは液体が漏れているぞ』

「⁉」

ひかるは前方の分離帯——植え込みに突っ込む形で逆さになり、腹を空へ向けている紺色の車を見た。

手前から、蛇行《だこう》するようなタイヤの跡——ブレーキ痕《こん》というのか——が伸び、その先に突っ込んだ車体がある。見るとブレーキ痕の上を、黒い液体の膜が覆っている。

『救護するなら、急げ』

「は、はい」

まずい。

黒い液体の膜は、逆さになった車両の後部から漏れ出しているように見える。路面に広がって行く——

燃料が、漏れている。

しかし
「——うっ」

ひかるは駆け出そうとするが、その途端、肺が灼けるように痛んだ。

しまった、有毒ガスを吸い込んだか……!?

走れない。

「うっく」

思わず、左手で胸をおさえた。

●総理官邸地下
NSSオペレーションルーム

「どうだ湯川」

門は、舞島ひかるにパトカーの救護を命じると、ドーナツ型テーブルを離れた。

壁際の情報席へ歩み寄り、湯川の頭越しにコンソール画面を覗き込んだ。

「何か、分かるか」

「お待ちください」

ヘッドセットをつけた湯川雅彦がキーボード操作で、画面に画像を拡大する。

映っているのは、たったいま舞島ひかるのスマートフォンから送られてきた動画だ。静止させ、拡大し、コマ送りにする。

墨で塗り潰したような、黒の濃淡ばかりだ——

なぜ、高速道路を走行中に燃え出したのか、分からないが。

もしも後呂研究員と女工作員——馬玲玉が脱出できていなかったとしたら。

嫌な物を見せられる……

「黒過ぎますね」湯川がさらにマウスを操作する。「コントラストを調整し、解像度を上げます」

そこへ
「班長」

すぐ横の情報席から、別のスタッフが呼んだ。

「これを見てください」

「どうした？」

「財務省経由で確認できました。車の購入についてのデータです」

「何」

車の購入……？

思わず、横のコンソールを見やる。

「購入が、どうした」

「はい」

スタッフは自分のコンソールの画面を指す。

「財務省が、税務調査権限を用いて、後呂一郎研究員の銀行口座、クレジット情報等をすべて照会しました。それによると当人は、車の購入に際し代金を払っていません」

「な――」

何だと。

「では、あの車――」

●名神高速道路　路上

「大丈夫、ですかっ」

ひかるは足を引きずるようにして、横転した紺色の乗用車に近づくと、車体の様子に目を走らせながら呼びかけた。

「誰か、中にいますかっ」

うねるような黒いタイヤの跡を地面に描いて、乗用車は分離帯の植え込みに突っ込み、ひっくり返って止まっていた。

この車は、取り締まりの時だけ屋根に警光灯を露出させる、覆面パトカーなのか。

手前は運転席側の窓だが、車体はやや傾き、植え込みに半ば埋まっている。

かろうじて窓だけが見える。

窓の中が白い——

(エアバッグか)

見ただけでは、人がまだ座席にいるのか、分からない。

運転席側は駄目だ、開けられない。

「くっ」

胸の痛みをこらえ、ひっくり返った車体の後部を廻り、反対側へ。

後輪のタイヤが、まだゆっくり空転している。

どうして分離帯へ突っ込んだ——?

揮発《きはつ》臭がする。

「え」

反対側へ廻り込んで、ひかるは目をしばたたいた。

さっきと様子が違う——助手席側のボディーは大きくへこんでいる。何本も擦り傷が走り、紺の塗装が白くなっている。

反対側から見ていたから、今まで分からなかった。

何かに、ぶつけられた……？　横から？

「大丈夫ですかっ」

助手席側は（逆さではあるが）、ドアがすべて露出している。

閉じられた窓の中は白い（エアバッグだろう）。

ひかるは「誰か、居ますか」と呼びかけながらドアのハンドルを握り、引く。

（駄目か）

固い。動かない。

内側からロックされているか、あるいはドア自体が歪《ゆが》んで変形し開かないのか、どちらかだ。

窓を割ろう。

ひかるは再び手斧を両手で握った。短めに握り、振り上げた。

ちりちり、と肩に何か熱いものが降りかかる。

火の粉……？

風で飛んで来るのか。急がなくては。

ぐしゃっ

消火作業用の斧は強力で、今度も一撃で窓ガラスを粉砕した。

「誰か」

ひかるは右手を窓の開口部へ入れると、ドアの内面のレバーを指で探る。

「居ますかっ」

あった。

レバーを探り当て、引く。

ガチャッ

●総理官邸地下

ＮＳＳオペレーションルーム

「班長」

湯川が画面からは目を離さずに、マウスを操作しながら言った。

「無人のようです」

「何」

門は、湯川の情報席の画面へ目を戻す。

コントラストが変えられ、白っぽいグレーの濃淡に見える。

「無人？」

「はい」

湯川は画面を指す。

「この通りです。見たところ、車内に人体はありません」

「――――」

門はグレーの画面を目で探る。

前席と、後席――

確かに。

空の座席だけだ（人体らしきシルエットは無い）。

「分かった」

うなずくと門は懐《ふところ》から携帯を取り出し、指で通話先を選ぶ。

耳に当てる。

「――俺だ」

6

●東京　総理官邸地下
NSSオペレーションルーム

「俺だ」

門は、通話が繋がるのと同時に告げた。

相手は警察庁警備局の後輩だ。

「名神高速道路上、炎上中の車の件だ。車内は無人。繰り返す、車内は無人だ。すでに捜索対象研究員とスウィート・ホースの二名は脱出している」

本来ならば。

NSSから警察庁へは、正規の省庁間ルートで指示を出すのが筋だ。

しかし現場の実働部隊を動かすのは一秒でも早い方がいい。

古巣の後輩との個人的つながりも、この際、使おう。

「脱出した二名は、逃走中と思われる」

門はスクリーン群を、ちらと振り返る。

サブスクリーンにはマップ。

あの位置から——高速道路を徒歩で脱出し、逃走する経路は……

くそっ。

唇を噛む。

「ただちに滋賀県警、京都府警の人員を可能な限り動員、予測可能な現地からの逃走経路をすべて押さえろ」

間に合えばいいが。

市街地へ出て、散ってしまったら捕捉のしようがないぞ……

門が携帯で命じる間にも。

マップのすぐ横のメインスクリーンでは、ひっくり返って完全に逆さまになった紺の車体のドアが、引き開けられるところだ。

画面には、歪んだドアを苦労して引き開ける、舞島ひかるの手らしいものが映り込んでいる。

●名神高速道路　路上

「――くっ」

逆さまになった車のドアは歪んでいて、どこかが引っかかっているのか、両手で思い切り引っ張らないと開かなかった。

ギィッ
金属音と共に、ようやく手前側へ開放できた。

「はぁっ、はぁっ」

まだ息が苦しい（何らかのガスを吸い込んだか）。

肺が、灼けるようだ――

助手席側のドアを開放すると。目の前で白い風船のようなものがパッツ、と音を立てた。

エアバッグか。

この車が横転して分離帯へ突っ込んだ時、瞬間的に膨張したのか――？　室内空間が遮《さえぎ》られて見えない。

（座席に）

逆さまの座席に、誰かいる。

明るい水色の制服のようなもの。

車体に加わった衝撃から護《まも》るため、エアバッグは乗員の身体を受け止めるように膨張し、そのまま包み込んでいるのか。

窒息していなければいいが――


「だ」

ひかるは足下から手斧を取り上げ、短めに握ると、振り下ろした。

ボンッ
「うっく――大丈夫ですかっ」

白い球体――エアバッグが破裂し、白っぽいガスのようなものが飛び散る。

ひかるは目の前を手で払い、助手席にシートベルトで固定されているのが水色の制服姿の男性警察官であることを確認した。

白いヘルメット。

「しっかりして」

自衛隊の一般安全教育で、前に教わった。

それによると。車のシートベルトとエアバッグは連動していて、衝突の衝撃が加わると、エアバッグが膨張するのと同時にベルトは人体をきつく拘束する。搭乗者を護る仕組みだが、座席から引きずり出すにはシートベルトを解放する必要がある。

シートベルトのバックルはどこだ……？

右手を差し入れ、逆さまの座席の腰部にあるシートベルトの差し込みバックルを指で探り、解放ボタンを押し込む。

カチリ

途端に、逆さまに固定されていた水色の制服の上半身がどさり、と覆いかぶさって来た。

「きゃ」

●総理官邸地下

NSSオペレーションルーム

「班長」

湯川は情報席の画面に、先ほど舞島ひかるが送ってきた空撮画像——上空のヘリから俯《ふ》瞰《かん》したアングルの動画を呼び出し、スローで再生していた。

黒煙を上げるＥＶの車体を先頭に、渋滞の列が伸びている。

「ご指示通り、路側帯を中心に拡大していますが――」

「どうだ」

門は、湯川の肩越しに覗き込む。

揺れ動く画像が、拡大されている。

車が炎上したのはハプニングだったのか、あるいは何らかの意図を持った予定の行動だったか――それは定かでない。

しかし、とりあえず炎上する車体の中に、後呂研究員と馬玲玉――公安コードネーム〈スウィート・ホース〉の二名の姿は無かった。脱出したのであれば、二人は車線上を徒歩で逃走、作業用の出入口などを見つけて地上へ降りたはず。

門は湯川に、道路上を俯瞰した映像を精査するよう指示した。画面に、徒歩で逃げる人影が映り込んでいないか――？

「映っていないか？」

「ざっと見た限りでは」

湯川は頭を振る。

「車を降りて、徒歩で移動している人影は見えません」

●名神高速道路　路上

「しっかりしてっ」

ひかるは、自分の上に落下して来た大柄な交通警官を、車体の外側へ引きずり出す。重い。歯を食いしばる。

肺が灼けるような痛み。いつもの力が出ない――

「しっかり、して」


中央分離帯の植え込みの上に、引きずって、放り出すように転がす。

剪定された木の根のようなものがある、背中が痛いかもしれないが、仕方ない。

「――げほっ」

白いヘルメットに水色の制服の警察官は、植え込みに転がされると、咳《せ》き込むように呼吸した（意識を回復したか？）。

「げほっ、げほ」

「大丈夫――」

背中をさすろうとするひかるの頰に、ちりっ、と熱いものが触れた。

まずい。

火の粉が降って来る。

車体を振り向く。

もう一人、いるんだ。

「――――!」

眼を見開く。

覆面パトカーの後部から燃料が漏れ、路面に広がっている。

火の粉が舞い降りて引火したら――

しまった。

ハロン消火器は、さっき使い切ってしまった。

「消火器は」

ひかるは、息を吹き返したばかりの交通警官へ訊く。

「消火器は、ありませんかっ」

だが
「げほ、ごほ」

三十代だろうか、大柄な男性警察官は咳き込むばかりだ。

意識が、まだ混濁《こんだく》しているのか——!?


くそっ。

ひかるは警察官をその場に残すと、逆さまになった車体の助手席側へ取り付いた。

素早く見回しても。

備え付け消火器らしいものは、目に入らない（仕方ない）。

足下から斧を拾い上げ、左手に持つ。

車室内へ上半身を入れる。

もう一人いる。

動かない、気を失っている——

運転席には、同じ白ヘルメットに水色の制服の交通警官が三点式シートベルトに拘束され、逆さまに吊るされている。

ハンドルから膨張したエアバッグは半ばしぼんでいたが、運転席側の窓をもう一つのエアバッグが完全に覆って塞《ふさ》いでいる（サイドエアバッグと言うのか？）。

運転席で気を失っているのは、細身の警察官だ。一目見て、若い様子——自分と同じくらいの歳か……？

ぐったりしている。

「しっかりしてっ」

どうして、さっき先にこちらへ来なかった……!?

炎上するEVの方へ行ったって――

顔をしかめる。

車内にも揮発臭がする。

燃料タンクは後部にあるのか。横転した時の損傷で、外側にも車室内にもガソリンが漏れ始めている。

「しっかりして、いま助け――」

だが

ボンッ

どこか、車体の後ろの方で音がした。

同時にひかるの視界で、後部窓がオレンジ色に染まり始めた。

やばい。

ひかるは若い交通警官を宙づりにしているシートベルトのバックルを探す。

すべて逆さまになっている、やりにくい——どうにかベルトの根元を見つける。

解放ボタン。

しかし

「——えっ」

押せない。

どこか、歪んで壊れたか……？

シートベルトが解放できない。

ボワワッ

何かが爆発的に化学反応するような音。

ひかるの被っているヘルメットの左半分が、たちまち熱くなる。

身体の左半分が熱い。

引火した——!?

「待ってて。今」

ひかるは右手に斧を持ち替え、短く握り、シートベルトの根元の金具を打った。

二度、三度。

バキッ

シートベルトが根元から吹っ飛んで跳ね、ひかるのヘルメットの額も打つが、構っていられない。

落下して来る水色の制服姿を、斧を放り、両腕で受け止める。

「うわっぷ」

どさり、と被さった重量。

ひかるはうつ伏せに身体を伸ばした状態だ。さっきと違う——気を失った警官を抱えて、もがきながら後退する。車室内から、出ようとする。

熱い。

くそ。

もがいて後退するが、腹の下が車体の天井だ。破損してめくれている——幹部候補生の制服の胸のどこかが、引っかかった。

「う」

動けない。

●総理官邸地下

NSSオペレーションルーム

「班長」

湯川が情報席の画面を見ながら言う。

「このように、二人の姿が見当たらないということは。すでに二人は高速道路から脱出してしまっている、とも考えられますが。もう一つ、渋滞で停止中の一般車両にヒッチハイクのようにして乗り込んだ——あるいはトラックの荷室をこじ開けるなどして潜《もぐ》り込んでいる可能性は？」

「そうだな」

門はうなずく。

画面からは目を離さずに、言う。

「警察は、あらゆる可能性を考慮し、網を掛けるだろう。人員は必要になるが」

「班長」

隣の情報席から別のスタッフが問うた。

「後呂研究員ですが。この人物は女工作員に脅され、無理やり国外へ連れ去られようとしているのですか。あるいは自ら進んで逃げようと……？」

「あ、そのことです」

湯川もうなずく。

「もし、脅されて連れ去られようとしているのであれば。研究員は、このアクシデントを機に、工作員から逃れようとするのでは」

「そうです」

スタッフは、門に訊く。

「研究員が工作員から逃れようとしている、工作員は捕まえようと追いかけている——一時的に二人がばらばらになっている可能性も？」

「——それがな」

門は腕組みをする。

湯川たちの問いは、ある意味、もっともだ。

自分の推測を、どのように言うか。

「後呂研究員だが。彼は馬玲玉——スウィート・ホースによって、ハニートラップに嵌められていた」

「——」

「——」

「女スパイが行なうハニートラップ工作は」門は言葉を選び、続ける。「単に対象者の性的衝動を利用し、肉体を餌《えさ》にコントロールするという単純なものではない」

「写真を撮って、脅すのですか?」

湯川が訊く。

「政治家が、よくやられると聞きます」

「それもある」

門はうなずく。

どう説明しよう――

門は自分自身、外事警察官時代に、現場で協力者を〈運用〉していた経験がある。人間が、人間に工作を仕掛ける――支配しようとする。そうしようとすると、脅しとか利益誘導とか、単純なレベルでは済まない。

考えを整理するように、周囲を見回す。

「だがハニートラップというのは、もっと深いところ――――ん?」

その時。

ふいに目に異様なものを感じた。

メインスクリーンだ。

何だ。

ぶれている――？　何が映っているのか分からない、白黒の画面が激しくぶれ、次の瞬間フッ、と映像自体が切れる。

真っ黒な画面に。

「――おい」

門は目を見開く。

「舞島は⁉」

7

●東京　総理官邸地下

ＮＳＳオペレーションルーム

「舞島」

門はドーナツ型テーブルへ駆け戻ると、卓上のマイクを摑んだ。

メインスクリーンを見上げ、呼ぶ。

「舞島、どうした。聞こえるか」

たった今、メインスクリーンで意味不明の縞《しま》模様が動いたと思うと。

次の瞬間、画面が真っ暗になった。

どうした……？

マイクで呼んでも、応答はない。

「通信回線が」

湯川が言う。

やはり、変に感じたのか。

自分のコンソールの画面にウインドーを開き、工作員二名との連絡ステータスを表示させている。

「ゼロゼロナイン・ツーについては、一時的に切れている模様。データリンクも切れています」

「再接続し、呼び出せるか」

門は訊く。

舞島ひかるには、転覆したパトカーの救護を指示していた。

逆さまになった車から、滋賀県警の交通警察官を助け出していたはず――

「今の映像の映り方、変だった」

「分かりました」

湯川はうなずき、キーボードを操作する。

「心臓マッサージをしていて、胸からスマホをおとしましたか」

「それなら、いいんだが」

門は、何も映らなくなったスクリーンに眉を顰める。

嫌な感じがした。

「気のせいなら――」

門が言いかけた時。

胸ポケットで携帯が振動した。

●名神高速道路　路上

「――うっ、げほっ」

腹ばいのまま、後退しようとした時。

制服の胸のどこかが、めくれ上がった車室の天井に引っかかった。

ひかるは若い警官の全身を両腕に抱えたまま、身動きが取れなくなった。胸が引っ掛かって、前進も後退も出来ない――！　右手を胸の下側へやって、引っかかった部分を何とかしようと試みるが、猛烈な熱気が襲って来て呼吸が止まった。

まずい――

駄目か。

そう思った瞬間。

何者かに、ひかるは両の足首を摑まれた。

凄い握力だった。痛い――そう感じる暇もないうち、無理やり引っ張られ、引きずり出された。

車室の外、植え込みの上へ――

「げほっ、ごほ」

剪定された根の上に転がされ、ひかるは激しく息をついた。

全身が痛い。

若い警官の上半身は――？　腕に重量を感じない。転がり出る時、腕から外れてしまったか……？

しかし顔を上げると、すぐ前に水色の制服姿は転がっていて、同じ制服の警官が屈みこんで胸ぐらを摑み、激しく揺するところだ。

「早川《はやかわ》っ」

かすれたような怒鳴《どな》り声。

「おい早川、しっかりしろ」

助かったのか――

ひかるは呼吸しながら、目の前で怒鳴り声を上げるのがもう一人の交通警官――ついさっき助けたばかりの、助手席にいた警官であると知った。

この人が意識を回復し、わたしの両足を摑んで、引きずり出してくれたのか。

助かった――そう思う間もなく

ボワッ

同僚を介抱する警官のすぐ向こうで、腹を見せている車体が炎に包まれる。

ガソリンタンクに引火したか。

「――離れて」

声を出そうとすると、喉が痛む。

ひかるは声を絞り出す。

「ここは危険。離れましょう」

●総理官邸地下
ＮＳＳオペレーションルーム

「俺だ」

門は携帯を取り出すと、発信者をちらと見てから耳に当てた。

かけて来たのは。

先ほど指示を出したばかりの、警察庁警備局の後輩だ。

「どうした――何？」

門は眉を顰める。

「――――」

携帯に聞き入りつつ、次第に表情を険しくする。

「――分かった、何とかする」

少し待て、と言い置くと。いったん門は通話を切り、指を素早く動かし、別の相手へかけ直す。

●東京　永田町

国会議事堂　衆議院委員会室

携帯が振動した。

（――――？）

障子有美はジャケットのポケットから自分のスマートフォンを取り出すと、ゆっくりした動作で画面をあらためた。

門篤郎からだ。

また報告か……？

答弁席では常念寺貴明が、野党議員からの質問に答えている。

自分が呼ばれることは、今はなさそうだ――

有美は目立たぬよう席を立つと、後方の壁際まで歩き、電話を耳に当てた。

「はい」

『すまん』

門は、やるせない声が少し早口になっている。

『忙しいところを悪いが。取り急ぎ報告と、それからちょっと困ったことになった』

「わかった。聞かせて」

「EVが、燃えた……？」

有美は、通話越しに告げられた内容を、確認するように繰り返した。

事態に進展はあったらしい。

門からの報告を聞くと、あまり良い方向ではないらしいが――

「それで。研究員と工作員が行方《ゆくえ》不明なの」

『そうだ』

門の声はうなずく。

『今、現地の警察に動員をかけている』

（――――）

研究員の車は見つかったらしい、しかし高速道路上で炎上しているという。

炎上……

ずいぶん、目立つことをする——

　有美は眉を顰めるが
『車から脱出した研究員と工作員を』

　門は続ける。

『捜索する。火災現場の高速道路を中心に、広域をしらみつぶしだ』

「しらみつぶしでは」

　有美は訊く。

「警察のリソース、かなり使うんじゃない？」

●総理官邸地下
　NSSオペレーションルーム

「そうだ」

　門は、通話の向こうへうなずく。

「それで実は、困ったことが起きている」

　携帯で話しながら、門はオペレーションルームのスクリーン群を見渡す。

メインスクリーンには、今、名神高速道路の火災現場を中心とした広域マップを表示させている。

舞島ひかるの携帯カメラからの画像は、別のサブスクリーンへ移した（画面は依然として黒いまま）。

「たった今」

門は広域マップへ目をやりながら続ける。

「滋賀県知事の方から、警察庁警備局に対し『協力できない』と言って来た」

『協力、できない？』

通話の向こうで、障子有美が訊き返す。

『県知事が？』

「そうだ」門はうなずいて続ける。「警察官の動員には協力できない。琵琶湖国際マラソン開催を数日後に控え、滋賀県警はコース沿道地域の警備を強化中だ。わけのわからん要請に応じる人員の余裕は無い、だから協力は断ると」

『――――』

「何とかしてくれ」

●名神高速道路　路上

「早川、しっかりしろっ」

火勢の届かない、反対側の車線の路側帯へ転がり込むと。

大柄な交通警官は、若い警官を地面に仰向けにし、心臓マッサージを始めた。

呼吸が戻らないのか。

「くそっ」

「ＡＥＤが要《い》るわ」

ひかるは顔をしかめ、身体のあちこちの痛覚に耐えながら身を起こす。

でもどうにか、身体は動く。

「今、用意させます」

「——えっ」

必死の形相で心臓マッサージを行なう警官——年長だから、おそらくパトカーの責任者だろう——は、ひかるを見た。

自衛隊の制服に、腰には装具、黒い艶消しの特殊部隊用ヘルメットを被っている。

奇異に見えただろう。

「用意——って。ところで、あんたは」

「自衛隊です」

ひかるは右手を上げ、上空を指す。

自衛隊、と名乗るのが分かりやすいだろう（本当の身分を告げたところで混乱させるだけだ）。

「通りすがりの。ここの情況を見て、助けに降りました」

「？」

警官は、手の動きは止めず、目をしばたたく。

「通りすがり？」

「そう」

「降りて来た？」

「あそこから」


「え」

警官は心臓マッサージを続けながら、頭上へ視線を上げる。

灰色のＭＣＨ１０１が、頭上一〇〇〇フィートを旋回している。

「……あのヘリからか？」

「今、ＡＥＤを降ろしてもらいます」

マッサージは続けていて、と言い置くと、ひかるは立ち上がる。

頭上を見上げ、ヘルメットのブームマイクに言う。

「渡良瀬三佐、ＡＥＤが必要です。降ろして下さい」

『わかった』

渡良瀬の声は、すぐに応えた。

旋回しながら、こちらを見ていてくれたのか。

『すぐ準備できる――あぁ、少し待て』


どうしたのだろう。

ひかるは立ったまま、頭上で旋回する機体を目で追う。

ＡＥＤ――除細動器は、呼吸が停止している要救護者に対して使う。自衛隊のヘリには常備されているはず。

政府専用機の客室乗員として、使用法の講習も受けている。

近くにホヴァリングしてもらい、ワイヤーに括《くく》り付けて降ろしてもらえばいい。

だが

『舞島候補生』

渡良瀬の声は、続けて告げた。

『今、京都府方向から消防車と救急車が多数、車線を逆行して急行して来る。ここから見える——一分以内に到着するだろう』

「そうですか」

『ホヴァリングして機器を降ろすよりも、彼らの到着を待ち、世話になった方がいい。早いし確実だ』

「了解」


無線に応えている間に、ひかるの足元で「げふっ」と空気を吐くような音がした。

「は、早川っ」

若い警官の胸を押し続けていた年かさの警官が、声を上げた。

「早川、大丈夫かっ」

視線を向けると。

白ヘルメットの若い警官は、うっすらと眼を開けている。

よかった。

ＡＥＤの世話になるまでも無かったか……

しかし
「早川、すまんっ」

ひかるの見ている前で、年かさの警官は若い警官に対して、謝り始めた。

「すまん、俺のせいだ」


（………？）

俺のせいだ……？

何だろう。

肩を上下、呼吸をタクティカル・ブリージングに戻しながら、ひかるは周囲を見渡す。

炎上するＥＶと、覆面パトカーの位置。

ここからは見えないが、路面にうねっていたブレーキ痕――

何が起きた？

「あの」

ひかるは、若い同僚を介抱する交通警官――パトカーの責任者らしい年長の警察官へ告げた。

まずは、安心させる。

「消防車と救急車、間もなく到着します。すぐに手当してもらえます」

「――――」

風に乗って、緊急車両のサイレンらしきものが聞こえてくる。

運転していた若い同僚の意識が戻り、ほっとしたのだろうか。

年かさの警察官は、肩で息をすると、ひかるを振り仰いだ。

「助かった。礼を言います」

「いえ」

「自衛隊の方？」

「はい」

ひかるは再度、頭上を指す。

「通りすがり、と言いましたが。実はわたしたちは、国の方から『見て来い』と――ここの情況を上空から確認するよう指示され、それで急きょ、飛行ルートを変えて立ち寄ったのです」

国の方から『見て来い』と指示された――これは嘘ではない。

飛行ルートを変えたのも事実。

任務に際して、出来るだけ嘘はつきたくない。

「ワイヤーで降下したのは、予定外でしたが」

「そうですか」

「あのう」

ひかるは問うた。

「いったい、何があったのです」

「え」

「何が起きたのか、教えてもらえませんか」

すると
「――――」

パトカーの責任者らしい警官は、ひかるから目を逸らし、下を向く。

路側帯の地面に仰向けにした若い警官は、呼吸は戻っている。しかしまだ朦朧《もうろう》としている様子だ。

「――警察の任務中のことは、部外の方には、ちょっと」

「『俺のせいだ』って、今」

ひかるは重ねて問うた。

「あなたは今、そう言いました」

「――」

「話して頂けませんか」

「――」

警察官は、下を向いたまま、喉を詰まらせるようにした。

三十代だろうか、ひかるよりも年上なのは確かだ。

あまり責めるようなことは、したくないが――

「巡査部長」

ひかるには、ＮＳＳ工作員として、警察官の身分も与えられている。

いつも身につけてはいないが、外事警察官のＩＤも所持している（階級は警部だ）。

警察官の階級章も、見れば分かる。

ひかるは警官を階級で呼んだ。

「巡査部長。わたしは、国へ報告を上げなくてはなりません」

国家安全保障局、と口にする代わりに『国』という言葉を使った（これも少なくとも嘘ではない）。

「よろしいですか。高速道路上で起きた今回の事態のこと、そして臨機にヘリから道路上へ降下し救護活動を行なったことも、国へ報告しなくてはなりません」

「――――」

「道路を所管する官庁にも、報告書を提出して、ヘリからの降下については事後承認を受けなくてはいけない。報告書を何枚も書かなくてはなりません」

「――――」

「協力して頂けませんか」

「――分かりました」

年かさの警官はうなずくと、視線は下へ向けたまま、頭を振るようにした。

「でも実は、私にも、あれがいったい何だったのか分からない」

「？」

「いきなり発火して、ぶつかって来た」

「ぶつかって来た――？」

「そうです」

警官はゆっくりと、京都方面行きの車線を振り向く。

真ん中で炎上するＥＶは、黒煙を上げ続けている（火勢は衰《おとろ》えていない）。

「あのCZE6を発見し、報告するよう、指令センターから命じられていた。我々が発見した時には、走行車線にいて、ちょうど県境を越えるところでした」

やはり。

この警官の乗務するパトカーは、NSSから下りてきた指示で、後呂研究員の車を発見し報告するよう命じられていたのか。

おそらく、車の画像——ひかるが見せられたのと同じ画像を県警の指令センターから伝送され、自分たちの持ち場である高速道路上を探していた。

そして、見つけた。

「発見して」

ひかるは訊いた。

「どうされましたか」

「指令センターへ報告した。そして」

警官は、自分の判断を口にするとき、言いにくそうにした。

言葉を選ぶようにして、続けた。

「取るべき措置を尋ねたのだが——センターは、ただ『待て』としか言わない。しかし、待っても指示が来ない。県境を越えられると捜査権は及ばなくなる。とりあえず職質をかけ、止めておこう——そう考えた。重要事件の参考人かもしれない。任意の職務質問なら自分の権限で行なえる。そう考え、真後ろの位置で警光灯を点灯、サイレンを鳴らしながら追い越しにかかった。いつもの違反検挙と同じ行動です」

「なるほど」

「しかし」

「——しかし？」

「真横を追い越すとき、私は助手席から、あのEVの運転席を見た。そうしたら」

警官は、ふいにまた言葉を詰まらせた。

炎上し続ける車体の方へ視線を向け、肩を上下させる。

その表情は『信じられぬものを見た』とでも言いたそうだ。

どうしたのだろう。

「そうしたら？」

ひかるは、警官の顔を覗き込んで訊いた。

「何を見たのです」

「覗き込んだが、誰も乗っていなかった」

「？」

ひかるは眉を顰める。

今、何と言った……？

「誰も――」

「いなかった」

警官はうなずく。

「確かに見た。運転席は無人だった。誰も乗せず、車だけが走っていた。驚いた瞬間、あの車はシャシーの下側から爆発的に燃え出して私の方へぶつかって来た」

●大阪府　茨木市

茨木バスターミナル

同時刻。

プシッ

ブレーキをきしませ、バスは屋根の付いた乗降場に停止する。

前部の乗降ドアが開き、途中からの乗客が乗り込んで来る。

(——)

最後部座席で、城悟は、手にしていた携帯から目を上げた。

もう、茨木か。

腕時計も見る。

宇治を出て三十分余り。

順調かな……

外も見る。

茨木は、大阪市の少し北側だ。

バスはいったん高速道路を降りて、市内のターミナルに寄っている。

このまま行くと。

携帯にGoogleのマップを出してみる。

この先、道路も混んでいないし——神戸空港へは時刻表通りに着きそうだ。宮崎行きのフライト——スカイアロー航空009便の出発時刻に十分、間に合う。

——『頑張ってね』

ふと、耳に声が蘇る。

先ほど、病室を出る際に姉——笙子が口にした言葉。

うっすらと微笑して、笙子が言ってくれた。

——『訓練、頑張ってね。悟』

（——）

新しい戦闘機に乗るんだ。

F35っていう。

同期で最初に指名されて、これから訓練で宮崎県の新田原基地へ行くんだ。

そう告げると、笙子はアーモンド形の眼を見開いた。

「すごいわね」

身を乗り出すようにして、悟を見て来た。

「小さい頃は、いつも泣いていたのにね」

「そんなこと」

悟は、苦笑するしかない。

「そんなこと、もう言うなよ」

「訓練、頑張ってね。悟」

通路の床を踏む響きで、悟は我に返る。

（――――？）

ずいぶん、たくさん乗って来るな……

バスの前方乗降口から、茨木からの乗客がステップを上がって来る。

次々に来る。

一見して旅姿の人も多い。

車体の横を見やると、列が出来ている。

混むのかな。


宇治からここまで、バスの座席は半分程度の埋まり具合だった。二人掛けシートに、並んで座る人はいなかった。

でも、これから乗って来る人数によっては、自分の隣に誰かが来るかもしれない。

（今日は）

旅行客の多い日なのだろうか。

8

●京都府　上空
ＭＣＨ１０１ヘリコプター　機内

十分後。

コクピットの後席。


「――官邸オペレーションルームを」

肩を上下させながら、舞島ひかるは回線の向こうのオペレーターへ頼んだ。

呼吸を整えている余裕がない。

高速道路の中央分離帯の上からヘルメットの無線でヘリのコクピットを呼び、渡良瀬三佐に揚収《ようしゅう》を頼んだ。

それが七分前。

渡良瀬三佐からは『火災現場の近くではホヴァリングできない』と言われ、走った。

道路上を、離れた場所へ。

まだ胸が苦しく、肺が灼けるようだった。

一刻も早く、ヘリのコクピットへ戻らなければ――

ところが前方から多数の消防車、救急車がサイレンを鳴らしながら押し寄せて来た。赤い閃光《せんこう》をまき散らす緊急車両を避けながら走るが、車列が切れて、空いたスペースに辿り着くまで四〇〇メートルも走らなくてはならなかった。

道路上六〇フィートでホヴァリングし、ホイストのサバイバースリングを降ろして、待ってくれていたMCH101の真下へ駆け込んだのが、二分前。

ワイヤーで引き揚げてもらい、後部キャビンでヘルメットを脱ぎ捨て、装具を外すのももどかしくコクピットへ駆け込んだ。

機長席の渡良瀬へ「無線を使わせてください」と頼んだ。

どうしたんだ、と訊かれたが。

説明する暇がない。「携帯をなくしたんです」と答えるのが精いっぱいだ。

NSSのオペレーションルームに、至急、連絡したいのです。

後は、機上整備士が通信用ヘッドセットを貸してくれて、とりあえず統幕作戦室との回線に繋いでくれた。

「オペレーションルームを呼んでください、すぐに」

十分前のことだ。

高速道路の中央分離帯の横で、ひかるの問いに対し、覆面パトカーの責任者の警官は

「誰も乗っていなかった」と答えた。

誰もいなかった……⁉

どういうことか。

「あのＥＶは」

確認するように訊き返す。

「誰も乗せず、車だけが走っていたのですか？」

「そうだ」

警官はうなずいた。

「目を疑ったが。無人で走っていた。おそらくＡＩか何かによる、自動運転だと思うが

――」

「――――」

「我々がサイレンを鳴らしながら、真横に並んだ瞬間だった。ハンドルが独りでに動いて、狙いすましたように当たって来た」

「同時に、爆発……？」

「目の前が真っ赤になった」警官は唇を嚙むようにして、うつむいた。「運転席の早川が気づき、慌てて避けようとしたが間に合わなかった」


ひかるは息を吞んだ。

あのEV──

確か、門からもらった画像では、研究員と女工作員が二人で乗っていた。二人の姿がはっきり写っていたのに──

「──！」

そうだ、報告しなくては。

「班長」

左耳には、特注のイヤフォンを入れている。

自分の話す声は、頰骨の振動としてイヤフォンに拾われ、携帯経由でNSSオペレーションルームへ届く。

ヘルメットの上から左耳を押さえるようにして、呼びかけた。

「班長、舞島です」

今回の事態で、考えられるのは。

高速道路に入る前、どこかで二人は車を降りた（車だけが自動運転で走り続けた）。ほかのルートで、国外へ出るつもりか――

しかし。

「班長？」

門の声が応答しない。

だが応答はない。

「聞こえますか」

官邸地下のオペレーションルームで、わたしの携帯からの画像と音声はモニターしているはず……

ハッ、として右胸に手を当てる。

目を見開いた。

胸ポケットに差し込んでいたスマートフォンが、無い。

無い？

まさか……!?

振り向くと、覆面パトカーの車体は炎に包まれている。燃料タンクのガソリンが炎上しているのだ。

あの時か――

うつ伏せの姿勢で、車室から引きずり出された時か……!?

制服の胸が、めくれた天井の一部に引っかかっていた。足首を摑まれ、無理やり引きずり出された時、胸ポケットのスマートフォンは外れおちてしまったか。

まずい。


それから。

ヘルメットの内蔵無線で渡良瀬三佐を呼び、この無線を官邸へ繫げますか――？　と訊いたが。

当然『無理だ』と言われた。

『どうした、舞島候補生』

「すみません、それでは、直ちに揚収をお願いします」

ヘリのコクピットへ戻れば。

そうだ。

機上の無線で、海上自衛隊の回線を通じて市ケ谷《いちがや》の統合幕僚本部、さらに統幕を経由して官邸のNSSオペレーションルームへ繫がるはず。

火災の消火と、覆面パトカーの警官の救護は、駆け付けて来る緊急車両に任せればいい

―

『繰り返して言うが』

渡良瀬の声は告げた。

『火災現場付近ではホヴァリングは出来ん。開けた場所まで、走って来い。ホイストで拾ってやる』

「わかりましたっ」

うなずくと、ひかるは警官に「戻ります」とだけ告げ、あとは駆け出した。

『統幕作戦室、リエゾン・オペレーターです』

オブザーブ席で通信用ヘッドセットをつけたひかるの耳に、オペレーターの声が応えて来た。

MCH101の機上無線を使っている。

声は、遠く市ヶ谷の地下に詰めている女子隊員（幹部か？）のオペレーターだ。

『もう一度、おっしゃってください。どこへ繋ぐのですか？』

「国家安全保障局」

ひかるは繰り返す。

まだ呼吸が、上がっている。

「総理官邸地下のNSSオペレーションルームです。統幕からは、ホットラインがあるはずです」

『ええと』

オペレーターの、眉を顰めるような気配が伝わって来る。

このMCHが、NSSの要請による特別任務に就いていることは、統幕でも把握しているはずだが――

『ホットラインの使用には許可が必要です。そちらの所属と、官職姓名は』

「コードネーム〈ゼロゼロナイン・ツー〉、緊急報告です。そう言ってください」

●総理官邸地下

NSSオペレーションルーム

「情報班長」

壁際の情報席の一つから、連絡調整担当スタッフが呼んだ。

「市ヶ谷からホットラインです」

「――?」

門は、ドーナツ型テーブルの席から振り返る。

メインスクリーンには、名神高速道路の滋賀・京都境界付近を中心にした広域マップが拡大され、警察の展開状況がカラードットで表示されている。

周囲から少しずつ、一般道路の交差点などに配置されて行く。

警察の動員には当初、滋賀県知事が難色を示していたが。

危機管理監の障子有美に頼み、なんとかしてもらった。

そのうちに、覆面パトカーの胴体の損傷状況から『研究員がEVを故意に衝突させ、パトカーを転覆させた疑い』が浮上、門は警察を動かす名目を『滋賀県警のパトカーに故意に衝突して転覆させ、二名の警察官を負傷させた危険運転傷害事案の重要参考人が逃走中』とした。

これにより、犯罪容疑者を追う手順と同じになった。

後呂一郎研究員と北山ひなの——馬玲玉の顔写真も配布した。

これをもとに広範囲に検問を行なう。

高速道路から徒歩で脱出できるポイント、そこから一般道へ出る場合の動線、ほかの交通手段を得て逃走する場合の予測経路（血管のように枝分かれする）。

または研究員とスウィート・ホースが高速道路上に滞留している一般車両やトラック、その他の車両に乗り移った可能性もある（すべての車を一台一台、荷室まであらためる必要がある)。

間に合うか――?

取り逃がさずに、二人を確保できるか。

同時に、通信の途切れたままの舞島ひかるの安否も確かめなくては――

「市ヶ谷?」

「そうです」

連絡スタッフは、コンソールからコード付きの赤い受話器を持ち上げて示す。

「〈緊急報告〉とのこと」

「あぁ、構わん」

門は卓上のマイクを引き寄せながら、言う。

市ヶ谷(防衛省)から……?

何の報告だろう。

「スピーカーに出してくれ。こちらで話す」

そこへ
「門君」

別の声がした。

●大阪府　豊中《とよなか》市付近

名神高速道路

（あと、一時間くらいか）

何か勉強用の資料を持って来るんだった――

携帯から顔を上げ、城悟は思った。

窓には高速道路のフェンスが流れている。

バスは、茨木市バスターミナルを出ると、名神高速道路へ乗り直し、あとはどこにも停まらず走り続けていた。

兵庫県の三宮経由で、神戸空港へ着くまで六〇分くらいか。

神戸からスカイアロー航空の便で宮崎へ行き、ＪＲに乗り換えて新田原へ着くのは、夕方になるだろう――

訓練――新しい機種への〈機種転換課程〉は、明日から始まる。

自分は、高校を卒業してすぐに航空学生となり、パイロット訓練に入った。仕上げの〈戦闘機操縦課程〉は松島《まつしま》基地で、Ｆ２Ｂ（Ｆ２の複座タイプ）に乗った。百里基地で昨日まで飛ばしていたF2と同型だったから、実戦部隊でOR（実働要員）となるのも比較的、楽だった。

今度は違う。

まったく、新しい機種に乗るのだ。

それも相当、変わった機体……。

（………）

悟は、右手の指をぱらぱらと動かしていた。

無意識に、そうしていた。

F2戦闘機の操縦桿は、サイドスティックだ。

コクピットでは、右の肘を射出座席のひじ掛けにつけ、手首を支点にしてスティックを動かす。小指で根元を握るようにし、残りの指はスティックに力を加える時の微妙なコントロールや、スティック上に配置された各スイッチを操作するのに使う。

余りの時間があると、操縦操作のイメージ・トレーニングを無意識にやっている。

頭の中でバレルロールや、交差した〈敵機〉の後ろにつくための機動を行なう。こうやって、こうして――

時にはラダーペダルをイメージし、足も踏む。

すると頭の中で仮想の水平線がくるっ、と回転し、景色が斜めに激しく流れ、格闘戦の相手機の後姿が斜め上方から降って来て、目の前にぴたりと止まる。

（――――）

F35Bは特殊な戦闘機で、海自の護衛艦の甲板へ着艦したりもするという（直属上司から『船酔いは平気か？』と念を押された）。

うまくやれるかな、俺に――

ふと、身体にGを感じた。

視線を上げると。左右の視界では防音フェンスが切れ、高速道路は上り勾配《こうばい》になって行く。

（――川を渡るのか）

広い川を渡って行く。

もう、兵庫県に入るのだろうか――？

同時に、中ほどから前方がすべて埋まっているバスの客席も目に入る。

茨木からは大勢の乗客――おそらく二十数人が乗り込んで来て、悟の最後部座席から前方は、すべて席が埋まっている。

不思議に、悟の横へは誰も来なかった。

通路を隔てて隣の列にも来ない。

後から乗り込んで来た乗客たちは、車室の中ほどに固まって座っている。

（自衛隊の制服姿だから）

敬遠されたかな――

スカイアロー航空の便。座席を指定しておこうか。

ふと思った。

飛行機でも、気を使わないで済む席にしたい。最後方でいい――

悟はまた携帯を手に取り、航空会社の予約ページを開いた。

〈SA００９ 神戸・宮崎〉というアイコンを押すと、座席チャートが表示される。

もう、予約はしてある。

茨城空港を出る前に、チケットはネット経由で、宮崎まで通しで買ってある。

しかしスカイアローはLCC（格安航空会社）だから、座席まで指定しようとすると、追加料金がかかる。

座席チャートでは、空席は二〇席程度あり、最後方のキャビンは空いている。

（――）

9

●東京　総理官邸地下
NSSオペレーションルーム

「門君」

障子有美は速足で地下通路を通り抜け、オペレーションルームへ入った。

白い空間はざわめいている。

多数のスクリーンに囲まれる、中央のドーナツ型テーブルには黒い上着の男が独りで掛け、こちらへ背を見せていた。

有美は男を呼んだ。

「門君ごめん、待たせた」

卓上のマイクに手を伸ばしていた男は、振り向いた。

驚いたような表情。

その顔へ

「びっくりしなくていい」

有美は言うと、ショルダーバッグをテーブルの空いた席へ放るように置き、男の左隣に掛けた。

官邸の入口から地下六階まで、走るように急いで来た。肩を上下させ、呼吸を整えながら言った。

「委員会は、抜けさせてもらえた。総理が『現場で指揮を執れ』って」


「そ、そうか」

普段、この男は自信たっぷりに見える。

しかし、このような事態において、独りでオペレーションルームの指揮を執ったのはおそらく初めてか（だいたい有美と二人で対処していた）。

逆に、自分もここを独りで任されたら。たぶん荷が重い――すぐ隣で、別の角度からアイディアを出してくれる『相棒』が居ない。

門篤郎も、息をつくようにした。

「さっきは助かった」

「説得は、総理の名前、使わせてもらった」

有美は言いつつ、メインスクリーンへ目をやる。

滋賀県と京都府の県境付近を中心に、マップが拡大されている。

青色のドットがいくつも、一般道の交差点付近や国道の途中などにポツ、ポツと配置され始めている（まだ、それほど多くはない）。

「県知事は難しい」有美はマップを見渡しながら言う。「各省庁が相手なら、私の方が組織上は事務次官より上。でも知事は別」

「じゃ、総理が電話を？」

「それは無理」

有美は頭を振る。

「委員会中は出来ない。私が後ろから耳打ちして『総理から直々の要請』ということにさせてもらった。幸い、滋賀県知事は選挙の時、自由資本党《じゆうしほんとう》推薦だったから」

「――そうか」

「警察の配備状況は？」

リニア新幹線の中核技術者が、中国工作員に連れられて国外脱出――

その研究員は、ハニートラップにやられていたという（〈スパイ防止法〉が無いから、こんな事態になる）。

しかし、乗っていた車が高速道路上で炎上したとは。

アクシデントだったのか、それとも……

考える有美に
「見ての通りだ」

門は、顎でスクリーンを指すようにした。

「名神高速道路の県境付近――ＥＶが擱座炎上した地点を中心に、半径六キロメートルを面で押さえる」

「六キロ？」

「路上でパトカーにぶつけ、炎上した車から徒歩で脱出、逃走しているなら。時間経過から確実にこの圏内にいる」

「他の交通手段は？」

「現場は山の切り通しだ」門は頭を振る。「周辺に鉄道の駅も無い。一般道まで降りてタクシーを拾うか、路線バスに乗る可能性を考慮しても」

そこまで言いかけた時
「班長」

後方の情報席から、オペレーターが呼んだ。

「〈緊急報告〉を待たせていますが」

●京都府　上空
ＭＣＨ１０１ヘリコプター

『――繋がりました』

無線の向こうで、オペレーターの声が告げる。

市ヶ谷の防衛省――統合幕僚本部から、ホットラインを経由して官邸オペレーションルームへ繋がったらしい。

何分経った――？

ずいぶん、待たされた。

（――――）

舞島ひかるは唇を嘗《な》めながら、ちらと腕時計を見る。

周囲へも目をやる。ヘリは名神高速の京都府側の上空を、三〇〇〇フィートまで高度を上げて旋回中だ（報道ヘリが多数飛来したので、接近を避けるため上昇した）。

時間はかかったが。

繋がらないよりはましか――

『どうぞ』

「情報班長をお願いします」

ひかるは、ヘッドセットのブームマイクへ告げた。

「こちらゼロゼロナイン・ツー、舞島ひかるです。緊急――」

ぐらっ

いきなり、コクピット全体が揺らいだ。

「ええい、くそ」

右側操縦席で、渡良瀬三佐が操縦桿を左へ倒し、声を上げた。

急旋回。

傾いた景色が流れ、下向きGがかかる。

同時に

ブォッ

操縦席の下方監視窓のすぐ右下を、何か速いものがすれ違った。

「また報道ヘリだ、あいつら、下しか見ていないぞ」

●兵庫県　尼崎市
名神高速道路

ピン

（――？）


飛行機の座席指定、どうしようか――

城悟が考えていると、携帯の面に通知メッセージが出た。

〈NHK　防災〉

防災……？

何だろう。


自分が〈戦闘機操縦課程〉で訓練を受けた宮城《みやぎ》県の松島基地は、過去の震災において、津波の被害に遭っている。

また、地震でなくとも災害が起きれば、自衛官は要請に応じて救援に駆け付ける。

災害発生の情報は、いち早く知りたい。

組織から強制はされていない。しかし、自分の携帯にNHKの〈防災情報アプリ〉を入れている自衛官は多い（悟もその一人だ）。

（何か）

起きたのか……

悟は航空会社の予約ページはいったん閉じ、〈NHK　防災〉のアイコンを押した。

ピッ

音が出る。イヤフォンを急いで耳に入れる。

画面が開く。

〈ライブカメラ　名神高速道路〉

速報が入っている。

このアプリでは、臨時ニュースも視聴できる。

音声はまだなく、横長の画面は、どこかの上空からの空撮映像だ。

テロップは『名神高速道路　車が立ち往生し炎上』とある。

（――――）

ヘリからの空撮か。

撮影機の高度は一〇〇〇フィート――いやもう少し低い……。

緩くカーブする高速道路が、小山の切り通しを抜けていく。その道路上の一点から、黒煙が噴き上がっている――

（――待てよ）

名神高速って。

思わず、目を上げる。

最後部座席からは、バスの車室内の様子と、左右両側の窓が見渡せる。景色が流れている。

高速バスは長い橋を渡り終え、市街地を見下ろす高架道路に入ったところだ。〈尼崎市〉の緑の看板が、ちょうど左の窓外をすれ違う。

もう、兵庫県だ。

名神高速の上にいる――でも道路はスムーズに流れている。

携帯の画面へ視線を戻すと、別のテロップ。『滋賀、京都の県境付近』『上下線とも復旧の見込み立たず』――

「――――」

悟は携帯の画面をGoogleのマップにする。

病院のある宇治から、神戸空港の辺りまでが横長の画面に入っている。

確かに、画面右上の琵琶湖の南側辺りから、宇治の北側の辺りまでのルートが赤色に染まってしまっている。

関係ない場所か――

このバスの始発地――草津市バスターミナルから大阪・神戸方面へ向かうには、おおまかに二本のルートがある。

一本目は草津から国道一号線で宇治トンネルを抜け、宇治市へ出て、京都市の南を通って茨木市の手前で名神高速に乗るルート。

もう一本は、草津からずっと名神高速で行くルートだ(京都の北側を通る)。

車両火災の起きている地点は、このバスの通り道とは違う、北のルート上だ。

宇治よりもずっと北か。

とりあえず、大丈夫か。

(空港へは)

予定通り着けそうか――そう思いながら、何気なく前方へ視線を戻した時。

「……………?」

悟は、目をしばたたいた。

何だろう。

軽い違和感を覚えた。

車室の真ん中から前方に、固まって座っている乗客たち。

旅姿からスーツ姿、年齢も男女もばらばらだが。
皆が——そのほぼ全員が一斉に、携帯を取り出すと画面を開き、眺め始めた。
何だろう。
自衛隊にいるから、分かるのだが。
それらが妙に、統制の取れた動きに見えた。

●九州東方　日向灘
海上自衛隊　多用途支援艦〈げんかい〉

同時刻。

「艦長」
波高一メートル半。
排水量九五〇トンの艦体は、ゆっくり上下に揺れる。
日向灘——ここ宮崎沖の洋上の天候は、悪いとは言わないが、良くもない。
曇天だ。
南方——太平洋中央部の高気圧から流入する暖かい湿った空気が、四国と九州の上で大陸からの北方季節風とぶつかり、横長の停滞前線を形成している。

九州南部、四国南部は低い雲に覆われている。

今のところ降水は見られない。しかし頭上の雲量は八分の八、雲底の高さは海面から一〇〇〇フィート程度か。

風は南西から二〇ノット（風速一〇メートル）。少し強くなってきた。

艦橋から見渡す海面を、毛羽立つような白波が覆い始める。

これは、後部甲板の作業はしぶきを被るな――

唐澤一郎《からさわいちろう》三佐が、艦長席から外界を眺めていると、船務長の若村《わかむら》一尉が呼んだ。

「艦長、総監部より入電」

「どうした」

唐澤は、艦橋右端の艦長専用シート（赤いカバーを掛けられている）で双眼鏡を取り上げようとしていたが、声のした方を振り返った。

仕事の性質上、この艦では『予定の変更』は多くある。

たいてい、急に言って来る。

「〈試験〉について、何か言って来たか」

「は」

船務長の若村一尉は三十代の前半、一見して若い。

しかし小さい艦——固定武装も無い多用途支援艦では副長職の配置は無く、船務長が副長を兼務している。

実質、四十五名の乗員を束ねてくれている。

長身で細身の若村は、通信コンソールでちぎり取ったプリントアウトを手に、艦長席へ歩み寄ると報告した。

「呉総監部より入電です。〈発射試験〉、開始遅れるとのこと」

「やれやれ」

唐澤は息をつく。

ただでさえ、忙しいというのに——

急に、対艦ミサイルの〈発射試験〉のため標的艦を務めろと言われ、スケジュールをやりくりして日向灘の演習区域まで出張ってくれば、これだ。

「開始が遅れるって、どのくらい遅れるんだ」

「————」

さぁ、とでも言いたげに若村は肩をすくめる。

●宮崎県　児湯郡
航空自衛隊　新田原基地

飛行隊ブリーフィングルーム。


「はい、了解」

音黒聡子が、手にした携帯電話に応える。

ブリーフィング用のテーブルを前に脚を組み、そうでしょうね——という表情。

広いブリーフィングルームは、がらんとしている。

「分かったわ。何か作業に進展あったら、教えて」


「聡子さん」

舞島茜は、小テーブルで差し向かいに座る聡子の顔を、覗き込んだ。

通話を切った聡子は、しょうがないね、とでも言いたそうだ。

「やっぱり、懸架《けんか》ラック、具合が良くないんですか」

人気《ひとけ》のないブリーフィングルームだ。

午後からの試験飛行へ向け、二人で打ち合わせをしていた。

だが機体の方の準備が整わないらしい——

昼食を終えてから、もうだいぶ待たされている。

ここ第三〇五飛行隊ブリーフィングルームは窓が広く、司令部前エプロンを見渡せるが。

茜と聡子の乗機——二機のＦ35Ｂは、いまエプロンの一番端の方（食堂の前辺り）に駐機しているから、ここからは見えない。

パイロットが飛行前の打ち合わせをするブリーフィングルームは、仮称八〇一飛行隊にはまだ整備されておらず、既存の飛行隊の施設に間借りしている。

中途半端な時間帯なので、Ｆ15の飛行隊パイロットたちはみな訓練へ出払ってしまい、十数台も並ぶ小テーブルに着席しているのは、黒い飛行服姿の女子パイロット二人——音黒聡子と舞島茜だけだ。

聡子が今、通話していた相手は、司令部の事務方の二尉だ。駐機中の機体の傍から、整備作業の進捗を知らせて来ている（いちいち報告しに来なくていいから、電話で知らせて、と頼んである）。いまメーカーの技術者たちが、Ｆ35Ｂのウェポンベイに取り付ける対艦ミサイル――ASM2改の懸架ラックの調整を急いでいるが、手間取っているという。

「あんな重たい『丸太』、抱えるんだからね」

聡子は息をつく。

「調整にあと一時間――いや二時間くらい、かかるかな」

ASM2改の適合性テストの仕上げ――洋上での〈発射試験〉を今日中に終えないと。

明日からは新人パイロットの〈機種転換課程〉が始まる。

訓練の指導に当たる教官は、もちろん聡子と茜の二人だけだ。

仕事が、手に余る――

「参ったな――ん？」

通話を切った携帯をしまいかけ、聡子は何か気づいたように、スマートフォンの面に目をやる。

「――防災アプリ、何か来てる」

「え」

「ちょっと待って」

（――）

どこかで、何か起きたのか。

茜は、自分の携帯はフライトに備え、スイッチを切ったうえで飛行服の脚ポケットにしまっている。

聡子さんに、見てもらおう（その方が早い）。

自分も聡子も、出身は福島《ふくしま》県の浜通《はまどお》りだ。

聡子も自分と同様、携帯にＮＨＫの〈防災情報アプリ〉を入れているのか。

どこかで、地震でも――？

だが

「名神高速道路で、車が炎上――」

聡子はアプリを開くと、内容を読み上げた。

「――上下線とも通行止め、だって」

「――」

そうか。

地震では、ない。

でも

「車が燃える……？」

茜は眉を顰めた。

道路上で車が衝突でもして、燃えたのだろうか。

しかしそのくらいで、NHKの〈防災情報アプリ〉に告知が出るのか。

よほどひどい燃え方……？


「まだ国産車では、例がないけれど」

聡子はどこか遠くの方へちら、と目をやる。

「でも海外では、走行中の電気自動車が突然バッテリーから発火するっていうトラブル、増えているらしい」

「それ、電気自動車なんですか？　名神高速の」

「分からない」

聡子は頭を振る。

「NHKのサイトには、今のところ詳しくは出ていない——でもEVだとしたら面倒ね。リチウムイオン電池は、燃え出したら消えない。酸素を絶っても、それ自体で燃え続けるから、ひたすら水をかけて冷やすほかない。何時間もかかるよ、消えるまで」

●総理官邸地下
NSSオペレーションルーム

「――おいっ」

門は声を上げた。

思わず、天井を見上げる。

スピーカーの声の主が、そこにいるかのような仕草だ（もちろん、報告して来た舞島ひかるは遠く京都の上空にいる）。

目を見開き、訊き返す。

「舞島。いま何と言った⁉ 何と言ったんだ。もう一度頼む」


『はい、繰り返します』

舞島ひかるの声は告げる。

ヘリコプターのコクピットに居るらしい、背景にタービンエンジンの排気音。

NSSから支給した携帯電話は失くしてしまったという。

ヘリの無線で、市ヶ谷の統合幕僚本部を経由して知らせてきた。

呼吸器を傷《いた》めたのか、少しかすれた声だ（ごほっ、と咳き込む）。

『よろしいですか。現場のパトカーの車長の証言によると、追いついた際、捜索対象の車には誰も乗っていませんでした。繰り返します、誰も乗っていませんでした。当該車は無人で、名神高速道路上を走っていました。車長は「自動運転で走行しているように見えた」と』

「――」

「――」

第Ⅲ章　緊急信号《スクォーク》　７６００

1

●兵庫県　神戸市
神戸空港　ターミナル
二階出発ロビー。

一時間後。

「あれ」
城悟は、目をしばたたいた。

どうしたのだろう。

出発ロビーへ上がって、搭乗手続きをしようとしたのだが――

目の前の自動チェックイン機の画面を、もう一度確認する。

赤い文字が出ている。

〈009便　満席〉

〈チェックインできません〉

「――え？」

チェックイン――できません……？

どういうことだろう。

（予約は）

してあるはずだ――

確かめよう。

悟は、チェックイン機の前に立ったまま、胸ポケットから携帯を取り出し、航空会社

――スカイアロー航空の予約ページを開く。

変だ。

今朝、茨城空港を出る前、神戸経由で宮崎まで予約を入れた。

クレジットカードで支払いも済ませたはずだ。

空席も十分、あったのに――


不思議なことが起きていた。

高速バスが神戸空港へ着いたのが五分前（渋滞もなく、順調だった）。

ターミナル一階のエントランス前で降ろされ、コインロッカーに立ち寄って、預けていたボストンバッグを取った。

そのままエスカレーターで二階の出発ロビーへ上がり、航空会社の自動チェックイン機で搭乗手続きをしようとした。

宮崎行きの便――スカイアロー００９便の出発時刻まで、ちょうど三〇分ある。

だが、悟が携帯の画面のＱＲコードを読ませると。

チェックイン機に、思いがけない表示が出た。

満席で、乗れない……？


どういうことだ。

あらためて開いた携帯の画面で、予約ページを見ると。

神戸発宮崎行き００９便。

確かに予約も、支払いも出来ている。

（――――）

ＱＲコードの読み取りが、まずかったかな。

悟はあらためて、自動チェックイン機を初期画面へ戻すと、自分の携帯へ送られて来ている航空券の二次元バーコードを読み取らせた。

しかし

〈００９便　満席〉

〈チェックインできません〉

「何だ、これ」

声が出た。

チェックインできません――って、乗れないということか……？

まずいな。

思わず、見回す。

旅行客で混み合うロビー。

ちょうど、航空会社の地上スタッフが、タブレット端末を斜め掛けにして目の前を通るところだ。

「あの」

●東京　総理官邸地下
ＮＳＳオペレーションルーム

「班長」

情報席から湯川が振り向き、告げた。

こめかみに汗が光っている。

「お待たせしました。市中の防犯カメラの全面精査、ようやく始まりました」


「分かった」

ドーナツ型テーブルの席で、門はうなずく。

思わず息をつく。

この一時間。

生きた心地がしない――とはこのことか、と思っていた。

行動指示の変更を、これだけ大規模に行なったのも初めてのことだ。

各現場は、混乱しているだろう。

申し訳ないが仕方ない――

メインスクリーンへ向き直ると、門はマップへ目をやる。

「ご苦労だ、カメラの配置は出せるか」

一時間前。

工作員の舞島ひかるからNSSへ〈緊急報告〉が入った。

名神高速道路の上空から、無線――統幕本部経由のホットラインで知らせて来た。

それによると。

後呂研究員とスウィート・ホース――馬玲玉を乗せていたはずの車は、滋賀県警のパトカーに『発見』された時点で、無人だったという。

パトカーの車長の証言では『誰も乗っていなかった』『自動運転で走っていたように見えた』『警光灯を点《つ》け、サイレンを鳴らしながら真横を追い越すところで、向こうからぶつかって来た』――

舞島ひかるが、現場で負傷していた警察官からじかに聞き取った内容だ。

ならば。

研究員とスウィート・ホースは、高速道路に入る手前、どこかで車を降りた（車だけが自動で走り続けた）。

あのＥＶ——中国製の電気自動車は、今からおよそ三〇日前、広東省深圳市の工場で製造されている（日本政府で〈セキュリティ・クリアランス〉の法案が閣議決定された時期と符合する）。深圳は、行ったことはないが、聞けば高層ビルが三〇〇棟以上も立ち並び、中国の先進ＩＴ産業の中心地となっている。世界的にシェアを拡《ひろ》げる大手電気自動車メーカーの本拠地でもある。中国では、安全に関する規制が緩いこともあり、車の自動運転に関する技術は進んでいるらしい——

車は、この目的のため造られた……？

俺たちは嵌《は》められたのか。

そういうことか。

〈敵〉は。

滋賀県警の公安課に、わざと研究員と馬玲玉が並んで乗車している画像を撮らせた。目立つ色の車体にしたのは、現場の警察の注意を惹《ひ》くためか。

「赤色閃光灯《せんこう》か、サイレンの音」

門の横で、障子有美が言う。

並んでスクリーンを見上げながら、推測を口にした。

「自動運転は、おそらくどちらかに反応して、光源か音源にぶつかるようプログラムされていた。同時にバッテリーから発火」

「――だろうな」

門はうなずく。

「舞島が、ヘリから降下して、生命《いのち》がけで接近して確かめなければ。まだ俺たちはあの二人がEVの車内で炭になっている――そう思い込んでいる」

「その隙に」

有美が言いかけた時

「防犯カメラの配置、出ます」

湯川の声が告げた。

「研究員の社宅から、名神高速草津インターに至るまでの道筋、その区域内にあるすべての市中防犯カメラ。二百八十三基です」

●神戸空港 ターミナル

出発ロビー

「申し訳ありません」

スカイアロー航空の地上スタッフは、紺の制服に黄色のスカーフをしている（歳は、城悟と変わらないだろう）。

タブレット端末を斜め掛けにして、無線のイヤフォンを片耳に入れて速足で通り過ぎようとしているのを、呼びかけて止めた。

自動チェックイン機の画面を指し、〈満席〉になっていることを指摘すると。

すぐにタブレットの画面を開き、調べてくれた。

だが
「申し訳ありません、お客様」

地上スタッフは繰り返すと、タブレットの画面を見せてくれた。

「この宮崎行きの便ですが。オーバーセールになっているのです」

「え」

悟は、訊《き》き返す。

「オーバー、セール……？」

い、い、
売り過ぎ……？

どういうことだ。

とりあえず、乗れないのは困る。

明日の朝から訓練が始まる――

「予約しているのに、乗れないんですか？」

そんなことが、あるのか。

〈満席〉と表示されているが。

さっきバスの中で見た時は、二〇席くらいは空いていたぞ……？

「支払いもしているし、空席はあったはずだけど」


「相すみません」

地上スタッフは、気の毒そうな表情をした。

タブレットの画面を、再度指し示す。

「手違いで、座席数以上に、予約を受け付けてしまったのです」

「でも、一時間前に見た時には空席はたくさん」

宮崎へ行けないのは困る。

何とかしてもらわないと。

「さっきまでは、たくさん空いていた」

「ええと」

地上スタッフは、透明マニキュアの指でタブレットの画面を繰る。

あぁ、と気づいたように言う。

眉根を寄せ、数字を読む。

「三十分くらい前、二十六名様から一括で、新たに予約が入ったようです。座席指定でウェブ・チェックインがされてしまっています」

「——どういうこと？」

「同じ予約でも。後から来たお客様が『座席指定』でウェブ・チェックインをされると、そちらの方が優先となってしまうのです。システム上、そうなっていて」

「——」

「すみません、あのう」

地上スタッフは、気の毒そうな表情をした。

制服姿の悟を見上げる。

「協力金をお支払いしますので、次の便へご変更、ということでは」

「でも」

悟は、思わず頭上の出発便ボードを見やる。

「宮崎行きは、もう今日は」

「えぇ、ですから」

●総理官邸地下

ＮＳＳオペレーションルーム

「――二百八十三基、か」

門は息をついた。

メインスクリーンのマップは、新たに滋賀県米原市内のある一点――ムサシ新重工の借り上げ社宅であるマンションと、名神高速道路草津ジャンクションに挟まれる地域を拡大している。

長方形の画面で、右上が社宅、左下の隅が草津ジャンクションだ。

その間を結ぶ道筋は、幹線道路から市道、細い農道まで含めると多岐に及ぶ。

今、黄色いドットが道筋に沿ってぱらぱらっ、と表示されて行く（市街地など建物の密集する区域に多い）。

「これを全部、調べるわけか」

「あのＥＶが」

湯川が言う。

「Nシステムのチェックポイントとチェックポイントの間を、どう走ったのかは分からないわけです。幹線道路だけ走ったとは限らない。

これでも、工場や研究施設、病院、学校などの屋内に設置されたカメラは除いていま
す。あくまで一般の車両や人の流れが映り込むものだけ、ピックアップしています。閉鎖された施設内に設置されたカメラも入れてしまうと、ざっとこの十倍は」

「――――」

「これら全部を」

絶句している門に代わって、有美が訊く。

「捜査員が訪問して、録画をチェックする、と？」

「そうなります」

湯川はうなずく。

「市中の防犯カメラは設置者も所有者もそれぞれ異なり、クラウドで結ばれているわけではないので、それぞれのカメラを管理している場所へ捜査員がじかに出向き、内容の開示を要請して、同意が得られれば録画を巻き戻して閲覧します」

「――――」

「──」

「実際は」

湯川は続ける。

「捜査員が、車の写真や二人の顔写真を手にして、録画をじっと眺めるようなことにはなりません。今朝の時点から、高速道路上でＥＶが『発見』されるまでのタイムスパンに限定し、カメラの録画内容を捜査員がメディアにコピー、あとは警察庁内にある捜査支援分析センターへ電子的に送付、ＤＡＩＳと呼ばれる画像解析システムにかけることになります」

「それでも」

有美は息をつく。

「録画をコピーするところまでは、足で出向かなければ駄目か」

「オレンジ色のＥＶが通過したかどうか」

門が口を開く。

「二人が車から降りるところが映り込んでいないか、その後の足取りが──」

「雲をつかむような話ね」

有美が唇を噛《か》む。

「私は、〈セキュリティ・クリアランス〉創設のため、各国の実情を調べたけれど――例えば中国なら、厖大《ぼうだい》な数の監視カメラを一括管理するシステムに顔写真をインプットすれば、ものの数秒で、その人物の動きをすべて洗い出してしまう」

「――――」

「中国工作員なら、市中防犯カメラの配置など摑んでいるはず。わざわざカメラに映り込む場所で、車を降りたりはしない」

「――――」

「カメラの無い、開けた農道のような場所で車を降り、あとは仲間の工作員が別の車で拾いに」

「――いや」

門は右手の人差し指を立てるようにして、有美の言葉を遮《さえぎ》った。

「いや、待て」

●神戸空港　ターミナル

「ですから」

地上スタッフは続けた。

「明日の朝一番の宮崎行きにお乗り頂けるよう、ホテルもこちらで用意します。予約をされているのに、お乗り頂けないのは当社のミスですので」

「うん、でも」

城悟は、頭の中で時間を計算した。

今から大阪の伊丹《いたみ》空港まで急いで行けば。

他の航空会社の伊丹発宮崎行きの便を、捕まえられるかもしれない（調べてみないと分からない）。

今日中に着かないと——

「今日中に着かないと、話にならないんだ」

伊丹から宮崎までの便が、これから間に合う時間帯にあるのかどうか。

席が空いているのか。

それもまだ、分からない。

すぐ調べないと。

明日朝の出頭に間に合わないと、大変だ——

するとーー

「あのう」

悟が、よほど困った表情でもしていたのか。

地上スタッフはもう一度、悟の制服姿を下から上まで眺めるようにした。

眺めてから、訊いて来た。

「お客様は、何か、航空関係のお仕事をされていますか？」

「ーーーー」

航空関係……？

何だろう。

航空関係と言えば、その関係に違いはない。

「一応、パイロットです」何となく、自分の左胸へ目をやって答えた。「航空自衛隊の」

「それでしたら」

地上スタッフはうなずくと、耳に入れているイヤフォンのコードを、口元へ引き寄せた。

「少々、お待ちください。インチャージと相談します」

「……？」

悟は、乗れないのであれば、早く伊丹便を調べなければ、と思った。

伊丹空港へ辿り着くための一番早い交通手段は、目の前のスタッフに訊けば、教えてくれるだろう――

しかし

地上スタッフは口元へ引き寄せたコード（マイク内蔵らしい）へ「はい分かりました、了解」と応えると、悟をまた見上げた。

「お客様、身分証はお持ちですか」

2

●東京　総理官邸地下

NSSオペレーションルーム

「待て」

門篤郎は人差し指を立てると。

その指で、メインスクリーンのマップを指した。

滋賀県内の拡大図。

「仲間の車で逃げることは、たぶんない。タクシーもだ」

「――」

「――？」

周囲の視線が、門に集中する。

中国工作員が研究員を連れ、国外脱出を図《はか》っている。

彼らの動きが、門篤郎には推測できるというのか……？

EVから降りて、徒歩で逃走にかかった二人の動きを捉えるには。

社宅から高速道路入口までの区間にある、すべての防犯カメラの画像をあたるくらいしか、手段がないわけだが――

何か、気づいたのか。

門は上着の懐《ふところ》から携帯を取り出すと、面をタップして耳に当てた。

どこかをコールする。

説明する時間も惜しい、と言いたげな表情。

「――あぁ、俺だ」

●神戸空港　ターミナル

「――コクピット？」

城悟は、訊き返した。

同い年くらいの、地上スタッフの顔を覗《のぞ》き込む。

「そんなことが、出来るんですか」

「はい」

黄色いスカーフの地上スタッフは、うなずく。

「ですから、身分証をまず、写真に撮らせてください」

意外だった。

オーバーセール――システム上のエラーらしいが、宮崎行きは座席数以上の予約が受け入れられ、座席を指定した者から席が埋められてしまった（悟は弾かれてしまった）。

搭乗手続きは出来ない。

もう乗れないか、とあきらめかけたが。

しかし地上スタッフは、悟の制服を見て「航空関係のお仕事ですか」と尋ねた。

驚いたことに。

いや、何処《どこ》の航空会社でもそうなのかもしれない——民間航空のしきたりを、自分が知らなかっただけかもしれないが。

彼女の説明によると。こういうとき——手違いでオーバーセールとなり、客室に空きがなくても。その者が航空関係の職業に就いており、身分を確実に証明できれば、特別に操縦室のオブザーブシートに搭乗させることが可能だという。

もちろん、社内のセキュリティ部門による認証と、当該機の機長の了承が必要だ。

認証はリモートで出来るらしい。

地上スタッフは、悟の提示した航空自衛隊の身分証をタブレットで撮影すると、どこかへ送信した。

「時間がないので」

地上スタッフは言う。

「認証は通る前提で、００９便の機長へ了承を頼みます」

「——」

手際がいい。

悟は、イヤフォンのコードを口元に寄せ、どこかと通話している地上スタッフの表情を見て『仕事できるな』と思った。

業務用の無線は、駐機している旅客機のコクピットへ通じているわけではなく、おそらく搭乗口などの係員を経由して連絡がされるらしい。

少し間があって、返答が来た。

「はい、了解」

スタッフはうなずくと、悟を見た。

「機長からは『歓迎するから来い』、だそうです——あ」

「?」

「認証も通りました」

●総理官邸地下

NSSオペレーションルーム

「防犯カメラのチェックを、JRの駅に限定しろ」

門は、通話に出た相手へ早口で告げた。

そうだ、とうなずく。

「改札を通った人間の顔をすべて、ＤＡＩＳの顔認証チェックにかけろ。そうだ。時間がない。そこだけ重点的にやるんだ」


「門君」

障子有美が訊く。

「どういうこと？」

「車は使わないよ」

携帯を懐へしまいながら、門は言う。

「たぶん、奴《やつ》らは使わない」

「どうして？」

「我々が検問を実施することは、おそらく奴らも――〈敵〉も想定している」

検問、と門が口にすると。

オペレーションルームの人々の視線が、メインスクリーンの方へ向く。

今は、滋賀県内の一部の地域が拡大されているが――

門はマップもちら、と見やる。

「スウィート・ホースと、それに協力する工作員たちは『後呂研究員を必ず連れ帰れ』と命令されている」

門は腕組みをする。

「今回の脱出行は、思ったよりも大がかりだ。奴らは、研究員を必ず連れ帰るつもりだ。万難《ばんなん》を排して」


「それと」

有美が重ねて訊く。

「車を使わないことは」

「車を使って、万一、検問に会えば」

門は続ける。

「直接、顔を見られる。工作員は神経が太くても、研究員は素人だから、警察官に見られただけで挙動がおかしくなり、怪しまれる。トランクに隠れるなどしても、見つかったならその場でアウトだ。そのようなリスクは冒《おか》せない」

「じゃ?」

「そうだ」

門はうなずく。

「大勢が利用する公共交通機関。例えば乗降客の多い駅なら、改札をせき止めて、一人一人の顔を捜査員がチェックするなどは物理的に不可能――奴らが使うのは、公共交通機関だと思う」

「――」

「――」

「どのみち、短時間で足取りを割り出さなければ」

門は息をつく。

「逃げられて、終わりだ。ヤマを張って、賭《か》けるしかない」

●神戸空港　5番スポット
エアバスA321　コクピット

五分後。

「よう」

それからは、速かった。

地上スタッフの先導で、悟はボストンバッグを提《さ》げて手荷物検査場（職員用レーン）を通り、搭乗ロビーへ出た。

お急ぎください、とスタッフが言うので小走りになった。

便の出発時刻まではまだ、二〇分余りあったが。

乗客の搭乗に先立って、コクピットの扉は閉めてしまうのだという。乗客が乗る前に厳重にロックされ、目的地で降機が完了するまで原則、開けられることはない。

だから急げ、と言う。

ゲートの改札機の横をすり抜け、ターミナルの建物と駐機中の機体を繋ぐボーディング・ブリッジを渡る。

紺色と白に塗装された中型旅客機の機首が、ブリッジの左横の窓に見えた――と思うと。

すぐに機首の乗降扉に辿り着いた。

紺色の制服に黄色スカーフのＣＡが、乗降扉の前で待ち構えていて、こちらです、と案内してくれた。

機首方向へ向かい、すぐ突き当りがコクピットだ。

まだ開放されている扉をくぐると、左右の操縦席で白い半袖のパイロット二名が出発の準備をしていた。

「来たな。座ってくれ」

肩に四本の金線をつけた、銀髪の男が言った(悟の方は見ない。計器パネル下側のディスプレー・ユニットに屈み込んで、画面の内容をチェックしている)。

「オブザーブシートだ」

ディスプレーを見たまま、右手で後方の座席を指す。

五十代だろうか。横顔の目が鋭い。

「ベルトとハーネスの着け方は、分かるな？」

「はい」

悟は、左右の操縦席の後方にあるオブザーブ席につく。

「あの、荷物は」


「あぁ、バッグなら」

右側操縦席で、頭上パネルに手を伸ばしていたもう一人のパイロット——副操縦士が振り向くと、後方を指した。

「そうだな。右後ろのブック・シェルフの下にでも置くといい」

「すみません」

「機長の矢舟《やふね》だ」

左席の銀髪の男は、顔を上げると悟を見た。

「こっちは、副操縦士の山下《やました》」

「よろしく」

副操縦士（悟よりも少し年上か）はうなずくと、また頭上パネルの作業へ戻る。

プリフライト（飛行準備）作業か。

コクピットの、各機器のセットアップをしているのだろう。

一番忙しい、微妙な時に邪魔をしてしまったかもしれない——

自分がF2のコクピットでプリフライト作業をしている時も、途中で横から整備士に話しかけられたりすると、どこまで手順を進めたのか分からなくなったりする。

おとなしく、見ていよう。

悟は自分のボストンバッグを、コクピット後方のマニュアル類を収めたラックの下側へ置くと、シートベルトを締めた（客席と違い、股下にもベルトがある）。

「それでは、キャプテン」

案内してくれたCAの女性が、低い声で操縦席を呼んだ。

「ボーディングを、開始します。お客様は一八五名、満席。スペシャルはありません」

すると

「うん」

機長は、頼む、と言うように右手を挙げ、すぐチェック作業に戻った。

CA(三十代か)はうなずくと、オブザーブ席の悟の顔の横へ屈み込むようにした。

「チーフCAの鹿島《かしま》です。よろしく」

「あ、どうも」

緊張して会釈する様子が、おかしかったのか。

CAの女性は含み笑いすると、コクピットを退出して外側から扉を閉めた。

ガチャッ

意外に、重たい響きがしたので悟は扉を振り向く。

(――――)

これは。

防弾仕様か――

閉じられたコクピットの扉は、一見して分厚い。護衛艦の水密扉《すいみつひ》ではないか、と思えるようながっしりした造りだ。

これは九ミリ拳銃弾程度では貫通できないだろう。

凄いな、テロ対策か。

感心していると
「きづき三尉」

機長に呼ばれた。

「漢字は、どう書くんだ」

●総理官邸地下
NSSオペレーションルーム

「警察庁より」

湯川がヘッドセットを押さえ、振り向いて告げた。

報告が入ったようだ。

「滋賀県警の全捜査員、周辺JR駅のすべての防犯カメラの情報取得に向かいます」

「よし」

急ぎの指示だったが。

警察組織が対応を始めてくれた。

門はうなずくと、メインスクリーンを仰いだ。

研究員の社宅と、草津インターチェンジに挟まれた地域のマップ。

このどこかで、二人は車を降りている。

しかし——

駅だけで、このエリアにいくつある……?

「——」

「新幹線に乗られていたら」

隣の席で、障子有美が言う。

「もう相当、遠くへ行かれている」

「あぁ」

門はうなずく。

「大阪方面、東京方面——どちらも可能性がある」

「米原で在来線へ乗り換えれば、敦賀《つるが》方面へも行ける」

「日本海か」

門は、腕組みをする。

港湾などから出国しようとすれば。

出国審査をする施設には、すでに顔写真を配布済みだ（必ず見つかる）。

しかし、小型ボートで人知れず海岸を離れ、沖で工作船へ乗り移る方法もある――

まずい。

取り逃がしてしまえば。

国外へ脱出するルートは、無数にあるぞ……

（……くそっ）

そこへ
「班長」

湯川がまた振り向いて、訊いた。

「滋賀県警公安課から、問い合わせです。バスターミナルはどうするか、と訊いて来ています」

●神戸空港
エアバスA321　コクピット

「あ、はい」

機長から訊かれ、悟は『しまった』と思った。

きづきというのは、漢字でどう書くんだ――？

そう言えば。

挨拶《あいさつ》というか、自己紹介がまだだ（忙しそうなので遠慮していた）。

左側操縦席で、機長は、センター・ペデスタルのプリンターから切り取った紙片を眺めている。

悟の身分証を確認した航空会社のセキュリティ部門から、『搭乗許可』のメッセージが届いているのか。

おそらく、自分の名前はローマ字で表記されているのだろう。

「申し遅れました」悟は一礼した。「城と書いて、きづきと読みます。城悟、三等空尉です。よろしくお願いします」

「うん」

機長――矢舟と名乗ったか――は、うなずいた。

「宮崎へ行くということは、新田原基地か」

「はい」

悟はうなずく。

「訓練のため、赴任です」

「急に満席になったが」

機長は、左席の窓から、ボーディング・ブリッジで繋がれたターミナルを見やる。

「乗れて、良かった」

「はい」

「君はＦ２乗りか？」

「え」

航空自衛隊のパイロットであることは、地上スタッフへ申告した。

身分証も提示したが。

もちろん、所属飛行隊や、どのような機種――戦闘機か輸送機か――に乗っているかまでは、分かるはずもない。

しかし

「顔つきを見れば」

矢舟機長は、鋭い目で悟を見た。

「戦闘機パイロットであるのは分かる。Ｆ15かＦ２かも、だいたい区別はつく。あれは、阿呆《あほう》には飛ばせない機体だ」

「――」

「驚くな」

機長は、苦笑するような表情になった。

「俺はF15だった。飛行班長までやった。若いパイロットはたくさん見た」

「そう、なんですか」

悟は、あらためて一礼した。

このキャプテンは――五十代らしいが――航空自衛隊の出身だったのか。

確かに。

鋭い横顔の印象は、航空団のベテラン・パイロットと言われても違和感がない。

「民間へ、移られたのですか」

「割愛《かつあい》で出されて来たんだ」

機長はまた苦笑すると、自分のコンソールへ向き直った。

背中で続けた。

「もう十年も前だ。飛行隊長になるはずだったのが、ある日、団司令に呼ばれて『明日から民間へ行け』と言われた。煙《けむ》たかったんだろうな」

「――――」

　どう応えて良いのか。

　悟が絶句していると
「キャプテン」

　右席の副操縦士が、センター・ペデスタルのプリンターを指した。

「ウェイト・アンド・バランスが来たようです」


　左右のパイロットの間にある低いペデスタルには、中央に二本が一体となったスラストレバーがあり、その周囲には航法や通信機器などが配置されているらしい（周波数をセットする小窓がいくつも並んでいる）。

　普段、F2に乗っているから。だいたい見当はつく。

　今、ペデスタル後端のプリンターから、白い紙片が吐き出されて来るところだ（一見して、英文字と数字が何列も印字されている）。

「おう」

　矢舟機長は、うなずいた。

　プリンターから紙片を切り取る。

一瞥《いちべつ》して、うなずく。

「いいだろう、性能データを入れよう」

●総理官邸地下

ＮＳＳオペレーションルーム

「――バスターミナル……?」

門は振り向くと、湯川の顔を見た。

ヘッドセットを手で押さえた湯川は、早く指示を出してほしい、という表情だ。

門は目をしばたたく。

「バスターミナル、なんてものがあるのか」

「はい」

湯川はうなずく。

「現地の――滋賀県警公安課によりますと。草津ジャンクションの手前には大型ショッピングモールを併設した〈草津バスターミナル〉があり、各方面へ向け長距離高速バスが出ているそうです」

「────」

門は絶句する。

3

●神戸空港
エアバスA321　コクピット

「ウェイト・アンド・バランス、読み上げます」

予約の時に確かめたが。

悟が今、オブザーブ席に座っているこの機体はA321──エアバス320シリーズの最新型らしい。

双発の中型旅客機（先ほどのチーフCAの言葉では一八五名で満席になる）だ。

コクピットは、左右の操縦席に正副二名のパイロットが横並びに座る（複座戦闘機のタンデム配置とは違う）。

右席の副操縦士が、機長から手渡された紙片を手に、数値を読み上げる。

ウェイト・アンド・バランスとは、重量と重心位置等のデータだ。社内の運航管理部門からデータ通信で送られてきたのだろう。

「ゼロフューエル・ウェイト、一二八〇〇〇ポンド」

「ゼロフューエル、一二八〇〇〇」

機長――矢舟と名乗ったか――は復唱しながら、左席側のディスプレー・ユニットへ数値を打ち込んで行く。

操縦席には、大型機によくあるホイール式操縦桿《かん》ではなく、パイロットの左右両側にサイドスティックが配置されている（操縦系統はフライバイワイヤか）。

「重いな」

「今日は満席ですから」

副操縦士はうなずき、読み上げを続ける。

「ランプ・フューエル、一四〇〇〇ポンド」

「一四〇〇〇」

機長はまた復唱し、数値をキーボードで打ち込む。

読み上げられているのは、このA321旅客機の現在（出発前）の重量や、搭載した燃料、重心の位置などだ。

空自の戦闘機であれば、離陸重量などのデータはもっと前――任務の内容が決まった時点で確定する（前日から分かっていることもある）。しかし民間会社では、乗客数や手荷物、有償貨物などの重量や積載位置が確定するのは出発間際になるのだろう（だから出発直前にデータ通信で送られて来る）。

（――一四〇〇〇ポンド、か）

左右の操縦席のすぐ後ろで、パイロット二名のやり取りを見ながら悟は『この燃料で、どのくらい飛んでいられるのかな』と思った。

大型機の操縦経験はない。

でも単発のF２では、二五〇〇ポンドあれば一時間の巡航が出来る――一発当たりのエンジン推力が同じくらいなら、A３２１は双発機だから、一時間の巡航に必要な燃料は五〇〇〇ポンドくらいか……？

悟は一人前のパイロットとなってから、燃料の量を目にするか耳にすると『その量でどれくらい飛べるか』――滞空可能時間を暗算する癖がついている。

F２は主に洋上を飛行する。海面近い超低空で〈侵攻阻止任務〉に就くこともあれば、高高度で〈対領空侵犯措置〉に出ることもある。いずれの任務でも帰投燃料が足りなくなると、基地へ帰れず着水することになる。

手持ちの燃料で基地へ帰れるか。あるいは、一番近い海岸線の飛行場へ辿り着けるか――飛行中はいつも頭の隅で計算し続ける。

仮に一時間当たり五〇〇〇ポンドの燃料消費とすれば。この機は、一四〇〇〇ポンドで二時間四十五分くらいは飛べる。神戸から宮崎まで飛ぶのに必要な燃料は……

(…………)

頭の中で計算しようとした時。

ふいに視野の左隅に入った何かに、注意を惹かれた。

何だろう。

「………?」

視線を左へ向けると。

機首左側につけられたボーディングブリッジ――横長の窓がついた搭乗橋を、人影が流れて来るところだ(乗客の搭乗が始まった)。

満席の乗客か――

次々に来る。

急に席が一杯になり、危うく乗り逃がすところだった……

そう言えば。

あの一団は、乗って来るのか。

先ほど、乗客の搭乗開始に先立ち、自分は搭乗口から機内へ案内してもらった。

その時――搭乗ロビーを通り抜ける際のこと。

ベンチで待っている乗客たちの様子に一瞬、違和感を抱いた。

満席と言っても、一八五名で一杯になってしまう中型機だ。搭乗ロビーに何列も並ぶベンチは、半分ほども埋まっていない。

立って、外の駐機場を眺めている人もいれば、売店で土産物を見ている人たちもいる。

だが。

その中でベンチの一角だけが『満席』なのだった。

変だな……

あの人たちは？

こういう時、人は、ばらけて座るものじゃないか……？

二十数人だろうか。男女も年齢も風体《ふうてい》もばらばらだが、その一団だけがベンチの一角を埋め、隙間なく座っていた。ビジネスマン風のスーツ姿の男は膝にノートPCを拡げ、旅行客風の男女は携帯を手にして眺めている。三列ほどを四角く埋め、きっちりと着席している――

あの一団は。

そう言えば――

しかし地上スタッフから「お急ぎください」と促され、速足で通り抜けたので。

悟はそれ以上、彼らを観察はしなかった。

ただ、妙に印象に残ったのは。

三列ほどのベンチを四角く埋めた一団の中央――真ん中の席だ。

そこに、携帯へ視線をおとしていない男女のカップルが一組だけあった。プロ野球の帽子を目深《まぶか》に被《かぶ》った男と、黒っぽいワンピースを着た若い女。男は腕組みをして、帽子の庇《ひさし》で表情は見えない。女はまっすぐに外の駐機場へ視線を向けている。

あの帽子の男、確か……

だが思い出す前に。

搭乗改札口へ辿り着いてしまい、悟はそのまま、速足で乗り込んできた。

「プリフライト・チェックリスト」

機長の声で、悟は我に返る。

一通りのセットアップは済ませたらしい、左右の操縦席では機長のオーダーで、副操縦士が「ラジャー」とうなずき、中央下側の計器画面を指でタッチした。

画面上に現われたのは、十項目あまりのチェックリストだ。

「ログ・アンド・ドキュメンツ」

副操縦士が早速、項目を読み上げる。

すると
「チェック」

機長が応答する。


そうか。

チェックリストは、飛行前や、さまざまなフライトの節目で実施する。項目を読み上げて、機器のセットアップが正しいか、手順に抜けがないか確かめる。

単座戦闘機では、それは厚紙のカードのようになっていて、パイロットは目でなぞりながら黙って確認する。

もちろん声に出して読んでもいいが、酸素マスクを着けているし、どうせ独《ひと》りだ。

慣れて来るとリストを取り出さず、そらで済ませてしまうこともある。

しかし旅客機では、片方のパイロットがチェックリストの項目を読み上げ、もう片方が確認してアンサーする、というやり方をきちんと実施するわけか――

「オキシジェン」

「テステッド、一〇〇パーセント」

「ウインドウ」

「クローズド」

●宮崎県　児湯郡
航空自衛隊　新田原基地
飛行隊ブリーフィングルーム。

「――ええと」

まだ待機は続いている。

整備部門からの連絡待ちだ。

ウェポンベイの懸架《けんか》ラックの調整作業が続いている。

さすがに、これだけ時間があると、ＡＳＭ２改の〈発射試験〉に向けての打ち合わせは一通り済んでしまう。

あとは『準備完了』の知らせが来次第、搭乗して、上がるだけだ。

余り時間は有効に使おう。

舞島茜は、前日に音黒聡子から転送してもらっていた新人訓練の資料をタブレットに出すと、眺め始めた（〈発射試験〉の準備で忙しく、見る暇がなかった）。

資料には、初めに『訓練生』というフォルダーがある。

開くと、人事ファイルが出て来た（顔写真付きだ）。

訓練生は六人。

「明日から〈機種転換課程〉に入る訓練生――六名ですか」

「そう」

ブリーフィング用テーブルの差し向かいの席で、聡子がうなずく。

聡子も自分のタブレットに何か表示させ、眺めている。

眺めながら言う。

「少ないでしょ」

「はい、まぁ」

茜は曖昧《あいまい》にうなずいた。

一期生六名が、多いのか少ないのか。

それもよく分からない。

何しろ〈教官〉という役目は、初めてだ。

自分と聡子の二人で、他の機種から移って来るパイロットたちを訓練し、Ｆ35Ｂの搭乗資格を取得させる――

うまくこなせるのか。

昔、実家の合気道の道場で師範代はしていたが――

「でも、確かに多かったら、手に余ります」

「当面、輸入されて来る新造機は二機だから」

聡子は、まだ自分のタブレットに目をおとしたまま、右手の指を二本立てた。

「四機をわたしとあなた、それに六名の新人。計八人で回す。無理はないでしょ」

確かに。

教官が、まだ自分と聡子だけだ。

新人訓練だけでも大変な中、新しく輸入されて来る新造機の受領試験も、自分たちでやらなくてはならない。

六名だけでも、ひょっとしたら手に余る――

「忙しいけれど」

聡子はタブレットから目を上げて言った。

「それよりも今の問題は、これ」

「え」

茜は、聡子が向けて寄越したタブレットの画面を見やる。

聡子は、この画面を見ていたのか。

写真と、テキスト。

ネットのニュース……？

「聡子さん、それ」


画面に大写しになった写真。

ネットのニュース記事だ。

写真は、洋上を航行する艦船の姿――一目見て、巨大な艦だ。特徴ある左右非対称の船体が白い航跡を曳《ひ》きながら、大きく旋回している。

それは――

茜は目を見開く。

ヘッドラインの黒い太文字。『中国空母〈福建《ふっけん》〉試験航海へ出発』

「そう」

聡子はうなずく。

「〈福建〉が試験航海に出て、いよいよ実戦配備される」

「――」

「中国が建造した人民解放軍の003型空母。全長三〇〇メートル、満載排水量八〇〇〇〇トン。艦載機は最大八十機――わたしたちが台湾《たいわん》沖で遭遇した〈山東《さんとう》〉と違って、スキージャンプ甲板ではなく電磁カタパルトを三基、装備している。J15戦闘機が満タンのフル武装で次々に上がって来る」

「――」

「ほかにターボプロップの早期警戒機、対潜ヘリが多数」聡子は眉を顰《ひそ》める。「こんなのが艦隊を引き連れて、わたしたちの母艦〈いずも〉へ向かって来たら」

「――聡子さん」

茜は、画面の写真を覗き込むと、目をしばたたいた。

「聡子さん、その空母の弱点は、何でしょう」

「え」

「大きくても強くても、弱点はあるはずだから」

物心ついた頃から、合気道をやっている。

小さい頃、道場で組み合う練習相手は、すべて例外なく、自分よりも大きくて腕力が強かった。

だから茜は、道場では対峙《たいじ》する相手が見上げるように大きくても強そうでも、まず『弱点はどこだ』と観察する癖がついている（観察すると、不思議に怖くない）。

「弱点は、何でしょうね」

「あなた」

「？」

「やっぱり、ただ者じゃないね」

「そうでしょうか」

「〈弱点〉って言えるかどうか、分からないけれど」

聡子はタブレットをテーブルに置くと、写真を指した。

アングルドデッキ形態の飛行甲板。

「いま言ったように、この空母は新式の電磁カタパルトを三基、装備している」

「電磁カタパルト、ですか」

「そう」

防大では機械工学を専攻していたという聡子は、説明をした。

「電磁カタパルトは、従来のアメリカ空母が装備していた蒸気の力で打ち出すカタパルトと違って、リニアモーターを使って艦載機を加速し射出する仕組み」

「リニアモーターですか」

「そう。リニア新幹線と同じ原理。理論的には蒸気式よりも遥《はる》かに強力に、効率よく艦載機を射出できる。でも」

「でも？」

「難しいのよ」

聡子は頬杖《ほおづえ》をつく。

「技術的に難しい――空母用カタパルトのノウハウを知り尽くしたアメリカ海軍でも、新造の〈ジェラルド・R・フォード〉に電磁カタパルトを装備して実用化するのに相当、苦労した」

「――――」

「今でも七十回の発艦につき一回の割で重大故障を起こすので、その度にバラして点検修理だって。使い物になるのかどうか」

「――――」

「だから、発艦用カタパルトを造るのが初めての中国に、こんな――あ」

話している途中に、卓上に置いてあった聡子の携帯が振動した。

「はい」

携帯を取り上げると、聡子は「はい」と通話に応えながら、ブリーフィングルームの外の駐機場へ視線を向けた。

「――はい、あと一時間以内に。ありがとう、そちらへ行きます」

●九州東方　日向灘
海上自衛隊　多用途支援艦〈げんかい〉

その艦橋。

「艦長」

艦の動揺は、やや大きくなっている。

風が強い――

唐澤一郎三佐は、艦長席を立ち、すぐ左隣の指揮コンソールで航法・戦術情況ディスプレーを眺めていた。

大型の横長ディスプレーには今、〈げんかい〉の現在位置を中心に、四〇マイル四方の戦術情報と、船舶位置情報が表示されている（リアルタイムのＧＰＳ情報だ）。

航行用レーダーに頼らなくとも。

今の時代、洋上を航行する民間船舶はすべて、自船のＧＰＳ位置の情報を航海衛星へ向け常時発信している（自動船舶識別システム《AIS》と呼ばれる）。これにより、民間船舶はすべてディスプレーのマップ上にくさび型シンボルとして表示され、船名、種別、針路や速度も一目で読み取れる。

〈げんかい〉は今、宮崎県の海岸線から南東へ離れた日向灘、〈Ｒ５３３〉と呼ばれる演習区域のほぼ中央にいる。短辺四〇マイル、長辺六〇マイルの斜め二等辺三角形をした海域内に、民間船舶を示すシンボルは一つも浮かんでいない。

よし。

いつ〈試験〉が再開されても、邪魔者は居ないな……

そう考えているところへ、船務長の若村一尉がプリントアウトを手に歩み寄って来た。

「艦長、総監部より入電です」

「〈発射試験〉、どうなるんだ」

唐澤はディスプレーから視線を上げ、艦橋の前方窓を見渡しながら訊いた。

頭上はグレーの雲底、白波で海面は毛羽立って見える。

「やるんなら、さっさとやって欲しいが」


「は」

若村一尉は、プリントアウトに目をおとし、読み上げる。

「呉総監部より〈げんかい〉艦長。試験機二機は、一時間以内に新田原基地を離陸予定。〈げんかい〉は計画通り、標的の設置を始められたし。以上です」

「分かった」

唐澤はうなずく。

「試験機が新田原から来るなら、離陸後、ものの五分かそこらで発射ポジションまで来るな」

「そうですね」

「よし」

唐澤は艦橋の窓をもう一度見渡し、周囲の海面の様子を確かめながら命じた。

「後部甲板、ただちに〈バラクーダ〉を放出用意。自走標的と本艦の間隔は、一マイル半に設定」

「一マイル半、ですか」

若村は、確かめるように訊き返した。

「遠過ぎはしませんか。二八〇〇メートルでは、目視観測が苦労です」

だが

「空対艦ミサイルのテストなんだろ」

唐澤は外を見たまま言う。

「万一間違って、〈バラクーダ〉でなく本艦へ向かって来たらかなわん。たとえ炸薬《さくやく》の入っていない試験弾だとしても、直撃したらひとたまり――ん?」

唐澤は、右舷前方の水平線へ目を細める。

「何か、いるな」

「民間船ですか?」

「分からん」

唐澤はコンソールから双眼鏡を取り上げ、素早く覗いた。

右斜め前方の水平線――

〈げんかい〉の艦橋の高さから見る水平線は、十五マイルほどの距離だ。

演習区域〈R533〉の西側の境界ぎりぎり。

しかし、情況ディスプレーには、その辺りに民間船のシンボルはない。

「――あぁ、あれは」


白く毛羽立つような水平線が、双眼鏡の視野に拡大される。

ダイヤルを回し、ピントを合わせると。

拡大された円い視野の中、波濤《はとう》をかすめるように海鳥――十数羽のカモメの群れが横切り、その向こうに白い船体が浮かんでいる。

船首で波を蹴立て、航行している。

全長は四〇メートルほど。大きくはない。船首には特徴的な青の斜めラインが三本。

「海保の巡視船だ」

唐澤はうなずいた。

道理で、ＡＩＳのシンボルが表示されない――

「この海域なら、第十管区だな」

「パトロール中ですか」

若村もうなずく。

「試験の実施は、防衛省から〈航海情報〉で公表されていますから。演習区域に民間船が入らぬよう、見てくれているんでしょうか」

「それも、あるだろうが」

唐澤は双眼鏡を顔に当てたまま、言う。

「この辺りの海域は、もとより国籍不明の不審船がよく出没する――過去に〈事件〉も起きている。日本海の能登《のと》半島沖と並び『不審船のメッカ』だからな」

4

●神戸空港　駐機場

エアバスA321　スカイアロー航空009便

コクピット。

「よし」

左右の操縦席でプリフライト・チェックリストを完了すると、矢舟が指示した。

「タワーに、クリアランスをリクエストしよう」

「はい」

右席の山下副操縦士がうなずき、センター・ペデスタルへ左手を伸ばす。

六桁の数字をセットする、小窓付きのパネルがある。

「神戸タワーを呼びます」


（――――）

あれが、無線のコントロールパネルか。

城悟は、オブザーブ席から副操縦士の動作を眺めていた。

F2戦闘機では、交信に使う無線のパネルは操縦席――自分の身体《からだ》の右側にある。

周波数の数値を小窓にセットして使うのは、同じだ……

普段、大型機のコクピットを見学する機会など、あまり無い。

興味深げに眺める様子が、目に入ったのか。

「城君」

山下副操縦士は、悟へ視線を向けると、左の側面窓を目で指した。

「そこに予備のヘッドセットが掛かっているだろう、良かったら聴くといい」

「あ」

悟は、じろじろ見ていて失礼だったかな、と思ったが。

山下は気にせずに、予備のヘッドセットを使ってよい、と言う。

見ると、左側面窓の枠に、ワイヤーのついたヘッドセットが掛けてある（オブザーブ席の搭乗者用か）。

有難《ありがた》い。

「ありがとうございます」

「オブザーバー用のオーディオ・コントロールパネルは、そこ」山下は側壁の小さなパネルを指し、教えてくれる。「管制との交信はナンバー1のチャンネル、国際緊急周波数はナンバー2だ」

「はい」

ポン
悟がヘッドセットを頭に掛けると、同時に機内インターフォンの呼び出しチャイムが鳴った。

『――キャプテン、鹿島です』

チーフCAの女性の声だ。

耳につけたイヤフォンに、低い落ち着いた声が入る。

『ただいまドア・クローズ。お客様は全員着席、異状ありません』

「分かった」

左席の矢舟が、自分のヘッドセットのブームマイクで応答する。

「間もなく出る」

●東京　総理官邸地下
NSSオペレーションルーム

「班長」

情報席から湯川が振り向いた。

ヘッドセットを右手で押さえながら、早口で告げる。

「捜査支援分析センターより。草津バスターミナルです。ターミナル内の防犯カメラのうち一基に、手配写真のデータと一致する顔あり」

「何」

●神戸空港

エアバスA321　スカイアロー航空009便

『スカイアロー009、神戸タワー』

山下副操縦士が、VHF無線のナンバー1チャンネルで管制塔を呼び、宮崎空港までのクリアランス（管制承認）をリクエストすると。

間髪《かんぱつ》を入れず、神戸タワー（管制塔）が応答して来た。

交信をモニターするイヤフォンに、管制官の声が入る。

『スカイアロー009、クリア・トゥ・宮崎エアポート。バイア・神戸ファイブ・ディパーチャー、高松《たかまつ》トランジション、ゼン、フライトプランド・ルート。メインテイン、フライトレベル二四〇』

「クリア・トゥ・宮崎エアポート」

山下は小さなメモに書き取った内容を、無線のマイクに繰り返した。

宮崎までの管制承認だ。

「バイア・神戸ファイブ・ディパーチャー、高松トランジション、ゼン、フライトプランド・ルート。メインテイン、フライトレベル二四〇」

（二四〇〇〇フィートか）

悟は、山下が管制承認をリードバックする声をモニターしながら、軽く驚いた。

民間旅客機は、こうやって毎回、あらかじめ飛行経路と高度を指定されるのか。

でも、ほとんど有視界で飛ぶ戦闘機と違って、旅客機は計器飛行方式で運航される。

目的地までのコース、高度もすべて、あらかじめ申請して許可された飛行経路の通りに飛ぶのだ。

考えてみれば、当然ではあるが――

フライトレベル二四〇――指定された巡航高度は二四〇〇〇フィートか。

『リードバック・イズ・コレクト』

無線の向こうで管制官が応答する。

繰り返した内容は正しい、と告げている。

『セット、スクォーク４３４４』

「スクォーク、４３４４」

山下が繰り返す。

『コレクト』無線の向こうで管制官がうなずく。『アドバイス、フェン、レディー・フォー・プッシュバック』

「ラジャー」

「スクォークは４３４４だな」

矢舟が右手をセンター・ペデスタルへ伸ばし、別の小窓に、ダイヤルで数値をセットする。

その手を、今度は中央計器パネルの上側にある横長のモード・コントロールパネルへやり、真ん中辺りにある小窓に『２４０００』の数値をセットする。

「高度は二四〇〇〇」

「はい」

「よし、テイクオフ・ブリーフィングを行なう」

●総理官邸地下

ＮＳＳオペレーションルーム

「画像を出せるか」

門は振り向くと、湯川に訊いた。

「その防犯カメラの画像は⁉」

「来ます、今」

湯川は、自分の情報画面を見ながらうなずく。

「草津バスターミナル内、十七基あるカメラの一つだそうです」

「メインスクリーンへ出せ」

●神戸空港

エアバスA321　スカイアロー航空009便

客室内。

「ちょっと」

機首の乗降扉がクローズし、すべての乗客が着席していてシートベルトを締めていることを確認すると、CA——客室乗務員たちも全員着席する。

アテンダント・シートは、各乗降扉のすぐ横にあり、二人掛けだ。座る時にだけ壁の収納ポジションから引き出して使う（客席とは逆に、機体後方を向いて座る）。

着席し、ショルダーハーネスをカチ、カチと留めながら鹿島智子《さとこ》が小声で言った。

視線を客席通路の方へちら、と向ける。

「19Gのお客様だけれど」


「――は？」

隣に着席する若いCAが、ハーネスを留めながら訊き返す。

経験年数が違うので、客室内の点検も、アテンダント・シートでハーネスを着装する動作も、だいたい智子よりひと呼吸後《おく》れる感じだ。

「チーフ、何か気になることでも」

「たった今ね」

鹿島智子は、対面して座る満席の乗客に気づかれぬよう、素早い動きで視線を通路の奥へやる。

「19列のGは、翼上非常口に接する座席だから。ドア・クローズした後に、いつも通り『緊急脱出になった際のお手伝い』をお願いしたんだけれど」

「？」

「男性、四十歳くらいかな。野球帽を目深に被って、私の方を見ない」

「────」

若いＣＡは、通路の方を見ようとするが。

アテンダント・シートで後方を向いて座っていると、客席からは目立つ（ＣＡの動きは注目を集めやすい）。

気にしていない素振りで視線を上の方へ向けながら、小声で訊き返した。

「ちょっと、ここからは見えません。態度が変なのですか？」

「変、という程ではないけれど」

鹿島智子は上半身を捻《ひね》って、背後の壁にある機内エンタテインメントシステムのコントロールパネルへ右手を伸ばした。

「何か、思い詰めている感じ──勘だけれどね。上空へ行ってベルトサインが消えて、飲物サービスを始めたら、それとなく気にかけて差し上げて」

「はい」

「安全ビデオ、始めるよ」

●総理官邸地下

ＮＳＳオペレーションルーム

「これか」

メインスクリーンに現われた画像。

モノクロの静止画(動画のある瞬間を切り取っている)だ。

一見して、広い通路――通行人が多い。画面の手前側へ歩いて来る者もいれば、奥へ歩いて行く者もいる。年代も風体もさまざまだ。

「バスターミナルの中か?」

「草津バスターミナルは、大型商業施設に併設されています」

情報席から湯川が説明する。

たった今、スクリーンに出した画像――防犯カメラの静止画像は、都内にある警察庁の捜査支援分析センターから送られてきた。

滋賀県警の捜査員が収集し、電子的に支援センターへ送付した録画データの中から、DAISと呼ばれる画像解析システムが見つけ出した。

手前側へ歩いて来る人波の中、見え隠れする二つの人影に、赤と青の四角いマークが付けられている。

「これは、一階通路の防犯カメラだそうです。買物客もたくさん通行しています」

「赤が女、青が男——か？」

門は目を凝《こ》らすが。

拡大しても画像はそれほど鮮明でなく、小さく映っている人物の顔は、ぱっと見ただけではよく分からない。

解析システムは、よく見つけた——

「スウィート・ホースと、後呂研究員か」

「服装も変えてる」

隣で障子有美が腕組みをする。

「特に、スウィート・ホース。車で社宅を出る時にはフリフリのお嬢様風だったのに。黒のワンピースか」

「女は、服装で印象が変わるな」

門はうなずく。

「青いマークの方は、本当に後呂研究員なのか」

「男は、帽子を目深に被っていますが」

湯川が答える。

「ＤＡＩＳによれば『顎の形が一致する』そうです」

「――」

「――」

オペレーションルームの全員が、メインスクリーンの静止画像に注目したまま、息を呑《の》む。

自動運転の電気自動車を囮《おとり》に使い、バスターミナルから、おそらく高速バスに乗って逃走するつもりか――

「とにかく」

門は腕時計をちら、と見て言う。

「スウィート・ホースと研究員が、どこ行きのバスに乗ったか、だ」

「ターミナルの防犯カメラ画像は、実は、まだすべて届いていません」

湯川が、自分の情報画面を読み取って言う。

「バスターミナルへ向かった捜査員が、一名だけだったそうで――録画情報の取得に、時間がかかっています。捜査支援分析センターでは録画データが届き次第、順次解析します」

「――――」

くそ。

門はメインスクリーンへ目を上げ、唇を嚙む。

ＪＲの駅を重視しろ、と指示してしまったのは俺だ。

これは――どの方面行きのバスに乗ったのか分からないと、手も足も出ないぞ……

●神戸空港

エアバスＡ３２１　スカイアロー航空００９便

「受領したクリアランスの通り」

操縦席の左側面窓の下に取り付けたタブレット端末を指で開き、矢舟がテイクオフ・ブリーフィング――離陸前の打ち合わせを始めた。

「ＳＩＤ（出発方式）は神戸ファイブ・ディパーチャー、高松トランジション。滑走路《ランウェイ》09から離陸したならばＬＮＡＶ《エルナヴ》にフォローして右旋回」

「はい」

右席の山下副操縦士も、自分の横の側面窓の下にアタッチメントで固定したタブレットを開き、航空図を表示させて確認する。

「神戸ファイブ・ディパーチャー、離陸したらLNAVにフォロー」

（離陸の打ち合わせを、今やるのか――）

悟は、左右の操縦席のやり取りを眺めながら『民間機は違うな』と思った。

空自では、戦闘機が編隊で出発する場合、離陸後の飛行コースの打ち合わせなどは、すべて飛行隊ブリーフィングルームで済ませてしまう。

機体に搭乗した後、編隊内のコミュニケーションは最小限の交信だけだ。

旅客機では、二名のパイロットがコクピット内で、酸素マスクも着けずに話せるから、離陸前の打ち合わせは出発直前でよいわけか――


「キャプテン」

山下が、航空図を見ながら質問した。

「離陸後、オートパイロットは、どの辺りで入れますか」

「すぐだ」

矢舟が応える。

「リフトオフ後ただちに、対地四〇〇フィートで自動操縦をエンゲージ。後は外部監視に重点を置く。ここは関西空港が近いし、鳥も多いからな」

「了解です」

「神戸は海上空港だから、海鳥は大きなスレットだ」

矢舟は鋭い目で、コクピットの窓から全周を見渡す。

「油断はしない。もしも離陸滑走中、鳥の群れに遭遇して、片側のエンジンに吸い込むようなことがあれば。V1速度以下なら離陸中止、それ以上であったら『エンジン一発停止離陸』を実施する。ただちに着陸脚を上げ、四〇〇フィートで右旋回に入りながら、緊急チェックリストを実施」

「了解」

鳥か──

(────)

悟も、矢舟の視線の動きにつられるように、駐機場から空港の全周を眺めた。

「質問は」

「ありません」

「よし」

矢舟は右手の親指を上げる。

「タワーに、プッシュバックをリクエスト」

5

●神戸空港
エアバスA321　スカイアロー航空009便

客室内。


「――――」

出発時刻が来た。

ぐん、とパーキングブレーキの外《はず》れる感覚があり、機体全体が後ろ向きに動き出す。

駐機スポットを離れた。

トラクターに押され、機体は後ろ向きに移動して行く――

客席に座る人々にも、身体の感覚や、窓の外の景色の動きなどで、それが分かる。

すぐに右翼の下側で、まず第二エンジンが回り出し、タービンの唸《うな》りが客室の側壁を伝わって来る。

満席の客室。

一九列目の右端の座席で、その男は野球帽を目深に被って、腕組みをしていた。

二の腕を摑む右手の指が、細かく震えている。

「怖いの?」

隣の席で、黒いワンピースの女が小声で訊いた。

細い眉毛。

造りの小さな白い顔を、野球帽の男に向ける。

「それとも、後悔しているの」

だが

「――そんなことは」

男は小さく頭を振り、帽子の庇の下から女――人形のような白い顔を見返す。

細いフレームの眼鏡《めがね》の下で、せわしなく瞬《まばた》きをする。

「そんなことはない」

「本当？」

女──二十代の中頃に見える──は、眉根を寄せ、不安げな表情になる。上目遣いに男を見やる。

「あなたが嫌なら、降りてもいいのよ」

「お」

男は、腕組みをしたままで強く一回、頭を振る。

「降りないよ」

「──」

「ひなの」

男は、隣席の女の顔を見返し、眩《まぶ》しそうにまた瞬きをした。

「ひなの。いいかい、約束したじゃあないか。僕が君を、中国共産党でナンバーワンの工作員にしてやるって」

「──」

「僕を中国へ連れて行くんだ」男は小さく肩を上下させた。「きっと、アメリカなんかとてもかなわないような、世界一の素晴らしい電磁カタパルトを完成させて見せる」

「嬉しいわ」

　女は、白い顔を感激したような表情にする。

　白い細長い指で、男の右手を上から掴むと、ぎゅっ、と力を入れた。

「嬉しいわ、一郎」

　そこへ
「まずい」
　女のさらに隣席――通路側の席に座るビジネスマン風の男が、膝に広げたノートPCを見ながら小声で言う。
「自動運転車の工作が、ばれた」

●神戸空港
　エアバスA321　スカイアロー航空009便
　コクピット。
「ビフォー・タクシー・チェックリスト」

スポットの駐機位置からトラクターに押され、A321は後ろ向きに、ゆっくりと誘導路へ出て行く。

並行して、エンジン・スタートの操作が行なわれた。

ターボファンエンジンを始動する手順は、F2戦闘機とあまり変わらない。

翼内タンクからエンジンへ燃料を供給するポンプのスイッチをすべて入れ（エアバスでは頭上パネルにある）、センター・ペデスタルのスラストレバーの根元にあるエンジンモードスイッチを〈START〉位置にし、二つ並んだエンジン・コントロールスイッチを、右側の第二エンジンから〈ON〉にする。

それだけだ。

補助動力装置から供給される高圧空気によってスターターが回り始め、タービン回転計が二五パーセントに達したところで燃料が噴射され、着火する。あとはアイドリング回転数に達したところでスターターが自動的に切れる。

パイロットは、自動シークエンスをモニターするだけ（異常がある場合にのみパイロットが介入する）だ。

中央計器パネルの上側画面で、右のエンジン排気温度表示が扇形に開き、ピーク値を指してから、四〇〇℃あまりで落ち着く。

第二エンジンが安定したところで、左翼の第一エンジンに対し、同じ手順を繰り返す。

両エンジンの安定を確認したところで、矢舟が『地上滑走開始前チェックリスト』をオーダーした。

「ジェネレーター」
「ON」
「ハイドロリック・システム」
「Aシステム、Bシステム、ON」
「アンチアイス」
「OFF」

読み上げの途中で、後ろ向きに動いていた機体が、ゆっくり停止する。

『コクピット、グランド』
インターフォンに声。
これは機首の右下に付き添っている、地上整備員だろう。
機体を誘導路上まで押し出して、トラクターが停止したのだ。
『プッシュバック、コンプリーテッド。セット、パーキングブレーキ』
「ラジャー」

矢舟がブームマイクに応え。右手をスラストレバーの左横へ伸ばし、親指で小さなレバーを引き起こす。

赤いランプが点く。

「パーキングブレーキ、セット」

『キャプテン、トラクターとインターフォンを外します。お気をつけて』

「ありがとう」

●総理官邸地下

NSSオペレーションルーム

「来ました」

湯川が情報席の画面を見たまま、声を上げた。

「バスターミナルの、追加の画像です」

「出せ」

門は命じ、メインスクリーンへ身を乗り出す。

新たな、バスターミナルの防犯カメラ画像か。

乗り場のものだといいが――

手首の腕時計にもう一度、目をやる。

「対処が、間に合うといいが」

「出たわ」

横で障子有美が声を上げる。

「乗り場のようね」

「――――」

「――――！」

全員が、息を呑む。

メインスクリーンがパッ、と別の画像に切り替わった。

現われたのは、大型バスの正面形。

（――――）

門は目を見開く。

バス乗降場だ――

画面はやや高い位置から、大型バスの正面運転席と、前方乗降扉の様子を捉えている。ストップ・モーション――ある瞬間を切り取った画像（右下に時刻カウンターが出ている）だ。

一列で乗り込む乗客たちが、動作を止めている。

「――いた」

門は目を剝《む》く。

いたぞ。

画面の中央だ。バスのステップに足を掛ける野球帽の男――その横顔に青い四角形が重なる。

すぐ後ろに、黒いワンピースの女（その横顔にも赤のマーキング）。

「どこだ」思わず息を荒げる。「どこ行きのバスだ⁉」

「神戸・三宮方面……？」

バス正面の行き先の電光表示は、ちょうどカメラのフレームの左端で切れてしまっているが。

障子有美が画面の右手を指す。

「乗り場のポールに、行き先表示のプレートがある」

「！」

門も気づき、同時に右手を懐へ突っ込む。

フレームの右下に出ている時刻表示は――二時間あまりも前か……！

〈神戸・三宮方面行き のりば〉

神戸・三宮行きのバスなら。

取り出した携帯の面をタップしながら、眉を顰める。

三宮方面――三宮ならば、新神戸から新幹線か。

「――俺だ」

●神戸空港
エアバスA321　スカイアロー航空009便
コクピット。
「トラクター離脱、整備員たちも退避した」
矢舟が左側面窓から地上の様子を見て、うなずいた。

「グランド、クリアだ」

「はい」

山下がうなずき、頭上パネルへ左手を伸ばすと、小さなスイッチをカチ、カチと操作した。

「グランド、クリア」

着陸灯のスイッチか。

悟は、山下副操縦士の操作の意味をすぐ理解した。

合図だ。

左側面窓では、機体の左横へ退避したトラクターの前に整備員と地上要員たちが整列している。

山下は外部灯火を点滅させ、地上要員へ『移動開始』を告げたわけか。

左横の地上では、着陸灯の点滅を受け、整備員が右手の親指で『ＯＫ』サインを出す。

そして全員が、機体へ向けて手を振り始めた。

見ていると、左席の矢舟も、右席の山下も手を振り返す。

(なるほど)

悟は、自分がF2戦闘機でブロック・アウトする時の様子を思い出した。

エンジンをスタートし、離陸に向け移動を開始する時には。

世話になった整備員や地上要員へ感謝を伝えてから、走り出す。

こういう連携は、民間も同じか。

ただ、民間では敬礼の代わりに、手を振るのか。


「よし」

矢舟が前方へ向き直る。

「行こう。リクエスト、タクシー」

●エアバスA321　機内

満席の客席。


「まずい」

通路側の座席で、ビジネスマン風の男が小声を出した。

膝の上にはノートPCを拡げたままだ。

「日本の警察の内通者から、また報告だ」

「―――」

三人掛けの真ん中の席から、黒いワンピースの女はちら、と視線をやる。

ビジネスマン風の男が広げているPCの画面を、一瞥する。

文字の列。

「――いい」


女は、窓側の野球帽の男へ話しかける時とは異なる、無表情で小さく告げた。

「いいから、PCを機内モードにしろ」

低い声。中国語だ。

「メールを使っているのが分かると、CAが来る」

「これは秘匿《ひとく》回線だ、ばれはしない」

ビジネスマン風の男も、早口の中国語で返した。

「それよりも虎8《フー・バー》、日本の警察の動きが早い。草津市内の公共交通機関に絞って防犯カメラをあたれ、と命令が出ている」

「―――」

「妙に、早い。当初の作戦計画では――」

だが
「宮崎へ」

女は遮る。

「宮崎へさえ、行ってしまえば。こちらのものだ」


「しかし、虎8」

ビジネスマン風の男は、客室内の様子を速い視線で見回す。

「動きを掴まれたら」

「――」

●エアバスA321　コクピット

『スカイアロー009』

VHF無線の1番チャンネルに、タワー管制官の声。

『タクシー・トゥ・ランウェイ09。アドバイス、フェン、レディ・フォー・テイクオフ』

地上滑走が許可された。

「タクシー・トゥ・ランウェイ09」

山下が無線に復唱する。

「アドバイス、フェン、レディ」

滑走路09――神戸空港の東西を向いた滑走路の、一方の端まで走行してよい。離陸の準備が整ったならば知らせよ。

この辺りのやり取りは、百里基地と変わらない。

「行こう」

左席の矢舟が前方を向き、操縦席の下で両のラダーペダルを踏み込んだ。

カチ

パーキングブレーキの小さなレバーが跳ねるように戻り、赤ランプが消える。

「ブレーキ、オフ」

●エアバスA321　客室

客室の外、主翼の下でエンジンが回転を上げ、唸りが壁を伝わって来る。

機体がゆっくりと、前進を始めた。


「──フン」

一九列の真ん中の席で、人形のような白い顔を無表情にしたまま、女は鼻を鳴らした。

横目でビジネスマン風の男をちら、と見る。

「お人よしの豚どもが」早口の中国語。「我々の動きを摑んだとして。出来ることは、この機の離陸を差し止めるか。あるいは宮崎空港に捜査員を配置して待ち受けるか」


「そうなったら」

男は小声で問い返す。

「どうする虎8」

「うろたえるな」

虎8、と呼ばれた女は小作りの顎を反らすようにした。

睫毛《まつげ》の長い目を薄くし、満席の客室内を素早く見渡す。

「そうなれば、〈プランD〉を発動するまで」

「プ」

「どうしたんだ」

窓側の席から、野球帽の男が、女へ視線を向けて来た。

少し呼吸が速い。

早口の中国語で会話する二人を、怪訝《けげん》そうに見る。

「何か、あったのか?」

するとー
「――あぁ」

女は日本語に切り替えると、眉根を寄せ、窓際の男に身を寄せるようにして、大きく頭を振った。

「何も心配はないのよ、一郎」

「でも」

「何があろうと」

鼻にかかった声で、女は上目遣いに男を見つめた。

「私たちが、あなたを護《まも》るわ」

「――」

「さぁ」

女は野球帽の男――細いフレームの眼鏡《めがね》の奥を見つめたまま、膝のバッグから金属製の小瓶を摑み出した。

細い指でキャップを捻り、野球帽の男の鼻先へ差し出す。

「これを呑んで、落ち着くのよ」

6

●東京　総理官邸地下
NSSオペレーションルーム

「俺だ」

門はメインスクリーンを睨《にら》んだまま携帯を耳に当て、通話の相手へ畳《たた》みかけた。早口になる。

「バスターミナルの画像は、そちらへも届いているかっ」

スクリーンには、乗降場の画像。

スウィート・ホース――馬玲玉と、後呂一郎研究員は連れ立って高速バスに乗った。

ポールには〈神戸・三宮方面行き〉と表示されている。

一瞬の動作を切り取った画像だが。

門が受ける印象では、野球帽を被った研究員はおとなしく、スウィート・ホースとの同行を嫌がる素振りは見せていない――

やはり。

やられている。

研究員はおそらく、数か月に渡るスウィート・ホースとの交際の中で、精神的に支配され、この女の承認を得ることが『生きる目的』のようになってしまっている。

ハニートラップの恐ろしさは。

性的欲求で男を従わせるのではない、究極的には『承認欲求』で従わせる。

スウィート・ホースに認められたい、と願うよう仕向ける。

外事警察官だった門には分かる。

後呂研究員は、ちょうど、ホストクラブに嵌まった女性が、推《お》しのホストを店でナンバーワンにしてやるために大金を使うのと同じ状態になっている。逃げ出すどころか、スウィート・ホースに褒めてもらうためなら何でもやる――

「――そうだ、三宮だ」

門は携帯にうなずきながら、腕時計をちら、と見た。

携帯を手にしたまま、情報席を振り返る。

「湯川、そのバスはもう、三宮に着いたか？」

「今」

湯川も情報席の画面に向かいながら応える。

「当該バスの時刻表と、運行状況を検索しています」

「よし」

門はうなずく。

「とにかく、三宮と周辺の鉄道駅だ。ＪＲ、私鉄——特に新幹線の新神戸を最重点だ。兵庫県警の使える捜査員をすべて投入しろ。そうだ、頼むぞ」

だが。

警察庁の後輩へ緊急の指示を出した門が携帯を切るのと、情報席で湯川が「あっ」と声を上げるのは同時だった。

「あ、待ってください班長」

●神戸空港
エアバスA321　スカイアロー航空009便
コクピット。

「フライトコントロール・チェック」

誘導路上を、一〇ノット余りのゆっくりした速度で機を走行させながら、左席の矢舟がオーダーした。

駐機場を離れ、A321は神戸空港の滑走路09へ向かっている。

「ラジャー」

右席の山下が応え、左手を中央計器パネルへ伸ばし、下側画面を切り替えた。

油圧系統と、操縦舵面《だめん》の位置らしき表示が現われる。

「フライトコントロールを、チェックします」


(――――)

城悟は、山下の表示させた画面を見やって『なるほど』と思った。

飛行機というものは、離陸の前には必ず、操縦桿の動きに操縦舵面が正しく追従《ついじゅう》するかを確認する（どんな機種でも同じだ）。

戦闘機では、パイロットが操縦桿を大きくフルに動かし、コクピットのキャノピーの中から振り向いて、主翼や尾翼の各舵面が正しく追従して動くか、目視で確認する。

だが大型機では、舵面の動きは直接には見えないから、計器パネルの画面に舵《かじ》の位置を表示させて確かめるわけか。

「エルロン」

山下はコールして、右側操縦席の脇にあるサイドスティックを握り、右へ動かした。

中央下側画面で、舵面の位置を示すスケールがフルに右へ振れる。

「ライト、フル。ノーマル」

やはり。

このエアバス機の操縦系統は、フライバイワイヤか。

サイドスティックは、フルに切っても、数センチ動くだけだ。

舵輪《ホイール》式の操縦桿とは違い、スティックは操縦系統を統括するシステムにコマンドシグナルをインプットするだけで、実際に舵面を動かすのはＦＣＣ《フライトコントロール・コンピュータ》だ。

昨日まで乗っていたF2戦闘機と、この辺りは一緒だ――

見ていると、山下副操縦士は補助翼、昇降舵をフルに動かして動作を確認し「エルロン、エレベーター、ノーマルです」と報告する。

「よし」

左席で矢舟がうなずき、おもむろに左手で前輪操向ハンドルを保持すると、機を直進させたまま左右のラダーペダルをフルに踏み込んだ。

中央下側の画面で、ラダーのスケールが左右に振れる。

「ラダーも、いいようだ」

「はい」

「では、ビフォー・テイクオフ・チェックリスト」

●総理官邸地下

NSSオペレーションルーム

「待ってください班長」

情報席の画面を見たまま、湯川が声を上げた。

「このバスの終点は、三宮ではありません」

「何」

「どういうこと」

門と障子有美が、同時に情報席を振り向く。

スウィート・ホースが後呂研究員を伴《ともな》ってバスに乗ったのが二時間余り、前だ。三宮からは、鉄道の在来線に乗れば、すぐに新幹線の新神戸駅へ行ける。遠くへ逃げられる前に、手配を急がなければならない――

だが

「神戸空港です」

湯川は、自分の画面を指して言う。

「この乗り場からの三宮方面行きバスは、一日に数本、神戸空港まで行くのです。この時刻のバスは空港まで行っています」

「何」

●エアバスA321　機内

「——フン」

金属容器に詰めた飲料を呑ませると。

野球帽の男——後呂一郎は、一分も経たぬうちに窓にもたれ、寝息を立て始めた。

その様子を確かめ、黒いワンピースの女はまた鼻を鳴らした。

「豚め」

●総理官邸地下
NSSオペレーションルーム

「バスは」

門は湯川へ問うた。

「もう、神戸空港へ着いたのか⁉」

「着いています」

湯川は情報席の画面を見ながら応える。

「——三十分ほど、前です」

「くっ」

門は歯噛みする。

逃走経路は新神戸からの新幹線か、あるいは神戸空港から国内線――

飛行機も可能性はある。

国内線ならば、出国審査場は通らない。搭乗前にパスポートをチェックされることもない、偽名でチケットを買って乗り込める。

どこか地方へ飛び、人気《ひとけ》のない海岸からボートで沖へ出れば――

「バスが着いた後」門は訊く。「神戸空港を出発する便は⁉」

「今、調べています」

湯川は指示される前に、すでに神戸空港の発着情報にアクセスしているようだ。

キーボードを素早く操作する。

「十秒、お待ちください」

「とりあえず」

門はまた懐へ右手を突っ込む。

「空港へも、捜査員――」

だが
「間に合わないわ」

障子有美が遮る。

有美は再び情報席を振り向くと「湯川君」と呼んだ。

「湯川君、国土交通省へ指示。内閣府危機管理監の権限により、神戸空港からの出発便を今すぐすべて差し止めて」

●エアバスA321　機内

「まずいぞ、虎8」

ビジネスマン風の男が、PCの画面を見ながら小声で告げる。

「また日本警察の内通者からだ。草津バスターミナルの監視カメラ画像を、奴らが嗅《か》ぎ付けた。我々の使ったバスが特定された」

「鼬《シエン・ジウ》9」

真ん中の席から、黒ワンピースの女は横目でちら、と男を見る。

「第十局司令部へただちに連絡」早口の小声で命じた。「〈プランD〉発動の許可を、申請しろ」

「や、やるのか」

「いいから備えろ」

女は言うと、膝のバッグからきらきらと装飾の光るカバーのついたスマートフォンを取り出し、親指で画面を開く。

同時に、左手で耳へワイヤレスのイヤフォンを入れる。

画面でアプリが音もなく開く（10キーのボードが現われる）。女は右の親指で、素早く数字をタップする。1、1、8、5、0——

「——」

アプリの画面が変わり『日本　神戸空港管制塔』『傍受』の文字が浮き出た。

●総理官邸地下
NSSオペレーションルーム

「えっ」

湯川が驚き、振り向いて訊き返した。

「神戸空港の出発便を、すべて差し止め、ですか？」

「そう」

有美はうなずく。

「根拠は——危機管理監が保安上の理由で、必要と判断した。一時的に神戸空港からの出発便をすべて差し止めます。国交省へ緊急指示」

●エアバスA321　コクピット

「ビフォー・テイクオフ・チェックリスト、コンプリーテッド」

右席で山下がコールした。

離陸前のチェックリストは三項目。フラップ、スタビライザー等が離陸に備え所定のセッティングにされているかの確認（簡単に済む）だ。

すでにA321の機体は、神戸空港の平行誘導路を進んで、滑走路09の末端へ近づきつつある。

「よし」

矢舟がうなずく。

「タワーへ『レディ』だ」

「はい」

●京都府　上空
ＭＣＨ１０１ヘリコプター
コクピット。

「――えっ」

オブザーブ席でヘッドセットをつけた舞島ひかるは、イヤフォンに入った声に向かって思わず訊き返した。

「神戸空港、ですか？」

視界の良いコクピットの外では、山並みが緩く傾いている。

京都と滋賀の県境上空で、旋回を続けている。

中国の女スパイが、リニア新幹線の研究員を伴って逃げている。

行方《ゆくえ》が分かり次第、そこへ急行する手はずだ。

あれから。

炎上する電気自動車が無人であったことを知らせてから。

NSSオペレーションルームからは『現在位置にて引き続き空中待機』を命ぜられていた。

逃走する二人には今、『自動運転の車を使い、滋賀県警高速隊の警察官二名に危害を加え負傷させた』という疑いがかかっている。公務執行妨害の疑いもある。

行方が分かり、所在が判明した時点でヘリで急行、可能ならばまた地上へ降下して、女工作員の身柄確保を試みる（法的要件は、その時になってから何とかする。これは、毎度のことだ）。

だが
「ここから、神戸空港……?」

一時間余りも待機した後、唐突にオペレーションルームから無線で呼んで来た。

神戸空港へ向かえ、と言う。

『そうだ』

無線（市ケ谷を経由している）の向こうで、門篤郎の声が告げた。

呼吸が速い印象。

班長が、慌てている……？

『神戸空港だ。どれくらいで向かえる』


「渡良瀬三佐」

ひかるはヘッドセットのブームマイクを左手で摑むようにして、機内の騒音に負けない声で機長席に問うた。

「ここから、神戸空港まで向かうとしたら、どのくらいの時間がかかりますか」

「十分くらいだな」

土地勘があるのか（ヘリは岩国基地の所属だ）。

操縦は左席の副操縦士に任せ、右側操縦席で外を眺めていた渡良瀬三佐は、即答してくれた。

「全速を出せば、たぶん、それくらいで着けるが――」

どうしたんだ？　という表情で振り返る渡良瀬に『すみません』という意味で右手で拝むようにする。

門が急いでいるようだ。

ひかるは「班長」とブームマイクへ応える。

「ここからなら、十分くらいで向かえるそうです」

『そうか』

7

●総理官邸地下

NSSオペレーションルーム

「いいか、聞け」

卓上のマイクに向け、門は畳みかけるように続ける。

回線を維持しておいて、正解だった。

市ヶ谷の防衛省を経由して、京都上空を旋回中のヘリ——その機上にいる舞島ひかるに無線が通じている。

とりあえず待機を命じておいたが。

活躍してもらう時が来た。

「まず、ただちに神戸空港へ向かってくれ」

指示を伝えながら。

門はちら、とメインスクリーンを見やる。

そこには今、滋賀県のマップに代わって、ローマ字の名前のリストが大写しになっている。

二列に、全体で二〇〇近いネームリスト——国交省を通してたった今入手した、ある国内航空便の搭乗者名簿だ。

その中のいくつかが、赤くマーキングされている。

「舞島」

●京都府　上空
ＭＣＨ１０１ヘリコプター　コクピット

『舞島、いいか』

イヤフォンからの声。

門は『直ちに神戸空港へ向かえ』と言う。

同時にぐんっ、と機体が揺らいだ。

操縦席でも通話をモニターしていたのか。

ヘッドセットを押さえるようにして聴き取ろうとするひかるの身体が、いきなりGでシートに押し付けられた。

それまでは緩い待機旋回をしていたヘリが、急旋回に入った。頭上でタービンが唸りを上げ、機首が下がり、さらに加速G。

(――!?)

目を上げると、機長席の渡良瀬が操縦を代わって、左手でエンジン出力を最大にするところだ(待機パターンを離脱――おそらく神戸空港へ向かってくれるのか)。

ありがたい。

『聞こえているか?』

「は、はい」

ひかるが無線に応えると。

機長席から渡良瀬が振り向き、うなずいて見せた。

ひかるも『ありがとうございます』という意味を込めて、うなずく。

「今、神戸空港へ向かってもらっています」

『よし』

門の声もうなずく。

『では説明――いや、その前に』

●総理官邸地下
ＮＳＳオペレーションルーム

「舞島」

門は、天井を見上げるようにして訊いた。

「確認するが。君は、本業は政府専用機の客室乗員だな」

『――はい』

舞島ひかるの声は、天井スピーカーから返って来る。

『千歳基地の特輸隊所属です。普段は、専用機に乗務しています』

「よし」

門は早口で続ける。

「では訊くが。たとえば、空港の誘導路上に、エンジンを回したまま停止している旅客機があったとして。この機体に、外側から侵入する方法はあるか。中からは気づかれずに、だ」

『――えっ』

スピーカーの声が、絶句する。

●MCH101ヘリコプター コクピット

「――エンジンを、回したまま」

ひかるは確認するように訊き返す。

「誘導路に止まっている旅客機、ですか？」

『そうだ』

「外から入り込むのですか？」

『その通りだ』

イヤフォンの門の声は、うなずく。

『機体の乗降扉はすべて閉まっていて、離陸の直前のような状態だ。出来るか』

「――」

数秒考えて、ひかるはうなずく。

「出来ると、思います」


市ヶ谷を介して官邸と繋がる通話は、左右の操縦席でもモニターされているらしい、左席の副操縦士が驚いたように振り向く。

その視線を感じながら、ひかるは自分の体験を思い起こす。

「――旅客機には」思い出しながら続ける。「機首の下側――コクピットのほぼ真下の位置に、電子機器を収めた区画があります。確か、ＭＥＣって呼ばれています」


ひかるには経験があった。

あまり、思い出したい経験――いや〈体験〉ではない……

だいぶ前のこと。

まだ新人の客室乗員訓練生だった頃だ。千歳基地の特別輸送隊が、アメリカ海兵隊の反乱グループに襲われた。〈もんじゅプルトニウム強奪事件〉の最中だ。

その時、追手から逃れるため、自分は政府専用機のその区画――ＭＥＣ《メイン・イクイプメント・センター》に潜り込んで、難を逃れたのだ。

「確か、機首の真下——前車輪のすぐ後ろの辺りに、気密ハッチがあります」

ひかるは続ける。

「整備士が電子機器の整備作業をするためのハッチです。与圧が掛かっていなければ、外側からハンドルで開けられます」

『そこから、機内の空間へ出られるのか』

「ボーイング747‐400では、MECの天井から、メインデッキ最前部コンパートメントの床面へ出られましたが」

ひかるは思い出しながら応える。

「すみません、対象となる機種は、何でしょうか」

●総理官邸地下
NSSオペレーションルーム

「ちょっと待て」

門はドーナツ型テーブルから、情報席を振り向く。

機種——

分からない。

「湯川、スカイアロー009便の機種は何だ」

「湯川君」

同時に横から、障子有美も振り向く。

「神戸空港の、ライブカメラはまだ?」
●MCH101ヘリコプター　コクピット
『機種は今、調べさせる』

門の声が応えて来た。

『構造についてもだ。いや、説明が前後して済まない。実はたった今、分かったことがある』

「――――?」

ひかるはオブザーブ席で、眉を顰める。

いきなり神戸空港へ向かえ。そして、誘導路上の旅客機に外側から忍び込め……?

いったい。

何が起きている――

そこへ

『名神高速道路で炎上したEVは、目くらましだった』

門は告げた。

さらに早口で説明をする。

『EVは、我々の注意を惹くための囮《おとり》だった。後呂研究員を伴ったスウィート・ホースは、その隙に別ルートの高速バスを使い、逃げていた。神戸空港行きだ』

(――――!?)

神戸空港……？

ひかるは目を見開く。

では。

逃走に、国内線旅客機を使うのか。

『ちょうど神戸から宮崎へ向かうフライトがある』門は続ける。『スカイアロー航空の009便。国内LCCの旅客機だ。この便の乗客名簿を照会したところ、公安がマークしている中国工作員がよく使用する偽名が、五つ見つかった』

「五つ……？」

ひかるはまた目を見開く。

「工作員が、五人ですか」

『いや、もっといる可能性がある』

「――――」

『わが国には、中国の工作員が少なくない数、浸透している。奴らは工作の度に偽名を変えるが、中には横着な者がいて、同じ偽名を使い回している。そういう奴らが五人、この便に乗っている――つまりほかにもっと、乗っているかもしれない』

「スウィート・ホースは」

ひかるは訊き返す。

「乗っているのですか」

●総理官邸地下

NSSオペレーションルーム

「『北山ひなの』の名はない」

門は頭を振る。

「しかし、この便には出発時刻の一時間ほど前に、二十六人が同時にネット経由で予約を入れ、席を指定して取っている。偽名の五人も、この中にいる」

●MCH101ヘリコプター　コクピット

『うち一人は、後呂一郎だとして』

門は推測を言って来た。

『残り二十五人は、全部、スウィート・ホースを含む中国工作員である可能性が極めて高い』


「――――」

ひかるは、イヤフォンを左手で押さえながら、絶句してしまう。

LCCの旅客機の機内に、〈敵〉工作員が二十五人……!?

思わず、呼吸が止まった。

そのひかるに
『009便は、時刻表の通りなら、スポットを離れているが』

門は畳みかける。

『今、危機管理監権限で、神戸空港からのフライトはすべて離陸を差し止めたところだ。

機種と構造図は取り寄せている、とりあえず空港へ急げ』

●神戸空港　管制塔
　展望管制室

『神戸タワー』

　天井スピーカーに音声が入った。

　一一八・五メガヘルツのVHF無線を介した、機上からの呼びかけだ。

『スカイアロー009、ナウ、レディ・フォー・テイクオフ』

「いいようだな」

　空港島を見渡す管制塔は、地上二〇メートルの高さ。

　西の方から午後の逆光になりつつある。

　大阪湾は、海面が銀色に光って眩しいくらいだ。

　傾斜の付いた展望窓に三六〇度を囲われる管制室には、担当管制官と、責任者であるスーパーバイザー管制官、そして間もなく交替時刻となるのでもう一名の女性の管制官が立っている。

三名の管制官は、それぞれがワイヤレスのヘッドセットをつけて業務に当たっている（天井スピーカーはバックアップだ）。

今、平行誘導路を端まで走った双発旅客機――白と紺色に塗装されたエアバス機から、パイロットが『離陸準備完了』を伝えて来た。

担当管制官は、逆光に目をすがめながら、眼下に横たわる二五〇〇メートルの滑走路と誘導路全体を見渡した。離陸させて支障ないと確かめ、うなずいた。

腰に付けたトーク・ボタンを押すと、視線は眼下のフィールドへ向けたまま、ブームマイクへ告げた。

「スカイアロー００９、ウインド、ワンゼロゼロ・ディグリーズ・アット・エイトノッツ、ランウェイ09、クリア・フォー・テイクオフ」

●エアバスA３２１　コクピット

「スカイアロー００９」

山下が管制指示を復唱する。

「ランウェイ09、クリア・フォー・テイクオフ」

(――――)

管制塔から許可が出た。

オブザーブ席に座る城悟には、もちろん交信の意味はすべて分かる(用語は百里基地と同じだ)。

スカイアロー009便は離陸してよし。

滑走路09上の風は、一〇〇度方向から八ノット。

(――横風は)

習慣的に、機の左側に平行に伸びる滑走路を見渡し、ウインド・ソック――風向表示器を目で探す。

あった。

滑走路の走り出しの辺り、すぐ横の芝地に、赤と白の吹き流しが立っている。

横風成分はほとんど無い。

「よし」

左席の矢舟がうなずき、右の親指も上げて『了解』の意思表示をする。

「滑走路へ入るぞ」

「はい」

山下がうなずき、頭上パネルへ左手を伸ばすと、スイッチの一つを押してOFFにし、すぐまた押し込んでONにする。

ポン

ポン

後方の客室で、ベルト着用サインのチャイムが二回、鳴るのが聞こえた。

（――――）

そうか。

戦闘機には無い手順だ。

今のは、座席ベルト着用サインを点滅させ、客席へ『これから離陸する』と合図したのか。

すかさず

『ご案内します』

イヤフォンに機内放送の声。

さっきのチーフCAだ。

『ご搭乗機は、間もなく離陸致します』

●エアバスA321　客室内

『お座席のベルトは』

機内放送の声。

満席の客室に響いている。

『腰の低い位置に、しっかりとお締めでしょうか。今一度、ご確認ください』

「――国家安全部第十局から、返答だ」

一九列目の通路側の席で、ビジネスマン風の男はPC画面に現われた文字列を小声で読んだ。

「〈プランD〉、発動を命ずる」

「フン」

真ん中の席で、黒ワンピースの女は鼻を鳴らす。

左耳に入れたイヤフォンのフィットを、もう一度、指で直す。

「私の合図を待て」

「わ」

男が応えようとすると。

同時に、機体全体がぐうっ、と大きく左へ回頭するのが分かった。

軽い横G。

●エアバスA321 コクピット

「ファイナル・サイド、クリア」

右席の山下が、側面窓を見やって言う。

「着陸機は来ません」


(――――)


進入側は、クリアか。

悟も山下と同じ方向を見ていた。

右側面窓の外は滑走路の末端で、その向こうは海面だ(逆光で眩しい)。

A321の機体は、平行誘導路から左へ九〇度ターンして、今、取付誘導路から直角に滑走路へと入る。

滑走路へ入る際は必ず進入サイドを目視し、着陸機が来ていないのを確認する。

この習慣は、戦闘機でも同じだ。

「滑走路もクリアだ」

左席で矢舟が言う。

機長席側からは、二五〇〇メートルの滑走路の全体が見えている。

「ラインナップする」

ぐん、と前車輪が何かに軽く乗り上げる感覚があり、機体が滑走路へ直角に進入して行く（水はけのため、滑走路はカマボコ状の断面を持っている）。

白いセンターラインが、左側面窓の真横に来る辺りで矢舟が前輪操向ハンドルを切り、機体は再度、左へ九〇度のターンをする。

●総理官邸地下

ＮＳＳオペレーションルーム

「――ライブカメラ、来ます」

湯川が声を上げる。

「国交省経由で、繋がりました。現地の防災用ライブカメラの映像です。カメラは五基あります」

「メインに出せ」

門が命じる。

「滑走路の様子が分かるカメラだ」

湯川が「はい」と応え、ひと呼吸おいて、メインスクリーンが乗客名簿のアップから、どこかの屋外の景色へ切り替わる。

だが

「――――」

「――――!?」

次の瞬間。

門と、その横で障子有美が同時に息を吞んだ。

「ちょっと」

有美が腕組みをしたまま声を上げる。

「どういうこと」

8

●東京　総理官邸地下
NSSオペレーションルーム

「どういうこと」

障子有美が声を上げる。

「離陸は、差し止めたはずよ!?」


（——!?）

どういうことだ。

門も、息を呑んでいた。

メインスクリーンに現われた、ライブカメラの映像（空港防災カメラだという）は。

海に面した滑走路だ。

カメラは、どこか高い位置から、その走り出しの部分を斜めに俯瞰《ふかん》している。

西日に照らされ、ゆっくりと双発の旅客機——白と紺色のエアバス機がターンして、滑走路のスタート位置にラインナップするところだ。

逆光で、背景となる海面が光っているが――胴体側面の文字は読める。

〈ＳＫＹ　ＡＲＲＯＷ〉


「湯川君」

有美はドーナツ型テーブルの席から思わず、という感じで立ち上がる。

スクリーンを指す。

「あれ、００９便⁉　離陸してしまうわ」

「ええと」

情報席から湯川が言う。

「神戸空港ですが、兵庫県が管轄する地方空港のようです。国交省の直轄ではないから、緊急指示が届くまでにクッションが入ります」

●エアバスＡ３２１　コクピット

「テイクオフ」

機体は今、滑走路に正対し、前方には白いセンターラインが視界の奥まで真っすぐに延びている。

左席で矢舟が離陸を宣言し、踏み込んだ両足で機体を停止させたまま、右手に握った二本のスラストレバーを同時に、前方へ進めた。

フル・トラベルの半分くらいまで。

「フィフティ・パーセント」

キィイイイ――

（――――）

マックスパワー・チェックは、やらないんだな――

城悟は、オブザーブ席から機長の操作を注視した。

興味深い。

戦闘機ならば、離陸滑走の開始前に、いったんエンジン出力を最大まで出して、排気温度などのパラメーターが安定していることをチェックする（正常ならば、おもむろに離陸を開始する）。

しかし旅客機では、そこまではしなくていい、ファン回転表示が五〇パーセント――最大の半分くらいの出力にして、左右のエンジンが安定して回っているのを確かめればいいのか。

「ボス・エンジン、ノーマル」

山下が右席から、中央計器画面に出ている両エンジンのパラメーター――ファン回転数、排気温度の扇形表示を確認してコールする。

「オーケーです」

「よし」

矢舟がうなずき、前方へ視線を向けたままでスラストレバーをさらに進める。

●エアバスA321　客室内

「――――」

窓の外で、ターボファンエンジンの唸りが高まる。

機体が、震え出すようだ。

走り出すのか――

一九列の真ん中の席で、黒ワンピースの女は左手に携帯を持ったまま、右の人差し指を静かに上げた。

「用意」

「――――」

通路側の席では、ビジネスマン風の男が膝のノートPCのキーボードに、指を置いている。

右の中指が、〈ENTER〉キーの上だ。

PCからは、今、細いケーブルが座席のマガジンポケットに延びている。

機内誌を入れておくポケットには、銀色のスチール製の水筒が差し込まれ、ケーブルは水筒の側面のソケットに差し込まれている。

男は横目で、女の右の人差し指に注意を集中する様子だ。

合図を待つかのようだ。

だが

キュィイイイィ

機体は動き出すことなく、ふいにエンジンの唸りも低くなった。

「――――！」

女は気配を感じ取ったように、指を止めたまま視線を鋭く左右へやる。

「まだだ。待て」

●エアバスA321　コクピット

「――駄目だ」

矢舟は言うと、スラストレバーを一挙動でアイドル位置へ引き戻した。

「離陸は中止」


「えっ」

山下が意外そうに声を上げる。

「キャプテン？」

だが
(――あっ)
矢舟がスラストレバーを引き戻すのと、悟が『それ』に気づくのは同時だった。
滑走路の前方――
向こう側の末端近くだ。
自分は、F２戦闘機で離陸滑走を始める時、必ず滑走路の一番奥に目の焦点を合わせ、障害物の有無を確かめる。

今も、無意識にそうしていた（オブザーブ席から視界の一番奥を見ていた）。

小さな白い点だ。

三つ、いる。

（カモメか？）

「鳥がいる」

矢舟は左手をサイドスティック、右手はスラストレバーに添え、足のブレーキで機体を止めたまま、前方を顎で指した。

「海鳥だ。三羽」

「――えっ」

山下は、それでもまだ分からなかったのか。

乗り出すようにして、視界の前方を見やる。

「あ、確かに」

「タワーへ通知」

矢舟は指示した。

「あの群れが通り過ぎるまで、ここでいったん、ホールドする」

●神戸空港　管制塔

『滑走路上に鳥がいます』

スピーカーに声。

『離陸は、いったん中止』


「――――？」

「――――!?」

展望窓から見下ろす滑走路で、今にも走り出そうとしていたエアバス機が、離陸を取り止めた。

管制官は三人とも、怪訝そうな表情をするが。

パイロットが無線で通報して来た『鳥』という言葉に、担当管制官が反応した。

すぐさま、双眼鏡を取る。

●エアバスA321　コクピット

『こちらでも、鳥を確認しました』

タワー管制官が応答して来た。

気づかなくてすみません、と詫びるかのような口調だ。

『スカイアロー009、バード・スウィープをリクエストしますか？』


「いや」

左席で、矢舟が頭を振る。

鋭い目は、滑走路上へ向けたままだ。

「あれは、三羽の小さな群れだ。間もなく滑走路上を横切ってしまうから、空港の車両に出てきてもらうまでもない」


（――そうだな）

悟も、滑走路の向こう側の末端近く――二〇〇〇メートル余り前方の様子を目で捉えながら、同じことを思った。

F2の経験も、そう長いものではないが。

百里の滑走路や、洋上訓練空域の海面近くを飛んでいる時に何度も鳥とは遭遇をしている。今は一マイル以内なら、空中を飛ぶ群れを見つけられるようになったし、動きも読めるようになった（それでも五〇〇ノットで飛行していると、『見えた』と思った数秒後には当たる）。

三つの白い影は、ゆっくりと滑走路を横切り、内陸方向へ移動して行く。

「追い払う作業は、必要ない」

矢舟は言った。

「二〇秒ほど待てば、鳥は通過する。離陸可能だと思う」

「はい」

山下がうなずき、無線の送信ボタンを押す。

「タワー。スカイアロー009ですが」

●エアバスA321　客室内

『――このポジションにて二〇秒ほどホールド、鳥が通過した後に離陸を開始したい』

「――――」

黒ワンピースの女は、白い顔をうつむかせ、聴覚に集中する素振りだ。

左耳のイヤフォンに、音声が入って来る。

神戸管制塔（タワー）の周波数を、スマートフォンに仕込んだ特殊なアプリが傍受し、女の耳に届けている。

音声は若いパイロットの声。

『離陸許可は、まだ有効ですか』

『有効です』

●神戸空港　管制塔

「繰り返します。テイクオフ・クリアランスは有効」

担当管制官は、滑走路09のスタート位置で停止しているエアバス機を見ながら、腰のトーク・スイッチを押し、応えた。

「支障となる、他の航空機はありません。そちらのタイミングで、離陸滑走を開始してください」

ブーッ
その時。

展望窓に囲われた管制室の一方の壁で、赤い受話器がブザーを鳴らした。

〈防災〉というステッカーが、壁付けされた受話器の上側に貼られている。

「――おや」

エアバス機とのやり取りを、後方から眺めていたスーパーバイザー管制官は振り向くと、怪訝そうな顔をした。

ブザーを鳴らしている受話器は、空港を管轄している兵庫県と直接に連絡するためのホットラインだ（地震が起きた時等を想定し、県庁の防災センターに通じている）。

別に、地震が起きているわけでもないし――

何だろう。

県の当局から、何か連絡か。

エアバス機のことは担当管制官に任せ、責任者である年長のスーパーバイザー管制官は壁に歩み寄ると、赤い受話器を取った。

「はい、神戸管制塔」

●エアバスA321　客室内

『ラジャー』

パイロットの声が、管制官へ応答している。

『離陸許可は有効。間もなくテイクオフ・ロールを開始します』

「――よし」

黒ワンピースの女は、鋭い横目で通路側席の男をちら、と見る。

上げていた右手の人差し指を、前方へ振った。

「やれ」

「――――」

ビジネスマン風の男は黙ってうなずくと、膝のPCのキーボードで、〈ENTER〉キーを押し下げた。

カチ
ピッ
座席のマガジンポケットに突っ込んでいるスチール製の水筒の頭部で、赤いランプが点灯する。

同時に、PCの画面に文字が現われる。

漢字だ。『通信妨害』『有効』

●エアバスA321　コクピット

「鳥は通り過ぎた」

左席で、矢舟が言った。

前方は注視したまま、右手をスラストレバーに掛ける。

「行こう」


「はい」

山下はうなずき、右手でグレアシールドの送信ボタンを押すと、ブームマイクへ告げる。

「タワー、スカイアロー009、ナウ、スタート・ローリング」

「どのくらい、遅れたかな」

矢舟がつぶやく。

「急ごうか」

「はい」

だが

何だろう。

（――――？）

悟は、軽く違和感を持った。

オブザーブ席で、管制塔とのやり取りを聴いていたが。

山下が、いま『離陸滑走開始』と報告したのに、タワー管制官が応えない。

了解、と返答してこない。

声が聞こえて来ないのだ。

どうしてだろう。

確かに『そちらのタイミングで離陸してよい』と言われているので。山下副操縦士は念のため、報告しただけだ（必ずしもタワーへ応答を求めていない）。

返答がなくても、一応、変では無いが――

「行くぞ、フィフティ・パーセント」

矢舟が右手で、左右二本のスラストレバーを押し進める。

ファン回転数の扇形表示がぐうっ、と広がる。

キィイイン――

「チェック」

「ボス・エンジン、ノーマル」

「TO《ト》／GA《ガ》」

「TO／GA」

●エアバスA321　客室内

キィイイインッ

主翼の下で高まるエンジンの唸りと共に。

機体が前へ出るのが感じられる。

続いて座席の背に押し付けられるような、加速G。

キィイイイッ

「――クク」

黒ワンピースの女は、流れ始める空港の景色を横目で見た。

楽しそうな表情になり、唇を薄く開けた。

「ククク」

●神戸空港　管制塔

「おい」

スーパーバイザー管制官は、壁際から管制室を振り向くと、声を上げた。

「009を、離陸中止させろ」


「――――!?」

担当管制官が振り返る。

え？　と問うような表情。

その向こうで、滑走路上を白と紺のエアバス機が走り始める。

白いセンターラインの上を、加速して行く。

「何ですか、先任」

「離陸を止めさせるんだ」

スーパーバイザー管制官は繰り返した。

受話器を握ったまま、目で滑走路上の機影を追う。

まずい、という表情。

「あれを止めるんだ」叫んだ。「今からすべての便の離陸を差し止める。保安上の理由、国交省からの緊急指示だそうだ」

「えっ」

担当管制官は目を見開くが。

とりあえず指示は理解して、フィールドの方へ向き直る。

機影を見ながらトーク・スイッチを押す。

「ス、スカイアロー009、キャンセル、テイクオフ・クリアランス」

「ストップ、イミーディアトリィ」

スーパーバイザー管制官も自分の腰のトーク・スイッチを押し、声を被せた。

「スカイアロー009、ストップ、イミーディアトリィ。ストップ、ストップ」

だが

「止まりません」

女性管制官が滑走路上を指さし、声を上げた。

「聞こえないんでしょうか？」

9

●神戸空港　滑走路上
エアバスA321　コクピット

「エイティ・ノッツ」

風切り音。

前方視界から、白いセンターラインが機首の下側へ呑み込まれる。

機体は加速して行く。

左右の操縦席にあるPFD《プライマリー・フライトディスプレー》画面で、速度のスケールがするする増えていく。

たちまち八〇ノットを超え、決心速度《V1》に近づいて行く。

山下が速度をコールする。

「――V1」

（――――）

城悟はオブザーブ席から、左席の矢舟機長の操縦を眺めていた。

流れるような白いセンターラインがぴたり、とコクピットの真下を通り抜けていく。

思わず悟は、自分もF2のコクピットに居る時と同じように、顎を引き、左右の耳で水平線の両端を摑むようにした（こうすると水平線が容易に摑める）。

同時にみぞおちでPFDの姿勢シンボルを摑み、上目遣いにセンターラインの一番奥を見るようにすると、機体の直進――滑走路上を水平姿勢を維持して走って行く様子が、よく摑める。

空力舵面が効き始める。

わずかに、右から横風があるようだ。

あ、これは左へ傾くかな――

だが、そう感じるのと同時に、矢舟の左手がわずかにサイドスティックを右へ押さえ、傾く前にぴたり、と水平姿勢を維持した。

（――！）

さすがだ。

やはり、F15のベテラン――

横風成分などまったく無いかのように、機体の水平を保っている。

操縦センスは（当然かもしれないが）自分よりずっと上――そう感じた。

矢舟機長はさっき『割愛で出された』と口にした。

空自から民間エアラインへ移籍した時のことを、一言で説明してくれた。

防衛省には昔から、経験を積んだパイロットを民間航空会社へ移籍させる制度（割愛制度と呼ばれる）がある。

割愛、という言葉には、慢性的にベテランのパイロットが不足している民間航空界の求めに応じ『国が人材を都合してやる』というニュアンスがある。

毎年、空自ではベテランの中から若干名が移籍しているという（希望して行くのではなく、ある日突然、組織から『行け』と言われるのだという）。

矢舟は、間もなく飛行隊長となるはずだったのに、急に『行け』と言われた。想像でしかないが、航空団の組織は、もっと若手の防大出身幹部を隊長に据《す》えたくて、実力も人望もあった矢舟を民間へ出したのかもしれない――ようやく一人前になったばかりの悟には、その辺りはよく分からない（想像するしかない）。

「ＶＲ」

山下副操縦士が速度をコールする。

同時に矢舟の左手がサイドスティックを手前へ、滑《なめ》らかに引いた。

ぐうっ

前方視界の水平線が下向きに、吹っ飛ぶように消える。

目の前が空だけになる。

ＰＦＤで姿勢シンボルが、ピッチ角二〇度で滑らかにぴたり、と止まる。

「Ｖ２」

山下がまたコール。

「ポジティブ・クライム」

「ギア・アップ」

「ラジャー、ギア・アップ」

矢舟のオーダーで、山下が左手を伸ばし、着陸脚のレバーを〈ＵＰ〉位置へ上げる。

油圧系統が働く気配がして、コクピットの足元で前車輪が格納されるゴンッ、という響きがした。

同時にＰＦＤで高度スケールが『四〇〇』を超える。

「オートパイロット」

矢舟がオーダーする。

視線は、前方へ向けたままだ。

「Aチャンネル、コマンド」

「Aチャンネル」

山下が復唱し、中央計器パネル上側にあるモード・コントロールパネルへ手を伸ばす。

「コマンドにします」

ピッ

●神戸空港　管制塔

「スカイアロー009」

担当管制官は、マイクへ呼びかけた。

展望窓からは、滑走路09の路面を蹴るようにして舞い上がり、海上を飛んで行くエアバス機の白い背が見えている。

着陸脚を収納し、上がって行く。

「スカイアロー009、ドゥ・ユー・リード（聞こえるか）」

「駄目か」

スーパーバイザー管制官も、その横から機影を目で追う。

離陸を中止するよう指示したのだが。

まったく無視するように、飛び上がって行った。

聞こえないのか……？

スカイアロー航空のＡ３２１は、管制塔からの引き続きの呼びかけにまったく反応せず、もう最初の旋回に入るところだ。

「００９は、無線の故障か⁉」

●東京　総理官邸地下
ＮＳＳオペレーションルーム

「おい、飛び上がったぞ」

ライブカメラは別の視点に切り替わって、メインスクリーンには神戸空港の滑走路の出発サイドが拡大されている。

今、急角度で引き起こしをして、背中を見せている双発の旅客機が右側へ旋回に入るところだ。

門は情報席を振り返った。

「湯川、どうなっているんだ」

「そうよ」

障子有美も問う。

「出発差し止めの指示は。間に合わなかったの？」

●エアバスA321　コクピット

（――――？）

右ロール。

機体が右へバンクを取って、上昇旋回に入る。

だが

悟はまた違和感を持った。

静か過ぎないか……？

静かなのは、無線だ。

離陸の直前から、今に至るまで。

神戸管制塔の管制官はもちろん、他の航空機からの音声も、無線に入って来ない。

普通、何らかの交信が聞こえて来るものではないか。

こんなことがあるか——？

同時に
「変だな」
操縦自体はオートパイロット（Aチャンネルをコマンド・モードにしている）に任せ、矢舟は機の旋回する様子をモニターしながらつぶやいた。
「タワーから『デパーチャー・コントロールにコンタクト』と言って来ないぞ？」

「そうですね」

右側面窓から旋回方向を見ていた山下も、うなずく。

外部監視はそのままに、右手で送信ボタンを押す。

「訊いてみます——タワー、スカイアロー009。コンファーム、コンタクト・関西デパーチャー」

●総理官邸地下

ＮＳＳオペレーションルーム

「とにかく、引き返させろ」

門が腕時計を見ながら、言った。

「神戸へ戻って、着陸するように」


「そうよ」

有美も情報席へ言う。

「スカイアロー００９便は、ただちに神戸空港へ戻り、着陸するように——国交省経由で命じて。法的根拠は『危機管理監の判断による保安上の理由』」

「は、はい」

●エアバスＡ３２１　コクピット

「神戸タワー」

山下が繰り返す。

「スカイアロー009、コンファーム。コンタクト・関西デパーチャー?」

「応答、無いか」

矢舟は左席で前方を見たまま、問う。

「神戸タワーは」

「ありません」

山下は頭を振る。

「変です」

「国際緊急周波数を試してみろ」

「はい」

(――――)

やはり。

違和感は本物だった。

無線が通じていない。

どうして、そうなった――?

悟は前面風防を通し、外——上昇して行く先の空間を見やった。

とりあえず。

上方に、邪魔になりそうな他の航空機は見当たらない。

「あぁ、その前に」

矢舟は言う。

ちょうど高度スケールが『三〇〇〇』を超え、機体を操るオートパイロットが機首をやや下げる（二〇度の離陸ピッチ角から、上昇ピッチ角へ）。

速度スケールが再び増え始める。

「加速開始高度だ、フラップを上げてしまおう。フラップ・ワン」

「はい」

山下がうなずき、左手をセンター・ペデスタル右側のレバーへ伸ばす。

〈FLAP〉と表示されたレバーを摑み、一つ前方の位置へ入れる。

「フラップ、ワン」

「フラップ・アップ」

「フラップ、アップにします」

●大阪湾　上空
MCH101ヘリコプター

コクピット。


「舞島候補生」

機長席から、渡良瀬三佐が呼んだ。

高度三〇〇フィート。

金魚鉢のように視界の良いコクピットは、上下左右に細かく揺れる（最大速度を出している）。

頭上のタービンの唸りに負けない声の大きさで、オブザーブ席の舞島ひかるを呼び、同時に前方を指す。

「あれを見ろ」


「――――⁉」

何だろう。

オブザーブ席から、中央計器パネルの戦術情報画面を覗き込んでいたひかるは、視線を上げる。

うっ、と眩しさに目をすがめる。

ヘリはすでに、大阪湾に出ている。

目の前は海。

前方視界は、一面に逆光を跳ね返す湾の海面だ。

その中――銀色に光る湾の中に、長方形の陸地が浮いている。

あれが。

神戸空港……？

だが
「見ろ」

渡良瀬は左手で、前方空間のやや上を指す。

「一機、空港から上がって来た。エアバスじゃないか？」

「――えっ」

神戸空港が見えて来たから、教えてくれたわけではないのか。

あれを見ろ……？

ひかるはパイロットではない。空中の飛行物体を目で捉えるのには、慣れていない。

しかし今回は、指さされた先の機影を見つけることが出来た。

一面が銀色の鏡のような海面を背景に、小さな黒い流線形が一つ、長方形の陸地から飛び上がって来る。

はっきり見える。

逆光が強いので、そのシルエットは黒く見えるが――

「――!?」

ひかるは息を呑むと、思わず戦術情報画面に表示された構造図面と、前方から急速に近づくシルエットを見比べた。

みるみる近づく。

黒く見えていたシルエットは、形がはっきりする（実際は、白と紺色に塗られた機体なのだと分かる）。

機首を上げて上昇している。

大きくバンクを取り、湾の中央方向――南の方へ旋回して行く。

目で追うと、たちまちコクピットの左上方をすれ違った。

あれは。

思わず、また構造図面（NSSから防衛省経由で送られてきた）と見比べた。

「今の、A321だろう」

渡良瀬が左上方を振り仰ぎながら言う。

「スカイアロー航空だったぞ」

「――――」

ひかるも、そう思った。

いま自分の目で捉えたシルエット――あれは、ついさっきNSSから送られてきた、構造図の機体と形状が同じ……

どういうことだ。

訝《いぶか》るひかるに
「舞島候補生」

機長席で操縦桿を握る渡良瀬が訊いた。

「NSSからの話では。神戸空港からの出発便は、今すべて地上で待機させているはずじゃないのか」

●エアバスＡ３２１　コクピット

「フラップ、上がりました」

山下がコールする。

「アップ・アンド・ノーライトです」


「よし」

矢舟はＰＦＤから目は離さず、オーダーする。

速度スケールは『二五〇』となり、高度スケールの数値はもう『八〇〇〇』を超えてさらに増えていく。

「アフター・テイクオフ・チェックリスト」


（――――）

そうか。

悟は、心の中でうなずいた。

無線は通じていないが。

矢舟機長は、国際緊急周波数で管制機関を呼ぶことより、まずフラップを上げて加速し、機を安定した上昇形態にすることを優先した。

いつまでもフラップを出した状態では、巡航高度まで上昇することは出来ない。燃料も加速度的に食ってしまう――

感心して見ていると
「城三尉」

矢舟が背中で呼んだ。

「手伝ってもらえるか」

「は、はい」

何だろう。

手伝え、と言われたのか――？

「何でしょうか」

「後ろの壁が、サーキットブレーカーのボードになっている」

矢舟はちら、と振り向くと、コクピットの後方の壁を目で指した。

「抜けているサーキットが無いか、見てくれ」

「はい」

同時に

「キャプテン」

山下が中央計器パネルの画面から顔を上げ、報告した。

「アフター・テイクオフ・チェックリスト、完了です」

「よし」

矢舟はうなずく。

この間にも機は上昇を続けている。

PFDの高度スケールが『一〇〇〇〇』を超え、ピッチ角がまたやや下がり、さらに加速が始まる（二五〇ノットの低高度上昇速度から、高高度上昇速度へ）。

ふいに前方視界がブォッ、という唸りと共に真っ白になる。

上昇しながら、高層雲の底に突っ込んだのだ。

「チャンネル2、国際緊急周波数で、関西デパーチャーを呼んでみてくれ」矢舟は命じる。「俺はチャンネル1で、引き続きタワー周波数をモニターする」

「分かりました」

●宮崎県　新田原基地

司令部前エプロン

同時刻。

「これで」

三十代の技術者が、中腰の姿勢から灰色の弾体をぺたぺたと叩いて、言った。

三菱重工のエンジニア（名古屋の工場から出張してくれている）だ。

ウェポンベイに収まっているのは、長さ三・五メートルのミサイル。

ＡＳＭ２改だ。

「七・〇Ｇかけて振り回しても、ミサイルと機体システムとのリンクが途切れる心配はもうありません。大丈夫ですよ、たぶん」

「――――」

「――――」

たぶん……？

舞島茜は、目をしばたたいた。

調整が終わりそうだ、と連絡を受けたので、駐機場まで出て来たのだ。

音黒聡子と共にエプロンの舗装面に片膝をつき、頭上を見上げながら技術者の説明を聞いている。

見上げているのは、Ｆ35Ｂ戦闘機のウェポンベイ――真っ黒い機体の下側、生き物に例えれば左右の脇腹に当たる箇所だ。

今、可動式の扉が左右に開き、ベイの空間を一杯に埋めている〈丸太〉のような対艦ミサイルが露出している（機体に準じて灰色に塗られている）。

太い。

通常はＦ２戦闘機が主翼下に吊るして携行するものを、Ｆ35Ｂの左右脇腹のウェポンベイに一本ずつ収納できるよう、寸法を詰めて改造した。オリジナルのＡＳＭ２は尾部に四枚の安定翼を持つが、これらも収納の邪魔となるので引き込み式とし、ベイからリリースされた直後に空中で展開するようにされた。

その機能が正常に働くかどうかも、今日のテストで確かめなければならない。

「――あの」

テストは、今日中に終わらせてしまいたい（明日からは訓練課程が始まる）。

仕事が詰まっているのだ。

たぶん、では困る――

だが

「それでいいです」

口を開きかけた茜を制するように、聡子が言った。

「作業、あとどのくらいで完了します？」

「そうですね」

技術者は、左手に持つタブレット端末を見た。

「二機に搭載した四本の試験弾を、すべて最終チェックするのに三十分あれば」

「分かりました」

聡子はうなずく。

片膝をついたまま、腕時計を見る。

「並行して燃料を積んで――ブロック・アウトは四十五分後ね」

第Ⅳ章　死を運ぶドローン

1

●宮崎県　新田原基地
司令部前エプロン

「茜」

すぐ準備にかかります、と言い残して技術者が歩み去ると。

五〇〇号機の腹の下で片膝をついたまま、音黒聡子は舞島茜の袖をつまんだ。

ごく稀《まれ》に、プライベートな会話をする時、聡子は「舞島一尉」ではなく名前で読んで来る。

「あなた今『たぶんじゃ困る』って、言いそうになったでしょ」

「——え」

どうして、分かるのか。

茜は聡子を見返す。

だが
「あのね」

聡子は横顔で、隣の五〇一号機の腹の下へ潜ろうとしている技術者の後《うしろ》姿《すがた》を見やる。

見ながら、言う。

「仕方ないのよ」

「え」

「計算上は大丈夫でも。実際に飛んでみるまで分からない、それが飛行試験だから」

聡子は防大で機械工学を学び、さらに岐《ぎ》阜《ふ》基地の飛行開発実験団でＴＰＣと呼ばれるテストパイロット養成コースを修了している。

自衛隊の保有する航空機は、ほぼ全部（ヘリも含めて）飛ばした経験があるという。

飛行テストのプロだ。

「飛行機に載せる装備品というのは」

軽く唇を噛《か》むと、聡子は言った。

「計算上すべてOKで、地上での動作試験も問題なくて。それでも実際に空へ上がってテストするとまったく働かない——そういうこと、よくあった」

「そうなんですか」


飛行試験とは、そういうものか。

でも。

たぶん、では困る——そう感じてしまったのは。

あの三十代の技術者が、なんとなく頼りなく見えたからだ。

「茜」

「え」

「それからね」

聡子は、また隣の機体の方を顎で指した。

「あの人を、ジェリーと比べちゃ駄目」

「——えっ」


そう言われて。

茜は、自分が無意識にしていたことに気づいた。

そうか――

そう言えば。

気づかないうちに自分は、あのジェリー下瀬《しもせ》――〈いずも〉に乗艦していた日系三世の防衛省技術顧問の男と、目の前の三十代のメーカー技術者を心の中で比較して『頼りない』と感じてしまったのか……？

「あのね」

聡子は続ける。

「若い頃にSR71の開発を手掛けて、今でもなお現役で、スカンクワークスの主《ぬし》だったようなエンジニアと、あの三菱の若いお兄ちゃんを比べたら可哀想」

「――――」

「それよりね」

聡子は頭上のウェポンベイへ目をやる。

灰色のミサイルの弾体をポン、と手のひらで叩いた。

「問題は。こいつ一本で、あの〈福建〉が沈むのか――沈められるのか、ということ」

●大阪湾上空

エアバスA321　スカイアロー009便

客室内。

「――」


一九列目、右サイドの真ん中の席。

女は無言で窓を見ている。

窓際では、野球帽の男が壁にもたれるようにして寝息を立てている。

その向こうでは、窓を白色のまだら模様が流れる――ついさっき、上昇しながら雲に入った。

雲に入る前は、眼下に特徴ある形の島（日本人は『淡路島《あわじ》』と呼ぶらしい）が見えていた。

黒ワンピースの女は無表情のまま、視線を斜め上へ向けた。身体《からだ》にかかるG――機体の運動を感じ取るようにした。

白い水蒸気の奔流《ほんりゅう》の中、軽く揺れ続けているが。

上昇は続いている。

今のところ、神戸空港へ引き返そうとする気配はない――

「――クク」

うまく行っている。

窓とは反対側、通路側の座席へ視線をやる。

ビジネスマン風の男が、テーブルを開き、ノートPCを載せている。

先ほどまで、画面に『通信妨害』『有効』という文字が出ていた（今はダミーのブラウザページを表示させている）。

「とりあえず順調だ」

男は小声の中国語で言った。

座席のマガジンポケットに突っ込んだ銀色の水筒を、顎で指す。

「航空管制に使われるＶＨＦ無線電話の周波数帯は、デバイスで完全に潰している。この機は送信も受信も出来ない」

「――――」

女はちら、と男の顔を見ると、また斜め上へ視線をやる。

その女に

「虎８」

男は小声の早口で続ける。

「これで大丈夫なのか」

「——支障ない」

女は視線をそらしたまま、つぶやくように言う。

「この機を日本の当局が呼び戻そうとしても、管制機関と無線は通じない。一方、世界的な民間航空の規則で、送信も受信も出来なくなった旅客機はそのまま承認されたルートで飛行計画の目的地へ向かう」

「本当か」

●エアバスA321　コクピット

「キャプテン」

城悟は、後方の壁に向かってしゃがみこんだ姿勢から、操縦席を呼んだ。

左右の操縦席の向こう、前面風防は白い水蒸気の奔流（雲中を上昇中）だ。

小刻みに揺れる。

左席から矢舟が『どうだ?』という表情で振り向く。

その矢舟に

「サーキットブレーカーをすべて見ましたが」悟は壁一面を指す。「抜けているものはありません」

Ａ３２１のコクピットの後方の壁面には、ほぼ壁いっぱいにサーキットブレーカー・ボードが設置されている。

黒い小さなボタン状のブレーカーが、細い溝に埋まる形で整然と並ぶ（数百個はあるだろう）。

すべての機体システムへの電力供給は、このボードを経由して行なわれる。

もしも一時的に過大な電流が流れるなどした時は。システムを保護するため、ブレーカーがトリップする（ボタン状ブレーカーは飛び出す）。

ブレーカーは横一列、縦に数十段に渡って配置されているが、飛び出したブレーカーは目立つので分かる（Ｆ２戦闘機にも同様のものが操縦席後方に設置されているが、旅客機は機体が大きいのでブレーカーの数も段違いに多い）。

一つも飛び出していない、ということは、無線システムへの電力供給は正常になされている――

「そうか」

矢舟はうなずく。

「ご苦労だ、席に戻ってくれ」

そこへ
「キャプテン」

右席から山下が言う。

自分のヘッドセットのイヤフォン部分を指す。

「一二一・五で関西デパーチャー、そして福岡《ふくおか》コントロールも呼んでみましたが。応答はありません。何も聞こえません」


一二一・五メガヘルツは、国際緊急周波数だ。

民間機も軍用機も、複数持っている無線のチャンネルの一つは必ず国際緊急周波数に合わせ、原則、いつでも聞き取れるようにしておく（航空法で定められている）。悟もF2で飛ぶ時にはそうしている。

しかし。

無線システムのサーキットブレーカーも飛んでいない。国際緊急周波数でも何も聞こえない、となると――

「原因が分からんな」

矢舟は腕組みをした。

「機内のインターフォンは通じるかな。試してみる」

悟がオブザーブ席に戻り、貸してもらっているヘッドセットを付ける間に、機長席で矢舟はオーディオ・コントロールパネルを操作して通話をインターフォンに切り替え、客室をコールした。

『――はい、先任です』

イヤフォンにチーフCA――先ほどの鹿島と名乗った女性の声がした。

『キャプテン、まだ揺れるのですか?』

「あぁ、すまん」

矢舟はうなずく。

「今、雲の中を上昇中だ。ベルトサインの消灯は、もう少し待ってくれ」

「いかんな」

インターフォンの通話を切ると、矢舟は山下と、振り向いて悟の方も見た。

「オーディオのシステムは正常で、無線だけが通じない、か」

「キャプテン」

山下が言う。

「大規模な通信障害が起きているのでしょうか？」

「ううむ」

「あるいは」

●エアバスA321　客室内

ポン
（――――）

機首方向を背にしたアテンダント・シートで、鹿島智子が手首を返して時計を見ていると、インターフォンの呼び出しチャイムが再び鳴った。

たった今、機長から『もう少し待ってくれ』と言われたばかりだが。

こちらからコクピットを呼ぼうか――ちょうど、そう思っていたところだ。

離陸してから十分余り、経っている。

しかしベルト着用サインは点灯したままだ（離陸からずっと点《つ》いている）。

サインが点いたままでは立つことが出来ない。

神戸から宮崎への飛行時間は、たった五十五分だ。

今回は満席――一八五名の乗客を乗せている。四名の客室乗務員で、通路へカートを出し、一八五名に対して飲物のサービスを完遂するには、少なくとも二十五分の時間が必要だ。

これから先――到着の十五分前になると、今度は機は降下して一〇〇〇〇フィートを通過し、着陸に備えて再びベルト着用サインが点灯するだろう。

差し引き、あと五分以内にサインを消してもらい、サービスにかからないと――

「――はい、先任です」

『鹿島君、すまん』

インターフォンのハンドセットを取ると、矢舟機長のしわがれた声。

その声と同時に、機首がやや下がる――微《かす》かに身体《からだ》が浮くようなマイナスGの感覚がした。客室の通路が機首へ向かう上り坂から、水平になって行く。

機体の外側でエンジンの唸《うな》りが低くなる。

『ちょうど今、巡航高度に達した。水平飛行に入った。二四〇〇〇フィートだ』

「はい」

智子はまた手首の時刻をちら、と見る。

ぎりぎりだな……

『待たせて済まない』矢舟の声は告げる。『今からベルトサインをＯＦＦにする、とりあえずサービスに掛かってくれ』

とりあえず……？

智子は心の中で眉を顰《ひそ》める。

言い方が、少し変だ。

今回のフライト。

通常ならば離陸して五分くらいで切れるベルト着用サインが、長々と点いていた。

確かに雲中でやや揺れてはいたが、立てないほどではない。

ひょっとすると。

コクピットで、何かが起きている――？

『依然として雲中だ』

矢舟は続ける。

『四国から九州にかけて、停滞前線になっている。しばらくは断続的に揺れるだろう、気を付けてくれ』

「はい、キャプテン」

智子は制服の胸ポケットから、小さなメモ帳を取り出す。

「では宮崎の到着時刻と、最新の天気を伺えますか」

するとーー

『うむ』

矢舟は、インターフォンの向こうで息を継ぐ。

『それなんだが』

「ーー？」

●東京　総理官邸地下

NSSオペレーションルーム

「班長」

湯川が情報席から振り向き、報告した。

「国交省からです。009便ですが、通信が途絶している模様です」

「ーー？」

「ーー!?」

門と障子有美は同時に振り向く。

報告された内容が、すぐには解釈できない。

通信が途絶――!?

「おい」

門は眉を顰める。

「何があったんだ」

障子有美が危機管理監の権限で『スカイアロー009便へ神戸空港への引き返し』を命令した。

国土交通省へ、引き返しをさせるよう指示し、報告を待っているところだった。

それが――

「通信途絶――って」

有美が訊《き》き返す。

「それは消息を絶った、ということ……?」

だが
「いいえ」

湯川はヘッドセットのイヤフォンを右手で押さえながら、頭を振る。

「国土交通省航空局によると。００９便は管制機関のレーダーには映っているそうです。承認された通りのルートを、とりあえず飛んでいます」

「――――」

「――――」

「ただ、管制機関からの呼び出しに、応答しないのだそうです。引き返しの指示が出せません」

●四国上空　二四〇〇〇フィート
エアバスＡ３２１　スカイアロー００９便

水平飛行に入ったコクピット。

「鹿島君」

矢舟が、機内インターフォンに繋いだヘッドセットのマイクへ告げる。

「まず状況を説明するから、聞いてくれ」

そこへ
「キャプテン」

横から、一時的に操縦を任された山下が声を掛ける。

依然として雲中飛行。

右席のPFDから目は離さず、左手をセンター・ペデスタルへ伸ばす。

「規定通り、一応スクォークは『7600』に変えます」


矢舟は目でうなずき『そうしてくれ』と指示する。

副操縦士がトランスポンダー（航空交通管制用自動応答装置）のパネルで四桁の数字コードをセットし直すのを確かめながら、インターフォンに続ける。

「鹿島君、実は」

●エアバスA321　客室内
『実は現在、機の無線に障害が起きている』

インターフォンのハンドセットの向こうで、矢舟が言った。

『地上の管制機関と、交信が出来ない状態だ』

「――!?」

何だって。

鹿島智子は、切れ長の目をしばたたいた。

無線に、障害……？

つまり外部と交信が出来ない、ということか。

それでベルト着用サインが――

パイロットがトラブル対応で、忙しかったのか。

「キャプテン、無線が通じないのですか？」

『そうだ』

矢舟は続ける。

『音声通話はできない。しかし今のところ、機の飛行自体に影響はない。安全上は問題ない』

「――――」

インターフォン越しだが。

機長の声は落ち着いている。

今すぐに、この機が危険にさらされる——ということは無いのか……?

矢舟機長は元戦闘機パイロットだ。社内でも皆から一目置かれている。

この人が『安全上は問題ない』と言うなら。とりあえず、慌てる必要は無いか——

「宮崎へは、着けるのですか」

『着ける』

矢舟は応える。

『無線の障害の原因は分からないが。こういう場合には、航空法に飛び方の定めがある。とりあえずこの機は承認されたルートで目的地へ向かう。トランスポンダーのコードを「送受信不能」の７６００にセットし、管制機関のレーダーに対してアピールしながら降下、進入、最終的に管制塔の発光信号を受けて着陸する』


トランスポンダー……?

コード?

智子は眉を顰める。

よく分からない。

専門用語はよく分からないが——とりあえず宮崎へ向かうし、着陸も出来るという。

「お客様へは?」

『特に、言う必要はない』

矢舟は即座に答えた。

『安全上は、特に問題ない。不必要に怖がらせる必要はないが——ただ一つ、君たちに頼みがある』

2

●東京都　横田基地

航空自衛隊総隊司令部・中央指揮所（ＣＣＰ）

同時刻。

「先任」

静かにさざめく、劇場のような地下空間。

十数も並ぶ管制卓の最前列から、要撃管制官の一人が振り向き、告げた。

西日本第一セクター担当の管制官だ。

「スクォーク７６００です。『送受信不能』を通告している民間機あり」

「——何」

この数時間、何事もなく過ぎていた。

わが国の周辺に接近する国籍不明機も現われず。

官邸のNSSから依頼されていた『異常な動きをする民間機』も出現しない。

暇な状態のまま、自分のシフトは終了するか——

先任指令官席で、工藤慎一郎は思っていたところだ。

それが。

「7600……?」

思わず、正面スクリーンを見上げる。

黒を背景に、頭上に覆いかぶさるピンク色の巨大な日本列島。

その左半分——

四国の上空か。

黄色い三角形シンボルが一つ、その尖端《せんたん》を斜め左下——南西方向へ向けてポツン、と浮かんでいる。

眉を顰める。

横に従えているデジタル表示。

〈SA009〉〈450〉〈240〉そして〈SQ7600〉——

SA——確か、スカイアロー航空か。国内LCCだ。

他にも無数の航空機シンボルが、列島上空の全体に散って見えるが。

ほとんどが『確認済み民間機』の白い三角形か、『友軍機』の緑三角形だ。

「こいつは」

工藤は、インカムのマイクへ問う。

「いつ、黄色くなった?」

自衛隊機、民間機を問わず。

各機が法規上の義務で装備しているトランスポンダーで『緊急信号』を発すると。

ここCCPの正面スクリーンでは、シンボルの色が黄色く変わる。

「たった今です」

担当管制官はインターフォン越しに応えて来る。

「位置は高松VORから南西四〇マイル。対地速度四五〇ノット、高度二四〇〇〇フィート、水平飛行です」

「民間機だから」

工藤はつぶやく。

「管轄は国交省——この位置なら、管制機関は福岡コントロールか？」

「その通りです」

工藤の左横、情報担当幹部の席で明比《あけび》正行《まさゆき》二尉がうなずき、キーボードを操作する。

指示しなくても、フライトの内容を検索し読み上げた。

「出ました。当該機はスカイアロー航空００９便。神戸発、宮崎行きの定期便。現在の位置は福岡コントロールの管轄空域です」

「宮崎行きか」

工藤は頭上の黄色い三角形シンボルに、目を細める。

「福岡コントロールは今、あの００９便を、盛んに呼んでいるところだろうな」

「でしょうね」


「————」

どうするかな。

工藤はスクリーンを見上げたまま腕組みする。

先ほど、官邸のＮＳＳから依頼を受けた。

不審な動きをする民間機が出現したら、知らせて欲しい――

NSS情報班長の話では。

中国の工作員が、わが国のメーカーの優秀な研究員を帯同して国外へ逃げようとしている。

四か月前に起きた〈国籍不明機宍道湖突入事件〉と、類似の情況になる可能性がある。

工藤は、自分からも提案して、念のため海自・海保からの不審船情報もここCCP経由で官邸へ届けられるようにした（幸い、今のところ不審船の情報は入って来ていない）。

あの機は、関係があるだろうか。

スクォーク７６００。送受信不能――無線の通じない状態で飛行している民間定期便か

……

（一応）

官邸へ、報告を入れるか――

そう思っていると

「先任」

右横から、副指令官の笹一尉が呼んだ。

赤い受話器を手にしている。

「官邸からです」

●総理官邸地下
ＮＳＳオペレーションルーム

『はい、先任指令官です』

ホットラインの受話器に声が入ると。

障子有美は半分、ほっとした。

工藤慎一郎の声だ。

防大時代の後輩で、顔も知っている。先任指令官が工藤なら、話が通じやすい。

情況は、全然ほっとは出来ないが――


「工藤君。私」

有美は、メインスクリーンへちら、と目をやって通話の向こうを呼んだ。

握っている赤い受話器は、オペレーションルームから横田の中央指揮所へダイレクトに通じている。

今、スクリーンに出しているのは神戸空港のライブカメラではなく、航空自衛隊総隊司令部から引っ張って来た防空情況――横田CCPの正面スクリーンのリピーター画像だ（有事の際に備え、官邸でも見られるようにされている）。

「今、そちらの指揮所と同じ画像を見ている。国交省とはダイレクトのデータリンクがなくて、管制機関のレーダー画像は見られないのよ」

あれから。

国交省の管制当局はNSSに対し、009便は交信不能になっていると報告した上で『神戸空港への引き返しの指示はどうするか』と訊いて来ていた。

すでに当該機は巡航高度に到達し、四国の上空にあるという。

国交省の説明によると。

とりあえず航空法の規定に則れば、こういう場合――交信の出来なくなった民間機は、出発前に承認されたクリアランスに従って目的地へ飛行を継続するという。最終的に、目的空港の管制塔から発光信号で着陸許可を得て着陸をする。

009便は、現在、規定通りの飛び方をしている――

有美は危機管理監として、門と相談し、引き返しの指示は取り下げることにした。

009便が宮崎へ向かっているのなら。

同機が宮崎へ到着して、着陸をした後の対処に切り替えた方がよい。

ただし。

このままおとなしく、宮崎へ着くのか……？


「で、頼みがある」

有美は続ける。

「ちょっと面倒なことが――」

『障子さん』

工藤は全部言わせず、返してきた。

『ひょっとして、スカイアロー航空009便のことですか』

●横田基地地下
総隊司令部・中央指揮所（CCP）

『分かる？』

受話器の向こうで、内閣府の女性危機管理監は訊き返してきた。

この人は、工藤にとっては防大の先輩に当たる。

話しやすい。

『宮崎行きの民間定期便なのだけれど』

「ついさっき」

工藤はうなずきながら、正面スクリーンへ目をやる。

依然として、黄色い三角形だ（位置は南西へ少し進んだ）。

対地速度四五〇ノットで飛行中――

「００９便は四国の上空で『送受信不能』のスクォークを出しました。あの便に、何かありましたか」

『実は』

障子有美は言った。

『中国の工作員が二十五人、乗ってる』

「――え」

工藤は、目をしばたたいた。

「なんて、言われました？」

●高知《こうち》県　上空

エアバスA321　スカイアロー航空009便

客室内。


『君たちに頼みがあるのだが』

インターフォンの向こうで、矢舟の声は続けた。

鹿島智子は、左手首の時刻を視野に入れながら『何だろう』と思った。

今回は満席だ。

もう、飲物サービスにかからないと。

宮崎への進入開始前までに終わらない――

『コクピットで協議したが。無線が通じなくなっているのは、客席に原因があるのかもしれない』


「――え」

智子は眉を顰める。

「どういうことです」

『機器に異常が見られない』

矢舟は言う。

『かといって、これだけ広範囲の電波障害も考えにくい。神戸から始まって、もうじき高知県の海岸線から太平洋へ出る』

「――」

『一つ考えられるのは、客席で、電波を発する電子機器を使っている乗客がいるのではないか、という可能性だ』

「――」

なるほど。

智子は目をしばたたく。

確かに、最近は乗客のマナーも良くなっていて、ＣＡから頼まなくても携帯やＰＣは機内モードにしてくれるようになったが。

たまに、それを忘れる人がいるかもしれない。

電波を発する電子機器は、機内で使用されると、航法機器や無線に影響を与える――そう言われている。

『サービスをしながらで構わない』

矢舟は続けた。

『携帯やＰＣなどを、機内モードにせず使っている乗客がないかどうか。見てくれないか』

「分かりました」

ポン

コクピットとの通話を終えると、すぐに天井でベルト着用サインが消灯した。

（――――）

どうする。

鹿島智子は、アテンダント・シートでインターフォンのハンドセットを握ったまま、考えた。

この客室内に。

電子機器を機内モードにせず、使用している乗客がいるかもしれない。

乗り組んでいるＣＡは四名。自分の指揮下にある。

どうしようか。二名を割《さ》いて、客席の見回りをさせ、残り二名でカートを出して飲物のサービスをするか……？

いや。

瞬時に判断をすると、智子はハンドセットのボタンで『オールCAコール』をした。

「こちらチーフ。みんな聞いて」

●エアバスA321　コクピット

「よし」

矢舟はインターフォンの通話を終えると、計器パネルへ向き直った。

「客席は、見てもらうことにした」

「はい」

山下がうなずく。

「機内の電子機器が原因なら、よいのですが」

「うん」

矢舟はうなずく。

「とりあえず我々は、宮崎への進入の準備にかかろう」


（――――）

城悟は、オブザーブ席で二名のパイロットのやり取りを見ながら、少しほっとするのを覚えた。

トラブルは依然として続いているが。

とりあえず宮崎へ着けるのは、有難《ありがた》い。

機体は、やや揺れている。

揺れ続けている。

左右の操縦席のナビゲーション・ディスプレーには、自機を表わす三角形シンボルの尖端からピンク色の線が伸び、ずっと前方の九州の東岸まで届いている。

前面風防には白い水蒸気の奔流が吹き付け、雲中飛行が続いているが。

やがて降下に入れば、雲の底から抜けられるだろう——

●エアバスA321　客室内

「みんな聞いて」

鹿島智子は、インターフォンで後部二か所のアテンダント・シートを呼ぶと、告げた。

「これからサービスにかかります。時間があまりないけれど——でも一つ、やって欲しいことがある」

智子の視野には、一本の通路を挟んで片側三席ずつ、目の届く限り客席がある。

ぎっしりと満杯だ。

老若男女、服装もさまざまだが。

手元に携帯を持ち、視線を下げて眺めている人は多い――

オフラインでも、ダウンロードした音楽や動画を楽しむ人は多い。電子書籍を読んでいるのかもしれない。

もしも、それらの人たち一人一人に声を掛けて、機内モードにされているのかどうかを訊こうとしたら。

イヤフォンを耳に入れている人も多いのだ。

いちいち、注意を惹《ひ》いて尋ねないといけない。

そんなことをしていたら、宮崎に着くまでに終わらない。

「いい？」

智子はハンドセットに言う。

同時に、二人掛けアテンダント・シートの隣にいる新人の南原《みなみはら》まどかにも視線をやり、今から言うことに注意を払え、と眼《め》で促す。

「よく聞いて。今、コクピットで通信障害が起きています。地上の管制機関と、無線で連絡が取れない。すぐに安全には影響しないそうだけれど、このままではいけない」

『――』

『――』

前方のアテンダント・シートは二人掛けだが。

後方は、左右の非常口の脇にシートは二つあり、CAは一人ずつ着席している。

後方担当の二名も、経験年数は智子より少ない。

一度で指示を理解させなければ。

「いいこと。これからカートを出して、飲物サービスにかかるけれど。お客様にお飲物の希望を伺う時に、携帯やPCをお使いだったら『機内モードにされていらっしゃいますか』とお尋ねして」

噛んで含めるように、智子は指示した。

イヤフォンを使っている乗客でも、飲物の希望を言うために、音を止めてCAの質問に答えてくれるだろう。

「機内モードにされていなかったら、規則ですから、と機内モードにさせて」智子は念を押した。「さりげなく、素早く、角《かど》を立てず。いいわね」

『L2、了解です』

『R2、了解』

「チーフ？」

横で南原まどかが目を丸くした。

「コクピットで無線が通じない――って」

「聞いた通りよ」

智子は応えながら、客室の空間を目で指す。

同時にアテンダント・シートのショルダーハーネスを手早く外す。

「飲物サービスをやりながら、全部の席をチェック。時間がない、行くよ」

後輩を急《せ》かして立ち上がる。

アテンダント・シートを機首側の壁に畳みながら、智子は機内エンタテインメントのコントロールパネルへも目をやる。

（あ、やはり）

赤い文字。

心の中で舌打ちした。

液晶パネルに『Wi-Fi INOP（不作動）』の赤い表示が出ている。

そうか。

外部と無線が通じないのだ。

機内のWi-Fiも、やはり駄目か——

3

●東京　横田基地
航空自衛隊総隊司令部・中央指揮所（ＣＣＰ）

「——二十五人って」

工藤慎一郎は目をしばたたく。

先任指令官席で、赤い受話器を手にしたまま視線は頭上——正面スクリーンへやっている。

黒を背景に、覆いかぶさるようなピンクの日本列島。

その左下、四国の上に黄色の三角形が一つ、尖端を斜め左下（南西）へ向けて浮かんでいる。

民航機、スカイアロー航空００９便だ。二四〇〇〇フィートで水平飛行。

間もなく、高知県の海岸線にさしかかる――

「あの機に、そんな大勢の……？」

官邸地下のNSSからホットラインを掛けて来た障子有美は、そのスカイアロー機に

『中国工作員が二十五人乗っている』という。

『スウィート・ホースと我々が呼んでいる工作員が』

通話の向こうで有美は説明をした。

『ムサシ新重工の研究員を帯同して、国外へ逃げようとしている。スウィート・ホース以外の二十四人は、その脱出行に協力している、と見てる』

「――――」

ずいぶん、大がかりだ――

そのムサシ新重工の研究員は、中国にとって、よほど獲得したい人材なのか。

総勢二十五人の工作員――いったい、009便の機内は今、どうなっている？

『機内が今』

有美は続ける。

『どういう状態なのか。まったく、想像がつかない』

（――――）

しかし。

中国へ逃げたいのであれば。普通に、中国行きの国際線に乗ればいいのでは――

そう考えかけて、工藤は先ほどのNSS情報班長の説明を思い出す。

そうか。

国内のすべての空港・港湾の出国審査場には手配写真が回っていて、まともな手段で国外へ出ることは困難らしい（顔認証で出国者をチェックする時代だ）。

その代わりに、宮崎か。

確かに、宮崎県沖の日向灘には過去から頻繁に、外国のものと見られる不審船が出没している。

「障子さん」

工藤は言った。

「僕の考えを、言ってみて良いですか」

『お願い』

有美が通話の向こうでうなずく。

『こっちには航空の専門家がいない。聞かせて』

「────」

工藤は先任席から立ち上がると、頭上のスクリーンを仰いだ。

もう〈SA009〉の黄色い三角形は、四国南側の洋上へ出る──

依然として、表示されているスクォークは7600。

無線電話は駄目らしいが、トランスポンダーはレーダーの質問波に対して応答信号を発している（別の周波帯か）。

「まず、009便ですが。僕が今考えたところでは、あの機が工作員たちに不法に制圧されていることは無いと思います」

『つまり』

有美は訊き返す。

『乗っ取られてはいない、と？』

「そうです」

工藤はうなずく。

「今の時代、航空テロ対策は徹底しています。民航旅客機のコクピットの扉は『防弾仕様』となっており、出発に当たっては乗客の搭乗前にロックされ、航行中は客室側から開けることは出来ません」

「それでも」

工藤は続ける。

「〈敵〉が二十五人もいれば、何らかの手段で、機内を制圧し不法占拠することが可能かもしれない。でも、乗っ取るのはもともと意味がないのです」

●総理官邸地下

ＮＳＳオペレーションルーム

「意味が、ない？」

赤い受話器に有美が訊き返すと。

通話の向こうで工藤慎一郎は『そうです』とうなずく。

有美は、情報席を振り向くと、湯川へ『ホットラインの会話をスピーカーに出せ』と身ぶりで指示した。

メインスクリーンへ向き直ると、重ねて訊いた。

「乗っ取るのは意味がない、というの？」

『ありません』

天井スピーカーに工藤の声が入る。

『問題は、燃料です』

「燃料？」

『旅客機には航続距離というものがありますが。それは燃料タンクをフルにした場合のことで。実際の運航では、民航機は目的地まで飛行する分と、目的地が天候の悪化など、何らかの理由で降りられなかった場合に代替地の空港へ飛んで行って着陸する、その分の余裕燃料しか積んで行きません』

「――」

「――」

燃料か。

有美は唇を嘗《な》める。

その横で、門篤郎も腕組みをして聞いている。

『つまり』

工藤は続ける。

『009便が宮崎へ降りずに飛び越しても。せいぜい、鹿児島《かごしま》の先くらいまでしか行けず、中国近海までたどり着くには一度どこかへ着陸して、燃料を補給する必要がある。ところがテロ犯に強要され燃料補給を目的に着陸した場合、機長は機を停止させると直ちにエンジンに消火剤を噴射します』

「消火剤……？」

『そうです』工藤の声はうなずく。『両方のエンジンに消火剤を噴射して、二度と飛び上がれなくするのです。国際民間航空条約のテロ対策要綱で、機長はそのように行動するよう、取り決められている。あとは警察の対テロ特殊部隊の突入を待つだけです』

●高知沖　上空

エアバスA321　スカイアロー航空009便

客室内。

「虎8」

ベルト着用サインが消灯して、満席の客室内では化粧《けしょう》室へ立つ乗客も目立つ。

しかし、一九列目の席を挟んでその前後、通路を挟んで左側を埋めている二十数人は、誰一人として立たない。

二十数人は、服装も年代も性別もさまざまだが。

整然と座っており、隣席と会話する者もなく、全員が視線を前へ向けている。

一九列の通路側に座るビジネスマン風の男——三つ揃えのスーツを着た男は、風貌は四十代。色付きの眼鏡《めがね》を掛けている。

見る人には、企業の営業職のような印象を与えるだろう。

男はＰＣから顔を上げ、周囲の客席をさっ、と見回す。

「みんな第十局から召集され、あんたの周りを固めているが」

「——」

黒ワンピースの女は、無言のまま視線を窓の外へ向けている。

水平飛行に入ったようだが。依然として窓外は白い水蒸気——雲の中だ。

その横顔に、男は小声で言った。

早口の中国語。

「十局からは、あんたの指揮下に入れ、と命じられて集まったが。いったい」

「——」

「俺を含めて二十四名——関西地区の工作員の半分以上が来ている」

男はまた周囲を、素早く顎で指す。

「俺たちに、何をさせるつもりだ」

するとーー
「ーークク」

女は、横顔で微かに笑う。

「わたしと〈豚〉の周囲を固めてくれればいい。何事も無ければ、宮崎で遊んで帰ればいい」

「そういうわけには」

男はムッ、としたような表情になる。

「そういうわけには、いかんだろう。その〈豚〉を連れて、我々がこの機へ乗り込んだことは日本の当局にほぼばれている。だから、引き返しの指示が届かないよう、余計な連絡をされないよう航空無線を潰したわけだが」

だが
「宮崎にさえ着けば」

フン、と女は鼻を鳴らす。

「こちらのものだ」

「しかし」

●総理官邸地下
ＮＳＳオペレーションルーム

『００９便が「送受信不能」のスクォークを出しているのは』

天井スピーカーから工藤の声。

中央指揮所の先任指令官は防空のスペシャリストであるのと同時に、ベテランの航空管制官でもある。

今ある情況から、考えられる可能性を述べてくれる。

『おそらく客席から、電子戦デバイスを使用して通信妨害――無線電話の周波帯をつぶしている。その可能性があります。おそらくWi-Fiの周波帯も』

「――電子戦デバイス？」

有美は受話器に訊き返す。

「客席から、機の通信を妨害？」

『そうです』

工藤の声はうなずく。

『出発地の空港の保安検査では、爆発物や銃器、刃物の類《たぐい》はハサミ一本に至るまでエックス線探知機で発見され、機内へは持ち込めません。しかしPCやその他の金属物は、検査で「無害」と判定されれば保安検査を通過できてしまう。何らかの電子戦デバイスであっても、保安係員は何の機器か分からなければ通してしまう。客席から電子機器でジャミングを掛ければ、コクピットへ押し入る必要もない。障子さん』

「何」

『中国工作員が、研究員を伴って００９便に乗った。その事実が分かった時点で、便の出発を止めようとされましたか？』

「したわ」


オペレーションルームのメインスクリーンには、横田ＣＣＰの正面スクリーンと同じ映像が出ている。

四国の南の海岸線から、黄色い三角形シンボルは尖端を左下――南西へ向け、海の上へ出るところだ。

洋上へ出てしまうと、あとは南九州の宮崎まで一直線だろう。

「出発の差し止めが間に合わなくて。離陸した後は引き返しを命じた」

『おそらく』

　工藤は言う。

『工作員たちは、危機管理監からの命令が機長へ届かないよう、機と管制機関との交信を途絶させた。奴《やつ》らの目的は、邪魔をされずに宮崎へ着くことです』

「——不審船か」

　横で聞いていた門が、気づいたように視線を上げた。

「宮崎県沖の日向灘は、不審船のメッカだ」

「——」

「——」

　オペレーションルームの全員の視線が、黒服の男に集まる。

　メインスクリーンを見上げ、門は続ける。

「あそこの日向灘から奄美大島《あまみおおしま》にかけての海域は、奴らの活動フィールドだ。過去には海保の巡視船と不審船との間で銃撃戦まで起きている」

「門君」

「宮崎県の日南《にちなん》海岸は」

門は言いながら、懐《ふところ》から携帯を取り出す。

「複雑な地形が長く続く。全部を隈《くま》なく監視するのは不可能――夜間にゴムボートを接岸させれば、見つからずに沖の不審船へ乗り移れる。くそっ」

「――」

「――」

「スウィート・ホースが研究員を連れて空港から脱出し、市内に潜伏したら面倒だ」

「工藤君」

門がまた警察庁の後輩へ通話をし始めたので。

有美はメインスクリーンへ向き直り、受話器へ言った。

「009便が乗っ取られていないか。外側から確かめる方法はある?」

●高知沖　上空

エアバスA321　スカイアロー航空009便

コクピット。

「ブリーフィングを始める」

左席で、矢舟が言った。

左の側面窓の下、ホルダーに付けたタブレット端末を指で開く。

航空図が現われる。

〈MIYAZAKI　ILS　RWY27〉

計器進入方式のチャートだ。

「宮崎では、滑走路27に対して、ILSアプローチを行なう」

「はい」

右席では山下が、自分の右脇のタブレットに同じチャートを表示させる。

「ILS、ランウェイ27アプローチですね」

「そうだ」

矢舟がうなずく。

「ILSの周波数と、コースを確認しておく」

（――――）

城悟は、二名のパイロットのブリーフィング（打ち合わせ）を眺めながら『大型機ではこうするのか』と思った。

空自の戦闘機でも、飛行場の天候が良くなければ、計器進入を実施する。

ILSアプローチならば、地上施設から発せられるローカライザーとグライドスロープの電波に乗り、前方に何も見えない状態でも対地二〇〇フィートまで進入が可能だ。

F2戦闘機で計器進入を行なう場合は、機に備え付けのチャートを取り出し、ILSのコースや周波数は自分で確かめながら航法機器へセットする。

だが旅客機には二名のパイロットがいるので、進入に関わる重要事項は、チャートを参照しながら二人で確認し合うのだ（ミスや勘違いが防げるだろう）。

「ローカライザー・コース、二七二度」

矢舟はチャートの数字を読み上げる。

「周波数は一〇八・九」

「ローカライザー、二七二」

山下が復唱しながら、チャートと、計器パネル下側のディスプレー・ユニットに表示される数値、センター・ペデスタルの航法機器の窓の数字を確認する。

「周波数、一〇八・九」

（――――）

今日の宮崎は、西からの風か――

出発前に、目的地の気象情報は取得済みなのだろう。

宮崎空港と新田原基地は、ごく近い（一三マイルしか離れていない）。地上交通では一時間くらいかかるが、上空から見ると二本の滑走路は隣り合って見える（悟もF2の航法訓練で訪れたことがある）。

どちらの飛行場も、滑走路は海に近く、東西に延びる形だ。

矢舟は海側から西向きに、直線進入をするという。

ただし『停滞前線が覆っている』と口にしていた。降下を開始して、ある程度までは雲中の飛行になるか――

左右の操縦席のナビゲーション・ディスプレーへ目をやると。

もうすぐ降下開始ポイントだ。

マップと航法に関する描画は、F2の戦術航法画面とあまり変わらない（見方は概《おおむ》ね分かる）。

●宮崎県　新田原基地

司令部前エプロン

「飛行試験に向けまして」

機体の脇で担当整備士がタブレット端末を示し、出発前の説明をした。

「搭載した燃料は一三三〇〇ポンド。機体内フルタンクです」


「――はい」

舞島茜は腰に両手を置き、その画面を覗《のぞ》き込む。

たったいま出発に先駆け、装具室でGスーツを装着して来た。

黒い耐水飛行服の上に、さらに黒の特注Gスーツを巻き付け、エア注入用のチューブは右肩に引っ掛ける形だ。

機体の準備が、思ったより早く整った。

「機体内フルタンクですね」

数か月前まで、小松基地でF15戦闘機に乗っていた頃は、出発前の機体整備状況は、紙のフライトログで確認をしていた。

整備士から機体を受け取る時のサインも、ペンでしていたが。

F35Bでは、確認もサインもタブレット上で済ませてしまう。

「ウェポンベイには」

整備士は画面を指しながら続ける。

「ASM2改を二発。ただし炸薬《さくやく》は無し、弾頭には代わりに同じ重量のバラストを詰めてあります。試験弾です」

「はい」


分かり切っていることだが。

確認は大切だ。

「機関砲弾も無し、今回は『武装無し』です」

「了解」

「整備による離陸前のラストチャンス・チェックも行ないません。『武装無し』という立て付けですので」

「ミサイルは積んでいるけれど、いいわけですね?」

茜は尋ねた。

「この間から、ちょっと疑問だったけれど」

「大丈夫です」

整備士はうなずく。

「試験弾は兵装ではなく、書類上は〈試験用小型無人機〉の取り扱いです」

「なるほど」

茜はタブレット上で受領サインを済ませ、指抜きの皮手袋を嵌《は》める。

振り向いて、自分の五〇一号機に向き直った。

さて。

（――よろしく）

真っ黒い機体。ようやく見慣れて来たけれど――

ずんぐりした流線形、斜めに跳び出す割れた尻尾《しっぽ》のような尾翼は、まるで〈悪魔〉だ。

飛行ブーツの足を踏み出し、ウォークアラウンド・インスペクション――機体周囲を時計回りに歩いて、目視点検にかかる。

すると
チリリリリ
風に乗り、ベルの響きが耳に届いた。

何だろう。

アラートハンガーか……？

立ち止まって、視線を向けると。

確かに、聞こえて来るのは『緊急発進』ベルだ。

新田原基地のアラートハンガーは司令部前エプロンからは滑走路の向こう側に位置しており、やや遠い。

〈スクランブルか〉

目を凝らすと。

カマボコ型の掩体壕《えんたいごう》から灰色のF15が二機、赤い衝突防止灯を閃《ひらめ》かせながら走り出て来るところだ。

アラート待機の二機が、スクランブルに出るのか。

珍しいな——

茜は思った。

ここ新田原基地は、太平洋に面している。

日本海や東シナ海に面している各基地では、出現した国籍不明機へ向け〈対領空侵犯措置〉は日常的に実施されているが。

国籍不明機が太平洋側から接近することは、あまりない。

新田原へ赴任してしばらくになるが、アラート機が出動していく場面はまだ目にしていない。

アンノンが現われたのかな……？

立ち止まって見ていると。

隣に駐機している五〇〇号機の脇でも、黒い飛行服姿が立ち止まって、滑走路を眺めている。

4

●四国南方　上空

エアバスA321　スカイアロー航空009便

客室内。

『お客様に申し上げます』

機内アナウンスの声が、天井から響く。

数分前にベルト着用サインは消え、通路を歩く乗客も目立つ。

だが時おり、機体は軽く揺れる。

『ただいまより、お飲物のサービスをお楽しみいただきます』

「────」

一九列目の真ん中の席で、黒ワンピースの女は窓外へ視線を向けている。

雲中飛行だ。

軽い揺れは続いている。

その無表情の横顔へ

「虎8」

通路側の席のビジネススーツの男は天井を指し、注意を促す。

「おい、聞け」

『お客様に重ねてお願い申し上げます』

機内アナウンスが続く。

落ち着いた、低い女性の声だ。

『法律により、機内では電波を発する電子機器のご使用は禁じられております──』

●エアバスA321　前部アテンダント・シート

「――お客様の携帯電話、パソコンなどは」

鹿島智子は、機内放送に繋いだハンドセットに話しかける。

客室の天井から声は響く。

「機内モードにされて、お使いでしょうか。今一度、ご確認のほどをお願いいたします」

「チーフ」

南原まどかが呼んだ。

新人のまどかは黄色いサービスエプロンを着け、前部ギャレーからドリンク・カート引き出している。爪先でブレーキペダルを踏んで止める。

「準備、出来ました」

「分かった」

智子はハンドセットを壁へ戻すと、手早くサービスエプロンを着けた。

ドリンク・カートのもう一方の側につく。

サービス用のカートは、二名のＣＡが前後に挟んで移動させる形式だ。

「今のＰＡ（機内アナウンス）で、機内モードにしてくれたらいいんだけれど」

「あの」

南原まどかは怪訝《けげん》そうな表情になる。

「お客様へ言わないのですか？　機の無線が通じていないって」

「そんなこと言ったら」

智子は頭を振る。

「不安になった何人ものお客様から『おい大丈夫なのか』『無事に降りられるのか』って詰め寄られて、その対応だけで手一杯になる。電波を出している電子機器を、見つけられなくなるわ」

「はぁ」

「私の経験から」

智子は言いながらもう一度、手首の時刻を確認する。

「そうなるのは見えているから――さぁ行くよ」

●エアバスA321　客室内

「虎8」

ビジネススーツの男は小声で続ける。

早口の中国語。

唇の端が微かに引きつっている。

「放送を聞いたか。この機の機長は、客室内の電子機器を疑っているぞ」

だが

「――ククク」

女は喉を鳴らすようにすると、男の席のテーブルに出したノートPCと、ケーブルで繫がれた銀色の水筒を見やった。

水筒の頭には赤いランプ。

「うまく行っている証拠だ」

「しかし」

男は、目をしばたたく。

「宮崎には着くだろうが――空港には日本の捜査当局が待ち受けているぞ。EVを炎上させた工作も、ばれているんだ」

「ククク」

●東京　総理官邸地下

ＮＳＳオペレーションルーム

「危機管理監」

情報席から湯川が振り向いた。

「横田からホットラインです」

「スピーカーに出して」

障子有美はうなずくと、赤い受話器を取った。

「はい、私」

●横田基地地下
航空総隊司令部・中央指揮所（CCP）

「障子さん」

工藤慎一郎は頭上のスクリーンへ視線を向けたまま、受話器へ告げた。

巨大なピンクの日本列島の、左下――南九州の沿岸に、緑の三角形シンボルが二つ、新たに浮かび出る（尖端は右上へ向いている）。

「今、新田原からアラート待機中のFを二機、上げました」

●総理官邸地下
NSSオペレーションルーム

『これより009便へ向かい、上空で会合』

天井から工藤の声。

オペレーションルームのメインスクリーンでも、九州の沿岸に浮かび出た緑の三角形が二つ、確認できた。

左上から近づく黄色の三角形を、挟んで迎えるような動き。

『両側から挟む形で並走、念のため着陸までエスコートします』


「お願い」

有美はうなずく。

009便の様子を、外側から確認できないか……？

本当に、コクピットを不法に占拠されてはいないか。

安全に飛行を継続できる状態なのか——？

危機管理監として確認したい。

その要請に応える形で、工藤は宮崎近郊の新田原基地から空自のスクランブル編隊を出動させてくれた。

二機の戦闘機は、スカイアロー機の間近に接近し、一緒に並んで飛び、宮崎空港へ着陸するまで見届ける形だ。

「009便のコクピットの様子は、見られるかしら」

『気象状況によりますが』

工藤は応える。

『現在、四国から南九州にかけて停滞前線が伸びており、009便は雲中を飛んでいると思われます。降下して、雲の下へ出た時点で確認は可能です』

「分かった」

天候か――

防空情報のスクリーンでは、上空の雲の様子までは分からない。

空自の戦闘機ならば009便の間近に並んで、コクピットの中の様子まで見られると思ったが……。

「ありがとう工藤君、何か分かったら教えて」

その横で
「警察庁を通し、宮崎県警へ動員をかけた」
門が携帯を懐へ戻しながら、言う。
「かき集められるだけの捜査員をかき集め、宮崎空港で待ち受ける。今度こそ研究員とスウィート・ホースを確保するぞ」

●四国南方　上空
エアバスA321　スカイアロー航空009便

客室内。


「問題ない」

黒ワンピースの女は、無表情に言う。

「うまく行く」

「だが」

ビジネススーツの男は、険しい表情になる。

色付きの眼鏡越しに女を睨《にら》む。

「宮崎空港では。日本の捜査当局が待ち受けている」

「だから」

女は言う。

「その場合は、お前たちが役に立つ」

「何だと」


「命令する」

女はちろっ、と横目で男と、周囲の席を埋める二十数人を見回した。

「私は第十局から指揮権限を任されている。今から全員へ達しろ。お前たちは、私と〈豚〉が空港敷地内から脱出できるよう『壁』となって日本警察を防ぎ、排除すること」

「？」

「空港に着いたら」

「――――？」

「到着ロビーへ向かわず、途中の職員通路から飛行場のフィールドへ脱出、フェンスを越えて逃げる。お前たちは日本警察の捜査員が私たちを捕まえられぬよう、身体を張って阻止しろ。捜査員一人につき二人がかりで跳びかかってしがみつき、その隙に私たちが逃げられるようにしろ。二十四人もいれば、何とかなるだろう」

「――――」

「そのために、お前たちを呼んだ」

「な」

「あとは夜を待ち、日南海岸の岩場にゴムボートが来るのを待ち受ける。沖合の工作船に乗り移って公海上へ出たら、潜水艦が待っている」

「ちょ」

男は色付きの眼鏡の下で、目を剝《む》いた。

「ちょっと待て」

●エアバスA321　コクピット

「よし」

必要な打ち合わせを終えると、左席で矢舟はうなずいた。

「降下を開始する」

「──下に」

山下は思わず、という仕草で右の側面窓から下方を見やる。

機体は依然として白い水蒸気の奔流に包まれている。

「交差する他機が、居なければいいのですが」

(────)

城悟も、つられる形で左の側面窓を見る。

視界は真っ白で、何も見えない。

このあたりの空域は、宮崎・鹿児島など南九州と、関西方面とを行き来する航空路になっているのだろう。

ここを、管制からの許可なしで降下して行くのだ──

だが

「福岡コントロールが」

矢舟が言う。

「レーダーで、見てくれている。我々が『送受信不能』であるのはスクォークで知らせてある。接近しそうな他機が存在すれば、そちらの方へ指示して迂回《うかい》させ、避けさせてくれるはずだ」

「そうですね」

「降りるぞ。目標高度、二〇〇〇」

矢舟は中央計器パネル上側のモードコントロール・パネルへ右手を伸ばす。真ん中の『24000』と表示されていたカウンターのノブを回し『2000』にする。その下の〈ALT〉と表示されたボタンを押す。

「降下」

5

●東京 横田基地地下
航空総隊司令部・中央指揮所(CCP)
「スカイアロー009、降下を開始しました」
西日本第一セクターの担当管制官が、振り向いて報告した。
「高度二四〇〇〇を離れます」

「――」

「――」

地下空間の全員の視線が、正面スクリーンへ集中する。

今、四国の南側――南九州との中間あたりの位置に浮いて、尖端を左下へ向けている黄色い三角形。

その横で、高度を表わす数値が減り始める。２４０、２３９、２３８――

「降り始めたか」

工藤は三角形シンボルの向かう先を、目で確かめる。

降下開始の位置としては、妥当だ――

「予定通りの飛び方か」

「はい」

情報幹部席で明比が応える。

コンソール画面に、国土交通省の管制システムからのデータを呼び出している。

「００９便は、承認されたクリアランス通りのコースで飛んでいます。このまま高度を下げながら、宮崎沖のＯＹＯＤＯポイントへ直進。同ポイントを二〇〇〇フィートで通過した後、やや右へ変針、滑走路27へのＩＬＳアプローチに乗ります」

「うん」

工藤はうなずく。

とりあえず、変な動きはしていない。

エスコート機は……？

いた。

高度の数値を減らす黄色の三角形のすぐ両脇に、ちょうど緑の三角形が二つ、尖端を廻して向きを変え、並ぶところだ。

「第一セクター」工藤は最前列を呼ぶ。「エスコート機から報告は」

●総理官邸地下
ＮＳＳオペレーションルーム

「００９便は降下を開始しました」

情報席から湯川が振り向き、告げた。

「国土交通省から報告です。当該機は宮崎へ向け降下開始、しかし依然として交信不能。空域を管轄する福岡コントロールは国際緊急周波数にて呼び続けているそうです」

「分かった」

有美はうなずく。

メインスクリーンでも、四国の南西に浮かぶ黄色いシンボルが、高度の数値を減らし始めた。

その両横に、緑の三角形が二つ、伴走するように並ぶ。

「あとは、エスコート機の報告を待つしかないか」

「宮崎空港へは」

横で門が言う。

「県警の勢力を、急ぎ配備中だ。捜査員のほか警備部の機動隊も動員する。総勢五〇〇名でターミナルビルだけでなく、空港の敷地を取り囲むフェンスもすべて固める」

●宮崎沖　日向灘上空
エアバスA３２１　スカイアロー航空００９便

客室内。

「全員の携帯へ」

黒ワンピースの女は言った。

「命令を配信しろ」


「ちょ、ちょっと待ってくれ」

通路側の席で、ビジネススーツの男は右手を挙げ、女を制するようにした。

「ちょっと待ってくれ」

「何を？」

「いや、待ってくれ」

待ってくれ――そう男が訴える背景で。

機体の壁を伝わって来ていたエンジンの唸りが、ふいに低くなる。

シュウゥゥウ、と空調の音も変化し、同時に微かに身体の浮くようなマイナスG。

客室の通路が機首方向へ、やや下り坂になる。


「待ってくれ」

男は声だけは低めたまま、訴えた。

「あんたの命令通りにしたら。その、俺たちは捕まるわけだろう」

「それがどうした」

女は、降下に入った機の外側へ目をやりながら『こともない』と言うように返した。

白い水蒸気の奔流は、そのままだ。

「せいぜい暴行か、公務執行妨害の現行犯で拘束されるだけだ」

「いや、しかし」

「ここは日本だ」女は続ける。「スパイ防止法も無い。死刑になるわけではない。すぐ釈放される」

「いや」

「甘えるな」

「鼬《いたち》」

女はちろ、と男を睨む。

「お前、鼬のくせに。虎ナンバーの工作員に逆らう気か」

●横田基地地下
航空総隊司令部・中央指揮所（ＣＣＰ）

「エスコート機より報告」

西日本第一セクターの担当管制官が、また振り向いて報告した。

「ドラゴン・ゼロワン、ゼロツーとも、スカイアロー009にインターセプトし、現在並走中ですが。雲中のため、目視で機体を確認できません」


「分かった」

工藤はうなずく。

「しかし降下して行けば、いずれ目視できるな」

「そう思います」

横で明比が言う。

キーボードを操作し、情報画面を切り替える。

「気象情報、出ました。現在、宮崎空港は雲底高度三〇〇〇フィート。あのまま降下をすれば、OYODOポイントまでには確実に雲の下へ出ます。視程については問題なく、一〇キロメートル以上あるようです」

●宮崎沖　日向灘上空

エアバスA321　スカイアロー航空009便

客室内。

「あんたに逆らう気はないが。虎8」

鼬、と呼ばれた男は両手を挙げ、とりなすような仕草をした。

「い、いや」

「――――」

黒ワンピースの女は、薄い目で男を見返す。

唇が薄く開いて、ピンクの舌先がペロッ、と唇を嘗めた。

その女に

「いや、話を聞いてくれ」

男は両手を挙げたまま、続けた。

「実は相談だが、その、俺だけは日本警察と絡まずに、そのまま逃がしてくれないか」

「――――」

「いや、これにはわけがあって」男は早口で続ける。「実は俺は今、大阪に本社のある電機メーカーに取引を装《よそお》って入り込み、そこの高齢独身女性社員を協力者として獲得し、運用するのに成功している」

「――――」

「そのメーカーではフィルム型ペロブスカイト太陽電池を開発していて、世界で最初に実用化に成功している。間もなく協力者を使い、特許技術の秘密を根こそぎ奪える予定なんだ。もう少しなんだ」

「頼む」

男は、自分よりも一回り以上は年下に見える女に、眉根を寄せて懇願した。

「今、微罪でも警察に捕まって身バレしたら――」

だが

「許さん」

女は頭を振る。

「一人でも、抜けるのは許さん」

「でも虎8」

「お前の手柄は関係ない」

「特許技術を奪って帰れば、党の利益になるんだ」

男は声を高める。

「なぁ、頼む」

「駄目だ」

「この〈豚〉を、本国へ連れ帰らねば」

女は、窓際で眠りこける研究員を目で指す。あの新造空母が役立たずの浮かぶ鉄屑《てつくず》だということが、世界中にばれる」

「電磁カタパルトを完成させなければ。

「――――」

「そんなことも分からぬか。お前の戦利品とは比較にならぬ」

「――――」

絶句する男へ
「さっさと全員の携帯へ命令を配信しろ」女は命じた。「それがお前の役目だ」

「う」

男は、女に薄い目で睨まれると、それ以上は逆らえず。

テーブルに出しているノートPCに向かった。

「うぅう」

そこへ

「お客様」

頭上から声がした。

●エアバスA321　コクピット

「キャプテン」

小刻みに揺れる操縦席。

右席から山下が言う。

「ところで、ＩＬＳのシグナルは、受信できるのでしょうか」

機はすでに推力をアイドルへ絞り、機首を下げて降下に入っている。

まだ雲の中だが――

（――――）

そうか。

オブザーブ席から操縦の様子を眺めながら、悟も『そうか』と思った。

山下の心配も、もっともだ。

ＩＬＳ計器着陸システムも、誘導シグナルにはＶＨＦ周波帯の電波を使っている。

音声通信が駄目なら。

ＩＬＳも使えないかもしれない。

しかし

「気象状況は、それほど悪くない」

左席で矢舟が言う。

「出発前に確認したウェザー情報では、シーリング（雲底高度）は三〇〇〇フィートだ。おそらくＯＹＯＤＯポイントまでには雲の下へ出られる、目視で前方に滑走路が見えるだろう」

「そうですね」

山下がうなずく。

「いざとなれば、手動で目視進入もありですね」

「どのみち、管制塔からの発光信号を確認せねばならん」

矢舟もうなずく。

「最後は、目視が頼りだ」

目視進入か。

戦闘機パイロットにとっては、日常の仕事だな。

そう言えば。

「――」

悟はふと、コクピットの扉を振り向いた。

防弾仕様の入口扉の向こうは、満席の客室だ。

あの向こうに。

電子機器を機内モードにせず、使用している乗客がいるかもしれない。

それが原因で、無線が使えていない可能性がある。

矢舟機長はチーフCAに客室内のチェックを依頼していた。

(何か)

何か、分かったかな――

「降下して雲底に近づくと、強く揺れるぞ」

矢舟が言う。

「気をつけろ」

●エアバスA321　客室内

「あの、お客様」

時間は押していた。

機はすでに降下に入っている。

二四〇〇〇フィートの巡航高度から降下して行き、中間高度の一〇〇〇〇フィートを切るタイミングになると、着陸準備のためシートベルト着用サインが再び点灯する。ベルトサインが点灯すると、客室乗務員はサービスを切り上げ、カートを収納して、乗客の全員がベルトを締めているかどうかを確認し、コクピットへ報告しなくてはならない。

それから急いでアテンダント・シートに着き、自分たちもベルトとハーネスを着装する（一〇〇〇〇フィートから着陸までは、毎回、目が回るような感じだ）。

サービスに使える時間は、あと数分だけだ。

南原まどかは、客室前方からカートを引き、一列目の乗客から飲物サービスを進めて行った。

しかし初めの方で、丁寧にやり過ぎた。

通路の右側と左側で、一列に六人の乗客が座っている。手前の通路側から順に飲物の希望を訊き、携帯やPCを使っている乗客に対しては『機内モードでお使いですか？』と確認する。それからカート上の飲物をカップに注いで提供していると、いつもの一倍半、時間がかかるのだった。

それでもチーフCAの鹿島智子は仕事が速くて、乗客に機内モードの確認を依頼しながら手元を見ずにドリンクをカップに注ぎ、目にも留まらないような早わざでカップに蓋《ふた》をして提供して行く。

まどかがもたもたする間に、カートよりもずっと先の列の乗客にまで速足で歩いて行って注文を取り、ついでに確認もし、飲物のカップをどんどん提供して行く。智子はまどかの手際を見て『あなたは右サイドの列だけやればいい』と身ぶりで指示してくれた。

それでも。

やばい。

右サイドだけにしてもらっても。このままでは受け持ちが終わらない——

そこでまどかは工夫を思いつき、トレーの上にいっぺんに六つのカップを用意すると、乗客に希望を聞く代わりに好きな物を選んでもらうことにした。

やっと一九列目まで来て、通路側の乗客へ声を掛けた。

「お客様、お待たせしました」

しかし

「――三年だ、三年だ」

通路側の乗客は、ビジネススーツの男だ。四十代か。

色付きの眼鏡。テーブルに出したノートPCに向かい、何かしきりにつぶやいている。

カチャカチャと文字を打っている。

「三年だぞ畜生《ちくしょう》」

(――?)

まどかは、男のつぶやく言葉が分からない。

日本語ではなかった。

ひょっとして――?

中国語か。

「ア、イクスキューズ・ミー、サー?」

中国語は、出来ない。

でもビジネスマンなら、英語は分かるだろう。

まどかは英語で話しかけてみた。

しかし

「あの婆《ばばあ》をたぶらかすのに三年かけたんだぞ畜生」

ぶつぶつつぶやきながらキーボードを打つ男。

PCを使っている以上、機内モードにしてあるのかどうか、訊かなくてはならない。

どうしよう。

隣の真ん中の席は黒いワンピースの女。

凄く整った、人形のような顔だが、無表情に前を見ている。

窓側の席は、壁にもたれるようにして寝ている野球帽の男──

まどかは、その野球帽の人物が出発前に鹿島チーフから『気を付けてあげて』と言われていた乗客であることなど、その時は頭から吹っ飛んでいて思い出せなかった。

困ったな。

「あのう」

まどかは、PCのキーボードを打つビジネススーツの男の注意を惹こうと、カップの六つ載ったトレーを両手に、少し屈み込んだ。

この際、日本語だって、これを見せれば言いたいことは伝わるだろう──

「お飲物ですが、ご希望──」

その時だった。

ぐらっ

ふいに通路の床が持ち上がるように揺れた。

6

●宮崎沖　日向灘上空

エアバスA321　スカイアロー航空009便

客室内。

ぐらっ

「きゃあっ」

ふいに通路の床が持ち上がり、傾いた。

ふわ

何。

急な揺れ……⁉

身体が一瞬、宙に浮く。

やばい、つかまれない……！

南原まどかは両手にトレーを持ち、通路側の乗客に屈み込むところだった。

両手にトレーを持っていた。

飲物の希望を訊こうとしたのだが。

このままでは一九列目の乗客三名の上に、まともに倒れ込んでしまう――

咄嗟《とっさ》に、宙に浮いた体勢から一つ前の席――一八列目の席の背もたれを左手で掴もうとした。

その瞬間。

トレーに載せていた六つのカップが舞い上がった。

中身はホットコーヒーが二杯、冷たい緑茶が二杯、りんごジュース二杯。それらは蓋はついていたが宙でくるくる回転すると、すぐ真下の通路側席のテーブルの上へ次々と落下、乗客の開いていたノートＰＣのキーボードに当たり、蓋は吹っ飛んで中身を残らずぶちまけた。

バシャバシャバシャッ

まずい、しまった……！

そう思ってもどうしようもない。

まどかは結局、どこにも摑まれないままるで水泳の跳び込みのように、一九列目の三人の乗客の膝の上へどささっ、と落下した。

「う」

通路側のビジネススーツの男が悲鳴のような、呻《うめ》き声を上げた。

「うぁあああっ」

●エアバスA321　コクピット

『――スカイアロー009』

ザッ、というノイズと共に。

ふいに声が入った。

『スカイアロー009、ドゥ・ユー・リード』

（………!?）

オブザーブ席でヘッドセットを着け、降下する操縦席の様子を眺めていた悟はハッ、と目を上げた。

イヤフォンに音声が入っている。

この声は――!?

『スカイアロー009、ディス・イズ・福岡コントロール』

VHF無線だ。

何も聞こえなかったイヤフォンに、いきなり大音量の音声。

『レイディオ・チェック、ハウ・ドゥ・ユー・リード』

「――――!」

「――――!?」

二人のパイロットはすぐに反応した。

「国際緊急周波数だ」

「はい」

山下副操縦士が反射的に無線の送信ボタンを叩くように押し、ヘッドセットのブームマイクに応えた。

「福岡コントロール、スカイアロー009、リード・ユー・ファイブ。聞こえます」

●東京　横田基地地下
航空総隊司令部・中央指揮所（CCP）

「先任」

最前列の管制卓から、西日本第一セクター担当管制官が振り向いた。

ヘッドセットを手で押さえながら報告する。

「スカイアロー009便、通信が回復しました」

「何」

工藤は乗り出した。

通信が、回復……？

正面スクリーンでは〈SA009〉の三角形はまだ、黄色いままだが――

黄色のまま、尖端をもう少しで南九州の海岸線へ接触させるところだ（かなり宮崎へ近づいている）。

「本当か」

「たった今、回復したようです」

管制官は言う。

「近接して飛んでいる新田原のF――ドラゴン・ゼロワンが、００９便が国際緊急周波数で管制機関へ応答する様子を傍受しています。こちらでも聞こえます」

「スピーカーに出せ」

工藤は命じた。

「ドラゴン・ゼロワンに中継させるんだ」

●宮崎沖　日向灘上空
エアバスA３２１　スカイアロー航空００９便

客室内。

「うわぁあああああっ」

通路側席にいたビジネススーツの男は呻きとも叫びともつかぬ声を上げ、膝の上に被《かぶ》さるように倒れた南原まどかの背中に摑みかかった。

「あぁぁあっ」

「――す」

まどかは「すみません」と口にしながら身を起こそうとするが。

手をつける場所を探って上体を起こす前に、制服の背中を摑み上げられて猫のように放り出された。

「きゃっ」

「こ、この」

まどかは通路に投げ出され転がり、色付き眼鏡の男が頭上から摑みかかって来るのを見上げるしかない。

飲物をこぼして、激怒された……!?

神経の振り切れたような、普通でない怒り方だ。

やばい、ノートパソコンを駄目にしてしまったか。

だが

「――うぐ」

乱暴されるか――?
そう感じて、思わず目をつぶったが。
ビジネスーツの男は襲い掛かっては来ず、代わりに「うぐ」と呻くような声がした。
どさり
(……え)
まどかが目を開けると、男は座席に深く座った姿勢で、動かない。
動かない……?
座っている。
わたしに、摑みかかろうとしていたのに……?
どうしたのだろう。
たった今、怒りに我を忘れているような様子だった。
それが。
色付きの眼鏡の男は座席に深くもたれ、寝ているみたいだ。
「お客様」
通路の後方から、鹿島智子が速足でやって来た。
床に転がって起き上がろうとしているまどかをまたぐようにして、一九列目の座席を覗き込む。

「ただ今は、大変申し訳ありません。お怪我はありませんでしたか」

だが
「――いい」

真ん中の席から、黒いワンピースの女が鹿島智子へ顔を向けた。

落ち着いた低い声。

「連れが、寝ているところに飲物をかけられた。パソコンを駄目にされたが」

「はい」

鹿島智子は「申し訳ございません」とお辞儀をする。

飲物をぶちまけてしまったのは、確かに客室乗務員の落ち度だ。揺れている時には、飲物はカップを一つ一つ手渡しするのが原則なのに、一度に六つもトレーに載せて差し出すようなことをした。急いでいたとはいえ、まどかが悪い。

確かに。

自分の責任なのだけれど――

「連れは、このまま寝かせておきたい」

黒いワンピースの女は、男のような口調で鹿島チーフへ告げた。

「パソコンの弁償とかの話は、降りてからで良いから。こちらも降りる支度をしたい、片づけて、引き揚げてくれ」

「はい」

寝ているところに……？

（……？）

黒ワンピースの女は、何を言っているのだろう。

色付き眼鏡の男は、どうして動かない――？

だが

「南原さんっ」

きつい声が、頭上から降って来た。

「いつまで通路に寝ているの」

●エアバスA321　コクピット

『スカイアロー009』

無線の声は言う。

『確認ですが、現在、通信機器も含めて貴機の運航状態は正常ですか』

「はい」

右席で山下が答える。

「現在、機体システムはすべて正常、宮崎空港への自力アプローチが可能です」

『了解』

福岡コントロールの管制官は答えた。

交信している無線の周波数は一二一・五メガヘルツ――依然として国際緊急周波数を使っている。

『では福岡コントロールとしての緊急対応は、現時点にて終了します。念のため、現在の周波数を維持してください。スカイアロー009、ディスタイム、クリア・フォー・アプローチ・トゥ・宮崎エアポート。アポン・リーチング・OYODOポイント、コンタクト・宮崎タワー』

「ラジャー」

（――――）

進入許可が出た。

福岡コントロールは、宮崎空港へ進入してよい、という。

あとはＯＹＯＤＯポイントからＩＬＳの最終進入コースに乗る際に、宮崎タワー――空港の管制塔を現在と同じ周波数で呼ぶ。

これで正式に、宮崎へ降りられる――

悟は白い水蒸気の吹き付ける前面風防を見やって、今日は、新田原の滑走路は見えるだろうか……？　と思った。

Ｆ２の航法訓練で、一度だけ飛んで来たことがある。

海側から接近すると、新田原基地は宮崎空港のやや北側に、並ぶように展開している。

（もうすぐ）

間もなく、雲の下へ出られる。

降下は続いている。操縦席のＰＦＤの高度スケールは下がり続け、もう『１０００』を切る――

「よし」

矢舟が言う。

「ベルトサイン、ＯＮ」

「はい」

山下が頭上パネルへ左手を伸ばす。

「ベルトサイン、ＯＮにします」

ポン
ベルト着用サインがＯＮにされると。

すぐに客室から、インターフォンのコールが来た。

「私だ」

矢舟がオーディオをインターフォンに切り替え、応える。

「鹿島君、客室はどうだ」

すると
『すみませんキャプテン』

チーフＣＡの声は、済まなそうにした。

『飲物サービスと機内のチェックは、全部は終わりませんでした。ベルト着用サインが点きましたので、とりあえず切り上げて着席しました』

「いや」

矢舟は頭を振る。

「助かったよ。お陰で、管制との交信は回復した」

『えっ』

●新田原基地　司令部前エプロン
F35B戦闘機　デビル五〇一

コクピット。


「バッテリーをON」

舞島茜は射出座席に収まり、すべての飛行前準備手順を済ませると、エンジンの始動にかかった。

まず機首の前に立つ整備員から見えるよう、グレアシールドの上に両手を出し、水平にした左の手のひらに右の拳を下から叩きつける（電源ONの合図）。整備員が『了解』『周囲はクリア』と合図を返してくると、茜はうなずき、左手をスロットルレバー後方にある動力コントロールパネルへやる。

親指で、〈BATT〉と表示されたトグルスイッチをぱちっ、と入れる。

ヒュウィイイ――

まだ真っ黒のPCD（パノラミック・コクピットディスプレー——メイン計器パネル）の裏側で冷却ファンが回り出し、幅五〇センチの液晶画面の右半分に『STBY』『STBY』と文字表示が浮かび出る。

文字表示は息をつき、すぐPCD右側にエンジン画面、燃料画面が現われる。

茜は、燃料画面の左上の隅を人差し指でタップ、〈ENG　START〉というチェックリストを表示させる。

始動前手順。パーキングブレーキはSET、着陸脚のセーフティ・ピンは取り外して収納してある、ハーネスを確かめる——

最近は連日、午前と午後に二回飛んでいる。このF35Bを目覚めさせる手順については慣れてしまい、チェックリストを見なくても手が動くようになっていた。

IPP（補助動力装置）をON。

フィイイイッ

機体尾部で内蔵小型タービンが回り始める。

「ICCIワン、ICCIツー、ON」

補助動力装置を、電源として機体システムへ繋ぐ。

パッ

茜の目の前で、横長のPCDの左半分も目覚め、すべての計器画面が立ち上がる。

「ICAWS、チェック。エンジン、赤。OK」

PCD上側に表示される統合警告システムの表示を読み取り、いつものスタート前の状態にあることを確かめ、茜はおもむろに右手を高く上げる。外から見えるよう、人差し指をくるくる回す。

「はい掛けるよ。スタート」

言いながら、整備員も手信号で『了解』と返すのを視野の中で確認する。

同時に左手をまた動力コントロールパネルへやり、人差し指と親指とでIPPセレクター・スイッチを〈START〉へ入れる。

カチッ

途端に

ウィイイイッ

背中でエンジンのタービンシャフトが回り始め、燃料が自動的に着火した。

ドンッ

キィイイイン——

「――――」

茜は右手のレバー操作で、キャノピーを降ろす（自動だ）。

エンジンのスタート・シークエンスも自動。

ＩＣＡＷＳの警告メッセージがすべて消灯するのを目で確認しながら、ヘルメットの目《ま》庇《びさし》の上へ跳ね上げていたＨＭＤ《ヘッドマウント・ディスプレー》のバイザーを両手で下ろす。

淡いグレーがかった視界。

キャノピーが下がり切りプシッ、と与圧がかかる。

左手で酸素マスクを装着。

同時にヘルメットの内蔵イヤフォンにザッ、とノイズが入った。

『ディス・イズ、デビル・ファイブゼロゼロ』

低い女の声。

編隊長の音黒聡子だ。

『デビルフライト、チェックイン』

「ファイブゼロワン」

7

●新田原基地
F35B戦闘機　デビル501

『新田原タワー』

無線のボイスが、基地管制塔を呼んでいる。

音黒聡子の声。

『デビルフライト、リクエスト・タクシー・フォー・テストミッション。オルソー・リクエスト、デパーチャーランウェイ10』


（————）

管制との交信は、聡子さんに任せておこう——

地上滑走許可を求める声を聴きながら、舞島茜はアフター・スタート手順を進める。

PCD中央左側に表示させたSMS（兵装管理）画面で、ウェポンベイの扉がクローズしているのを確認、その画面を指で突《つ》いてフライトコントロール画面へ切り替え、各舵面《だめん》の位置をグラフィック表示させる。

フライトコントロール・チェック（舵面の動作チェック）。

右手でサイドスティックを握り、舵面の位置表示を見ながら左、右、前、後ろへフルに切ってみる。

視野の中で、前方に立つ整備員が『舵面の動きはＯＫ』と合図してくれる。

よし、大丈夫。

行こう。

茜はキャノピーの下で両手を挙げると、頭の上で両の親指を外へ向ける合図。

車輪止め、外せ。

『デビルフライト、タワーですが』

タワー管制官の声。

『現在、使用滑走路は28です。ランウェイ10は追い風になりますが、よろしいですか』

『はい。全然大丈夫』

視野の左側、並んでエンジン・スタートをした黒いずんぐりした機体――五〇〇号機がいる。

音黒聡子は、茜と同じタイミングで機体へ搭乗し、エンジンを始動させながら管制塔へのリクエストも同時にこなしている。

五〇〇号機のキャノピーの下でも黒い飛行服姿が『車輪止め外せ』の合図。

整備員二名が両側から駆け寄り、姿勢を低くして、F35Bの両主脚の車輪に噛ませていたチョークを外し取る。

整備員たちは退避して、機首の左側へ駆け集まって整列する。

『それではデビルフライト』

タワー管制官が言う。

『タクシー・トゥ・ランウェイ10』

『サンキュー、ランウェイ10』

無線のボイスと同時に、五〇〇号機のパイロットが、整列した整備員たちへ答礼するのが見える。

凄いな。

聡子さん、あれをやりながらタワーと交信している――

(――――)

いけない、感心している場合ではない。

茜の機体――五〇一号機の機首の左下でも、三名の整備員が整列し、機体を見上げるように敬礼した。

茜も答礼する。

「ありがと。行って来ます」

そうつぶやくと、両足でラダーペダルを踏み込む。

カチン
パーキングブレーキのレバーが跳ね上がり、外れる。

フットブレーキのみで、機体を押さえた状態で、茜は視野の左横で黒いずんぐりしたシルエットが前へ動き出すのを待つ。

キィイイン
五〇〇号機――聡子の機体がエンジン推力をわずかに増やし、動き出す。

(――――)

編隊長機の動き出しを、目の隅《すみ》で捉え、茜も両足で踏んでいたブレーキをリリース。

長機の姿を目に入れたまま、わずかに左手のスロットルレバーを前へ進める。

キィイイン
●宮崎沖　日向灘上空

エアバスＡ３２１　スカイアロー航空００９便

降下するコクピット。

ブォオッ、と前面風防に吹き付けていた白い水蒸気の奔流が、ふいに途切れた。

（――――！）

明るくなる。

視界が開けた――

雲の下に出た。

水平線が左右の両端まで、クリアに見える。

だが

えっ……。

同時に城悟は、オブザーブ席で目を見開いた。

何だ。

両側、左右のすぐ真横だ。何かいる。

並んで浮いている。

「！」

「――――！」

　左右の操縦席でも、矢舟と山下が驚く様子。

　だがすぐに、矢舟がうなずく。

「やはりな」


　F15だ。

　悟は息を呑《の》んだ。

　横にいるのはライトグレーの流線型。

　左右に二機。

　機首に日の丸をつけた双尾翼の機体が、コクピットの左右の側面窓いっぱいに浮いて見える（微かに上下する）。

　近い。

「CPが、エスコートを付けていたか」

　矢舟が言う。

「雲中で、見えなかったが」

エ、エスコート……？

まさかずっと、両横を挟んで飛んで来ていたのか。

気づかなかった――

『スカイアロー009』

福岡コントロールの管制官とは別の声が、イヤフォンに響いた。

すごく近くから呼ばれている感じ。

『聞こえますか。こちらは航空自衛隊。国際緊急周波数で呼びかけています』

「私が出よう」

矢舟が山下へ断ると、無線の送信ボタンを押す。

「スカイアロー009、機長です」

『スカイアロー009』

声は、並走するF15のパイロットか。

航空英語は使わず、日本語で訊いて来た。

『現在の通信状況はいかがですか』

(――)

悟は、左右に並んで浮いている二機のF15を、交互に見た。

新田原基地の所属だろうか。

このA321を挟み、近接編隊を組んでいる（間隔は目測で一〇〇フィート）。

ほとんど主翼端のすぐ外側に占位している。近い――

『飛行状況を確認し』

声が続ける。

『報告するよう命じられています』

右側のイーグルのキャノピーの下から、パイロットがこちらを見ている。ヘルメットのバイザーを下ろしているから、顔は見えないが。

「エスコート、感謝します」

矢舟は右手のイーグルを見返し、答える。

「当機は現在、通信は正常に回復。ただし念のため、着陸まで国際緊急周波数を使用し続けます」

交信をする間にも。

操縦席のPFDで高度スケールが『２０００』に達し、オートパイロットが自動的に機首を上げ、オートスロットルが速度を保つよう推力を出す。

水平飛行。

キィイイン——

横に浮いている二機のF15も、同時にやや機首上げをし、エンジン推力を増して水平飛行に移行する。

真横を見ていても、二機の相対位置は上下にやや振れるだけでぴたり、とついて来る。

水平飛行が安定するのと同時に、操縦席のナビゲーション・ディスプレー上で三角形の自機シンボルが〈OYODO〉というウェイポイントに達し、自動的にオートパイロットがピンクのコース線を辿るように機を右バンクに入れる。ゆっくりと右へ傾く。

もう目の下は海面。

左右の二機のイーグルは危なげもなく、右へ変針する大型機に付き添って同時に旋回して行く(このあたりは、さすがだ)。

「OYODOポイントに達し、これよりILSアプローチに入ります」

●横田基地地下
航空総隊司令部・中央指揮所(CCP)

「スカイアロー009便、アプローチに入ります」

最前列から担当管制官が報告した。

「通信状態は回復し、正常に進入できるとのこと」

「――――」

工藤は正面スクリーンを見上げる。

〈SA009〉の黄色い三角形（まだ黄色いのは、パイロットがスクォーク・コードを7600から戻すのを忘れているのか）は、真西へ変針し、尖端をほとんど宮崎県の海岸線に接触させる位置だ。

その両横に〈DR01〉、〈DR02〉の二つの緑の三角形が、挟むように浮いている。

ドラゴンは、新田原基地所属スクランブル機のコールサインだ。

「ドラゴン・ゼロワンへ指示」工藤はインカムに言う。「スカイアロー009の操縦室に、何人乗っているか。目視で確認させろ」

「先任」

右横から、副指令官の笹一尉が工藤を見た。

「もう、アプローチに入りますが」

だが

「確認したいんだ」

工藤は頭を振る。

インカムのマイクに、念を押すように言う。

「ドラゴン編隊は、スカイアロー機の着陸を見届けるまでエスコートを継続」

「先任」

別の管制官が振り向いて、報告した。

同じ西日本の空域を担当する管制官だ。

「新田原基地より、デビル編隊が間もなく上がります。R533空域で対艦ミサイルのテストです」

●新田原基地

F35B戦闘機　デビル501

地上滑走するコクピット。

（今回のテスト手順は――）

滑走路10へ向け、誘導路上を走行しつつ、茜は上空で実施する手順を反芻《はんすう》した。

出発前のブリーフィングで、手順については音黒聡子と打ち合わせてある。

編隊離陸はマニュアル・ノーマルテイクオフ。

離陸したならばそのまま編隊を組み、海面上五〇〇フィートの低空でまっすぐ洋上へ進出する。五〇マイル東進し、逆三角形をしたＲ５３３演習空域の北端部分に入る。

空域へ入ったならば九〇度の右旋回で真南へ変針、そろって上昇する。

今日は、目視照準《ＶＩＳ》モードでの発射だ――

対艦ミサイルＡＳＭ２改には、二つの攻撃モードがある。あらかじめ入手した標的の位置座標を弾頭に入力し、遠方（最大八〇マイル）から発射する〈ＡＳＭ・ＰＲＥ〉と、パイロットが目視、レーダー、光学センサー等で直接に『発見』した標的をエイミングして発射する〈ＡＳＭ・ＶＩＳ〉モードだ。

今回は、Ｆ35ＢのＥＯＤＡＳ《イオーダス》（統合光学センサー）とＡＳＭ２改がうまく連携できるかの試験も行なう。上昇して高度を上げ、水平線か、それより手前の海面上に〈標的〉を発見したならばＥＯＤＡＳを使ってエイミングし、赤外線画像情報を弾頭へインプット。狙いを付けたならば直ちに降下、海面すれすれを飛行しながら発射する。

(標的、小さいんだよな)

出発前の打ち合わせで、聡子から見せられた写真は、バラクーダと呼ばれる海上自衛隊の自走水上標的だ(護衛艦の射撃訓練に使われるらしい)。ヨットくらいの大きさしかない——

しかし
「これからの時代」

聡子はブリーフィングのテーブルで写真を見せ、言った。

「軍艦のステルス化が進んで、標的のレーダー反射面積はどんどん小さくなる。これくらい小さくても見つけられて、ちゃんと飛んで行って当たってくれないと」

(——EODAS)

茜は思いついた。

もう、今からサーフェス・サーベイランスモードにしておこう。

茜は、両足のコントロールで機を直進させながら、右手の指でPCDの端をつついてメニューを出し、センサーのコントロール画面を表示させた。

機首下と、機体表面に合計六個の光学センサー（カメラ）を配置し、全周の光学索敵情報を統合してパイロットへ提供するのがＥＯＤＡＳだ。

茜は人差し指で、ＥＯＤＡＳを〈地表面索敵モード〉に入れる。

ＰＣＤ中央左側を、〈戦術航法マップ〉に。

ピッ

●宮崎空港　最終進入コース
エアバスＡ３２１　スカイアロー航空００９便

客室内。

ゴォオオッ
「――――」

壁を伝わって来るエンジン音が、変わった。

黒ワンピースの女が、視線を外へ向けると。

窓の外で、主翼の前縁と後縁の動翼が気流に揉《も》まれながら少しずつ展張されるところだ。

空気の音も変わる。

着陸に向け、フラップを出し、スピードをおとして行くのか――

主翼の下には青黒い海面が流れている。

ざわっ

前方の客席の乗客たち(一般の乗客)にざわめきが走った。

窓の外を指し、何か言い合う様子だ。

驚いている。

この旅客機の左右に、先ほどから日本の自衛隊戦闘機が並走して飛んでいる。

今、それらの機体が間合いを詰めるように、さらに近くへ寄って来た。

「――フン」


女は、表情を変えない。

機が降下して、先ほど雲の下へ出た時。

窓の外すぐの空間に、灰色の戦闘機が並んで飛んでいるのを目にしたが、驚きもしなかった。

この機――スカイアロー航空009便の無線交信を、自分たちの工作でまったく不通にしたのだ。

管制機関から通報を受けた日本政府が警戒し、自衛隊機を監視に差し向けるのは当然のこと。もし機内でテロが起きていたら、この機は地上の国民にとって『脅威』となるかもしれない。

もちろん、自分たちはそんなテロ行為は行なわない（何の得にもならない）。

自分の任務は、日本のリニア新幹線の中核技術者を奴隷《どれい》化して連れ帰り、人民解放軍の新造空母〈福建〉の電磁カタパルトを完成させること。アメリカ海軍第七艦隊に拮抗《きっこう》しうる軍事プレゼンスを、太平洋に現出させることだ。

「おい」

「おいっ」

一般の乗客たちが、窓の外を指して声を上げている。

すでにベルト着用サインが点灯しているから、席を立ち上がる者はいないが。

ぐい、と幅寄せするように近づく自衛隊機に、驚いているのか。

「フン」

おおかた。

女は唇を苦笑の形にする。

左右を挟んでいる戦闘機は、この旅客機がテロリストに乗っ取られていないか、操縦室をじかに覗き込んで確認しろ、とでも命じられたか……？

しかし自分たちは操縦室を占拠してもいないし、この機を乗っ取ることもしていない。

ただ目的地へ向かうよう、仕向けただけだ。

さっき䰞9《シェン・ジウ》のパソコンがCAに飲物をこぼされ、駄目になった。それにより電子妨害デバイスも沈黙してしまったようだが、構わない。

宮崎へ着くことは変わらない。

かえって良い。

電子妨害が停止したことで、この旅客機の機内Wi-Fiサービスが復活していた。

お陰で。女の手にしている携帯からでも、周囲を固めて無言で着席する残り二十三名の工作員たちに指示を出すことが出来た。

あとは――

●新田原基地　滑走路
F35B戦闘機　デビル501

『デビルフライト』

ヘルメット・イヤフォンに声。

管制塔からだ。

『ウインド、ツーエイトゼロ・ディグリーズ・アット・テンノッツ。ランウェイ10、クリア・フォー・テイクオフ』

「――――」

茜は、左斜め前方を行く黒いシルエット――聡子の五〇〇号機を視野に捉えながら、右手の中指でサイドスティック前側にある前輪操向スイッチを握り、右足を踏み込んだ。

ぐううっ、と視野が回転する――F35Bの機体は茜のコントロールに応えるように、滑走路末端に入ってすぐの舗装面上で、向きを変える（ラインナップする）。

『デビルフライト、クリア・フォー・テイクオフ』

編隊長の聡子が無線に応えるのを聞きながら、茜は顎を引き、機体の軸線を滑走路のセンターラインと平行に合わせる。

白いセンターラインをやや左に見るように、舗装面の右サイドの真ん中あたりへ。

一度で、うまく位置が決まる――OK。

機体をいったん停止させ、センターラインを跨《また》いで滑走路の左サイドに同じく位置を決めた黒い僚機のコクピットを見やる。

キャノピーの下、聡子の黒い飛行服の右腕が上がり、拳を前へ出す動作。

パワーアップ――マックスパワー・チェックの合図だ。

（よし）

茜は手順に従い、両足を踏み込んで機体を止めると、左手のスロットルレバーを前へ出した。

キィイイイッ
すぐに戻す。

PCDの中央右側に表示させたエンジン計器画面で、ファン回転数、排気温度表示の扇形が開いて、閉じるのを確認。

エンジンの追従《ついじゅう》に、問題なし――

離陸の許可はもらった。

今日は風が西から吹いており、滑走路10は追い風離陸となるが。

海へ向かって真っすぐに出て行けるから、任務には都合がいい。

『デビルフライト』

イヤフォンに聡子の声。

『テイクオフ』

「ファイブゼロワン」

茜も無線に短く応答。

「テイクオフ」

●宮崎空港　最終進入コース
エアバスA321　スカイアロー航空009便

コクピット。

「今回は、コクピットのオブザーブ席に余計に一名、乗せていますが」

矢舟が無線に応えている。

「この通り」

右側に並んでいるF15。

日の丸をつけた機首が、すぐ真横に浮かび、微妙に上下する。

キャノピーの下から、バイザーを下ろしたパイロットがこちらを見ている。

すでにA321は、二〇〇〇フィートの水平飛行でILS計器進入システムのコースに乗っている。間もなく着陸脚を下ろし、グライドスロープと呼ばれる『電波の坂道』に会合して、滑走路27へ向け最終の降下を開始する。

だが並走する自衛隊機は『なぜコクピットに三名乗っているのか、理由を教えて欲しい』と訊いて来た。

幅寄せをして、オブザーブ席に城悟がいることを見たのか。

司令部からの要請だという。

「今回は客席が満席だったので」

機はオートパイロットがコントロールしていたが。

矢舟は、そのモニターも右席の山下に任せ、右横に浮いているイーグルのパイロットに返答していた。

「乗りあぶれた自衛官の方を、コクピットの後席にお乗せした。新田原基地へ赴任する途中の、あなた方の後輩です」

すると

『――えっ』

8

●宮崎県　上空
F35B戦闘機　デビル501

離陸滑走するコクピット。

ゴォオオッ

前方から足下へ、猛烈に流れ込んで来る滑走路の舗装面。

直進しながら加速している。

「——今だ」

HMDのバイザーを下ろしていると、すべてが淡いグレーがかった景色だ。

左前方には雁行《がんこう》して離陸滑走に入った五〇〇号機——黒いF35Bの後ろ姿がある。

斜めに突き出す尾翼がまるで悪魔の尻尾——

茜の視野には、外の景色と重なって、飛行諸元データがスケールと図形で表示される。

前世代の戦闘機のヘッドアップ・ディスプレーと同じ表示が、目の前に浮かんで見えるのだ。

一二〇ノット。

視野左側の速度スケールが『引き起こし速度』に達する。同時に左前方にいる五〇〇号機が機首を起こす気配を見せる。

その動きを目で捉え、茜は右手に握るサイドスティックを、手首のスナップを使ってわずかに引いた。

フワッ

浮いた。

まるで五〇〇号機と自分が宙で止まっていて、地面だけが下向きに吹っ飛んで行ったみたいだ。

茜の操る五〇一号機は、ぴたりと編隊を組んだままで滑走路を蹴り、飛び上がった。

「ギア」

小さくつぶやきながら、スロットルレバーを握っていた左手を素早く前へやり、着陸脚レバーを〈UP〉位置へ。

ガコン

コクピット足下に前脚が収納される響きと共に、視野右端の高度スケールが下向きに動き『500』という数字が降って来る。

左前方の五〇〇号機のシルエットと、高度スケールの数字を同時に見ながら、右手でサイドスティックをわずかに前へ。

今度も黒い機影と自分は宙に止まっていて、水平線だけが下方からせり上がり、目の前でぴたり、と止まる――

高度スケールも『500』でぴたりと止まる。

五〇〇フィート。

水平飛行。

（――よし）

『新田原タワー』

イヤフォンに聡子の声。

管制塔へ、飛行場を離れる通報だ。

『デビルフライト、リーブ・ユア・フリークエンシー』

『ラジャー』

タワー管制官が応えている。

『デビルフライト、お気を付けて』

『ありがと』

交信を聴きながら、茜は水平飛行に入れたコクピットを、ざっと見回す。

アフターテイクオフ・チェックリスト。

着陸脚は収納されているか、フラップは自動的に閉じているか――

四項目の確認事項を、記憶だけで確かめる。

視線を計器パネル全体へ走らせる間も。視野の両端では水平線と左前方の僚機の位置を捉えている。それらが宙でぴたりと動かないよう、右の小指と薬指でサイドスティックをキープ。

加速は続いている。

視野左端の速度スケールは増える。『230』、『240』、『260』――

と

(――――?)

ピッ

PCDの中央左側は、離陸の前から〈戦術航法マップ〉にしてある。

自機シンボルの三角形を中心に、同心円の距離スケール——半径四〇マイル以内の戦術情況が表示されている（表示範囲は選択できる）。

今、すでに右の側方——一〇マイルちょっとの位置に黄色い菱形《ひしがた》のシンボルが三つ、表示されている。菱形シンボルは『空中の航空機』を示す。

レーダーはまだ働かせていない。EODASが赤外線で探知した空中目標だ。

一〇マイルほどの間合いを置き、反対方向へすれ違う形。

宮崎空港へ進入する民航機かな。

茜は微かに眉を顰める。

でも。

どうして三つ、並んでいるんだ……？

ピッ

菱形のシンボルが色を変える。三つ並んでいる中央が白、両脇が緑。ただしレーダーは働かせていないので、菱形シンボルは『中抜き』だ（EODASが空中目標の発する赤外線や、外形的特徴などから、それら三つを『無害な民間機』『友軍機』として認識した）。

民航機を、友軍機二機が挟んで、飛んでいる——

位置から、宮崎空港へ進入しているようだ。

何か、起きたのか。

緑の二つは、ひょっとして、さっき上がって行ったアラート機……？

ピピッ

（――え？）

茜は目をしばたたく。

まだ、何かいる。

●宮崎空港　最終進入コース

エアバスA３２１　スカイアロー航空００９便

客室内。

あとは。

「――――」

黒ワンピースの女は、窓際の席で壁にもたれている野球帽の男をちら、と横目で見た。

この〈豚〉を起こす。

降りた後の『脱出』の準備だ。

通路側の席で昏倒《こんとう》している〈鼬〉については、放っておく。さっきは錯乱し、もう少しで〈プランD〉を台無しにされるところだった。わたしの毒針の餌食《えじき》にされても仕方ない――


「――一郎」

黒ワンピースの女――〈虎8〉というコードネームで呼ばれていた女工作員は、窓際の壁にもたれる男の耳に唇を寄せると、ささやいた。

「起きるのよ。一郎」

ふうっ、と唇をすぼめ、男の野球帽の下の耳に息を吹きかけた。

その時。
ブーッ
女の左手で、携帯が振動した。
「？」
唇の間からピンク色の舌を出しかけていた女は、男の耳から顔を離す。
ふいに振動した携帯の画面を、開いた。

どこかから呼んで来た……？

浮き上がったメッセージを、一瞥《いちべつ》する。

「何」

思わず、という感じでつぶやくと。

女はあらためて、スマートフォンの画面を顔の前に持って来た。

人形のように整った眉を、顰める。


何だと。

女は切れ長の目を見開き、画面に現われた文字列を辿る。

機内Wi-Fiが復活したので、ネット経由で送られて来たのか。

自分宛だ。

メッセージは第十局――中華人民共和国国家安全部第十局からの〈指令〉だ。

簡体字の列。

「――宮崎空港は」

女は唇を動かし、声には出さずにメッセージを読んだ。

「日本警察五〇〇人が包囲中。〈プランD〉は破棄《はき》、代わって〈プランE〉を発動――」

女は目を見開く。

〈プ゛ラ゛ン゛E〉……!?

ハッ、と我に返ったように、見開いた目を窓外へ向ける。

●エアバスA321　コクピット

「城三尉」

左席で矢舟が言った。

視線は、右横に並んで浮いているF15へ向けている。

そのコクピットを、顎で指すようにした。

「ちょっと立って、向こうへ挨拶してやれ」

「――は、はい」

どうしてなのか分からないが。

自分がコクピットのオブザーブ席に座っていることを、右横のイーグルのパイロットが認め、そいつは誰だ？　と訊いて来た。

司令部から（たぶん横田のCCPか？）のリクエストだという。

Ａ３２１は、間もなくグライドスロープに会合する。

悟がベルトを外して立ち上がる間にも。

右席の山下が「ギアを下ろします」と断り、左手を伸ばして着陸脚レバーを引くと、〈ＤＯＷＮ〉位置へ入れる。

ガコンッ

悟は揺れる中を立ち上がり、右の側面窓へ歩み寄る。

こちらが着陸脚を下ろしたので、スピードがおちる。

窓外に浮いているＦ15も合わせるように、機首下から前車輪を出した。

まさか、滑走路まで一緒に降下するつもりか……？

眼下には青黒い海面。

最終降下に入れば、やがて海岸線、そして滑走路だ。

●宮崎沖　上空
Ｆ35Ｂ戦闘機　デビル５０１

（――何だ）

ピピッ
ピピピッ
何か、来る。
沖から――〈戦術航法マップ〉上、やや右の前方。
その位置に、黄色い菱形がさらに二つ、ふいに出現した。
未確認の空中目標。

何だ、これは――

まるで、海面からわいて出たようだ。

宮崎空港へ進入する三つの菱形シンボル――民航機と自衛隊機の真後ろから、急速に追いつく。

しかも。

ひと呼吸待っても、菱形シンボルは黄色いままだ。

「聡子さん」

茜は無線の送信ボタンを押す。

左前方にいる僚機を呼ぶ。

「聡子さん、ＥＯＤＡＳが何か見つけ――あっ」

ピピピピ

茜は声を上げた。

急速に陸岸へ近づく、二つの黄色い菱形——EODASが正体を識別できない二つの飛行物体から、さらに小さな目標が二つ、分離して前へ進み始めた。

速い——

何だ、こいつは。

ピピピピピ

目を上げる。

黄色いものが見える。HMDの視野に、黄色い小さなボックス（ターゲットボックス）がパッ、パッと現われ、遥《はる》か前方——前下方のどこかを囲んだ。一つ、二つ、三つ、四つ

ピピ

——

「聡子さん何かいる、来る」

●宮崎空港　最終進入コース

エアバスA321　スカイアロー航空009便

コクピット。

「――――」

城悟は、山下副操縦士の席の後ろから側面窓に屈み込んだ。

すぐ横――五〇フィートと離れていない位置に、一機のＦ15が浮いている。

こちらに速度を合わせるように、向こうも着陸脚を下ろし、フラップも展張させているようだ。

キャノピーの下、バイザーを下ろしたパイロットが、こちらへ顔を向けている。

挨拶を、すればいいのか。

悟は、ややかがんだ姿勢のまま、イーグルのコクピットへ向けて敬礼をした。

すると。

悟の着ている制服が、識別できたのか（目の良いパイロットなら、胸の航空徽章《きしょう》まで見えたかもしれない）。

パイロットは「おう」と言うかのように、うなずいた。

「ご覧の通りです」

矢舟が言う。

「三尉は、訓練のため赴任されるそうだ」

『あぁ』

イーグルのパイロットは、なぜか少し、ほっとした感じの呼吸だ。

『了解した。それで――』

だが。

パイロットは最後まで言えなかった。

それでは――と言いかけた瞬間。

ブンッ
後方から空気を裂くような唸りが襲うと、次の瞬間、右の側面窓をオレンジの閃光《せんこう》が埋めた。

チカッ

●東京　横田基地地下
航空総隊司令部・中央指揮所（ＣＣＰ）

「アンノン出現」

地下空間の最前列の管制卓で、担当管制官が声を上げた。

同時に、正面スクリーンの左下――ウインドーを開いて拡大している宮崎沖の空域に、ふいに黄色い三角形が現われた。

二つ。

「宮崎沖――海岸線から一二マイル。領空内」

「！」

「!?」

「――!?」

ざわっ
地下空間全体が、息を呑んだ。

「な」

工藤は思わず、立ち上がる。

正面スクリーンを仰ぐ。

これは。

信じられない位置に、黄色い三角形シンボルが浮いている。

どこから現われた……!?

それも緑の三角形〈DR01〉、〈DR02〉の、ほぼ真後ろ。後ろから尖端で突くみたいに
――

「何だ、あれは」

息を呑む暇もなく。

ウインドーの中で、緑の三角形〈DR01〉と〈DR02〉は次々にフッ、フッと消えてしまう。黄色い〈SA009〉のみが取り残される――

「ドラゴン・ゼロワン」

担当管制官が無線へ呼びかける。

「ドラゴン・ゼロワン、聞こえるか」

9

●宮崎空港　最終進入コース
エアバスA321　スカイアロー航空009便

コクピット。

(――うわっ)

右側面窓のすぐ外。

城悟が、並走するF15のキャノピーの下のパイロットへ敬礼した直後だった。

ふいに後方――視界の右端の方から、空気を裂くような唸りがしたと思うと。

次の瞬間チカッ、とオレンジの閃光が窓を埋めた。

閃光――⁉

目をすがめる暇もなく

ズシィインッ

激震が襲った。

放り上げられる……⁉

コクピットの床が持ち上がり、宙へ放り出される――

一瞬、どうしようもない。どこにもつかまることが出来ず、悟はコクピットの天井に背中をぶつけ、次の瞬間には床へ落下した。

叩きつけられる。

「ぐわ」

だが

チカッ

一度で終わらない、左側でも閃光。

「オートパイロット――」

矢舟が何か叫ぶのが、爆発音と衝撃でかき消される。

ズシィイインッ

●エアバスA321　客室内

きゃぁああああっ

悲鳴が充満した。

機体は右側からの激震に見舞われ、煽《あお》られるように傾いたかと思うと、間髪《かんぱつ》を入れず左側でも爆発。

反対側へ傾く。

「──座って、座──」

ＣＡの叫び声が轟音《ごうおん》にかき消される。

「──クッ」

黒ワンピースの女は、歯を食いしばり、両足を伸ばして踏ん張りながら窓の外へ目をやった。

〈プランＥ〉か──⁉

客室の窓からすべては見えない、しかし機体の右前方の宙で、双発エンジンの片方が爆散して火の玉に包まれた戦闘機が、機体を軸廻《まわ》りに回転させながら下方へ落下する。その様子がかろうじて見えた。

その数秒前、細いマッチ棒のような物体が、白い噴射炎を曳《ひ》きながら自衛隊戦闘機のエンジンノズルへ吸い込まれる瞬間も目撃した。

機体左横でも、ほぼ同時に同じことが起きたのか。

手荒な、真似をする──

●東京　横田基地地下

航空総隊司令部・中央指揮所（ＣＣＰ）

「ドラゴン・ゼロワン」

最前列で管制官が呼び続ける。

「ドラゴン・ゼロワン、どうしたっ」


「先任」

笹一尉がスクリーンを指す。

宮崎沖を拡大したウインドーの中で、〈ＳＡ００９〉を左右から挟むようにエスコートしていた緑の三角形〈ＤＲ01〉、〈ＤＲ02〉は消滅してしまった。

防空レーダーから消えたのだ。

その後方から二つの黄色い三角形シンボルが、代わって〈ＳＡ００９〉のシンボルを挟むかのように追いついていく。

「まさか。後方から」


「くそっ」

いったい、あれは何だ。

工藤は立ち上がったまま、インカムのマイクを口に引き寄せる。

何が起きた。

まさか。

今のは、攻撃か……!?

「第一セクター」噛むように命じる。「新田原に、次のアラート機を出させろ。情況を確認させろ、ぐずぐずするな」

そこへ
「先任」

左横から明比が言う。

「今、ロックオン警報は出ませんでした」

「何」

「何？」

「ドラゴン編隊が」

明比は自分の情報画面を見ながら言う。

「今のが、仮に攻撃されたのだとすると。後方からミサイルを照準──射撃管制レーダーでロックオンされたなら、コクピットのＩＥＷＳが〈ロックオン警報〉を発します。警報はデータリンクを介して、正面スクリーンにも表示されたはず。しかし、そのような信号は来ていない。ドラゴン・ゼロワンのパイロットがロックオンに気づいた様子も――」

「とにかく」

工藤は頭を振る。

唐突に、まるで海からわいたようにアンノンが出現。エスコート機の後方から迫ったと思えば、ドラゴン編隊が二機とも消えた――

裸《はだか》になったスカイアロー航空009便に、二つのアンノンが追いすがって行く。

何が起きているのか。

「とにかく新田原に、次のFを出させろ」

●宮崎市　上空

エアバスA321　スカイアロー航空009便

コクピット。

「ゴー・アラウンドだっ」

凄まじく揺さぶられる衝撃に、数秒間は息も出来なかった。

突然、左右の至近距離で膨《ふく》れ上がった火球――爆発に煽られ、A321は激震に襲われたが。

咄嗟の操作で矢舟がオートパイロットを解除、左右のエンジンを全開にして加速、二つの火球から脱出した。

「ギアを上げろっ」

「はいっ」

ガガガガガッ、とまだ激しく機体は振動したが。

爆散する煙の中から脱すると、徐々に揺れは収まる。

水平を維持して、エアバスは加速する。

「ギア、アップ」

（――――！）

悟はオブザーブ席のひじ掛けにつかまって身を起こし、シートに転がり込んだ。

あちこちが痛い。

顔をしかめながら、それでもシートベルトを装着し直し、周囲を見る。

何が起きたんだ。

今の爆発は……？

爆煙の中から、ちょうど抜ける――

●横田基地地下
航空総隊司令部・中央指揮所（ＣＣＰ）

「新田原にホット・スクランブル」

最前列の管制官が、振り向いて報告した。

「次の待機組が出ます。五分、お待ちください」


「――くっ」

新田原基地は幸い、宮崎空港には近いが。

今の状態では、何が起きているのか、正確な情況を知ることも出来ない。

スカイアロー機には、障子さんの話では中国工作員が二十五人も乗っているというが。

それと何か、関係があるのか。

分からない。

レーダーから消えた二機がどうなったのかも――

「くそ」

「先任」

笹一尉が言う。

「官邸を呼びますか」

「――いや」

工藤は頭を振る。

「まだ、何が起きているのか分からんのでは、報告のしようが」

だが

ブーッ

笹一尉の席のコンソールで、埋め込み式の赤い受話器が赤ランプを明滅させた。

●宮崎沖　上空

F35B戦闘機　デビル501

(何か、爆発した……？)

ピピ
HMDの視野では、右の後ろの方で黄色いボックスが明滅し、赤く変わる。

高熱源反応。

爆発が起きたのか……?

EODASは、このF35Bの周囲すべて、機体を取り囲む球状の空間を隈《くま》なく赤外線の〈眼〉でスキャンし、あらゆる事象をパイロットに知らせる。

〈戦術航法マップ〉を見やる。

緑の友軍機シンボルが二つ、消えてしまった。

「聡子さん」

『わかってる』

左前方、雁行編隊で浮いて見える黒い機体から、音黒聡子が言った。

『何か起きている』

「はい」

会話する間にも。

マップ上では黄色い菱形二つが、民航機を示す白い菱形を後方から挟むように近づく。

これは――

『テストミッションはキャンセル』

聡子の声が告げる。

『行ってみよう、続いて』

「はい」

●宮崎市　上空
エアバスA321　スカイアロー航空009便
コクピット。

「フラップ、ワン」

矢舟がオーダーした。

マニュアル操縦だ。矢舟は左手でサイドスティックを保持している。

まだゆさゆさっ、と揺れている。

「フラップを〈1〉まで上げろ」

「はいっ」

山下が応じ、スロットルレバー右横のレバーを引き上げて、前方位置へ入れる。

「フラップ、ワン」

ぶわっ
爆煙を抜けた。
前方視界がクリアになり、山の稜線《りようせん》が現われる。
山だ。

(―――!)

悟はオブザーブ席から左右の側面窓を見やった。

今、空港の直上にいる――

たった今突然、真横で爆発が起きた(F15二機の姿は消えてしまった)。

何が起きたのかは分からない、しかし機を危険から離脱させるため、矢舟は最終進入を中断して水平飛行を維持、スピードを上げ、爆発の影響から最短時間で逃れたのだ。

A321は着陸をせず、水平を維持する形で空港の真上を通過しつつある。

「このまま行けば」

矢舟が言う。

「前方は山だ。左へ行くぞ」

「はい」

山下が答える。

「フラップは〈1〉に上がりました。いま一八〇ノットです」

「そっちでヘディング・バグを回してくれ」

矢舟が、左方向を確認しながらオーダーする。

「左旋回で行く。機首方位〇九〇」

「はいっ」

だが

山下が左手を伸ばしてモード・コントロールパネルの機首方位ノブを回そうとした時。

『旋回ヲスルナ』

ふいに無線に声が入った。

●東京　総理官邸地下

NSSオペレーションルーム

『まだ分かりません』

天井スピーカーからは工藤の声だ。

せわしない様子。

『今、追加のアラート機を新田原から上げるところです』


「工藤君」

障子有美は、赤い受話器を握りながら唇を嚙んだ。

向こうは混乱している。

今、横田CCPをホットラインで呼んだのはまずかったか。

しかし。

メインスクリーンに出している情況マップでは。

〈SA009〉――スカイアロー航空009便を示す三角形シンボルを挟んで、左右に並んでいた空自エスコート機のシンボルがふいにフッ、と消えてしまった。

代わりに、後方から別の黄色い三角形が二つ、〈SA009〉に追いついて、並ぼうとしている――

黄色いシンボルが『未確認』を示すことは、防衛官僚出身である有美には分かる。

「009便は、着陸しないの？　エスコート機はどうなったの」

『分かりません、それも』

工藤の声の背景に、ざわざわという大勢のざわめき。

中央指揮所も混乱しているのか。

『009便は進入復航に入った模様です。いったん着陸を取りやめ、空港上空を通過中』

「——着陸を、させない」

有美の横で、門篤郎がつぶやく。

腕組みをしたままスクリーンを睨んでいる。

「県警を五〇〇人も動員して、待ち構えているのがばれた、か」

第Ⅴ章　ユーハブ・コントロール

1

●宮崎県　上空
エアバスA321　スカイアロー航空009便

コクピット。

『旋回ヲスルナ』

ふいに無線に入った〈声〉。

『繰リ返ス、旋回スルナ。直進セヨ、スカイアロー009便』

(――!?)

城悟はオブザーブ席で目を見開く。

何だ、この〈声〉は――

「?」

「!?」

左右の操縦席でも、矢舟と山下が思わず――という感じで顔を見合わせる。

突然、何を言って来たのか。

日本語だが。

機械で翻訳したような無機質な低い声音《こわね》。

おまけにイヤフォンが割れるような大音量だ。

『ソノママダ』

〈声〉は続ける。

命令している……?

『ソノママ直進セヨ。従ワナイ場合ハ、攻撃スル』

同時に

ブンブン
後方から、空気を震わせる気配。
ブンブンブンブン
「……‼?」
右の後方か。
何か来る。
悟はオブザーブ席のベルトを外すと、立ち上がった。
「後ろを見ます」
操縦席へ断り、右側面窓にとりつく。
ブンブン
悟が風防ガラスに頬《ほお》をつけるようにして後方を見やるのと。
それが姿を見せたのは同時だった。
「――――‼?」
何だ。
目を見開く。
何だ、これは……

●東京　横田基地地下
航空総隊司令部・中央指揮所（ＣＣＰ）

「アンノン、００９便の横に並びます」

最前列の管制官が声を上げる。

「所属、機種不明」


「総隊司令を呼んでくれ」

赤い受話器を置きながら、工藤は笹に指示した。

「緊急事態だ」

そこへ
「先任」

明比が情報席から顔を上げた。

正面スクリーンを指す。

「別の友軍機が二機、現場へ向かうようです」

「？」

工藤は眉を顰《ひそ》める。

「新田原のFは、まだ上がっては――ん？」

本当だ。

正面スクリーン。宮崎沖を拡大したウインドーに、右上方向――北東から二つの緑の三角形シンボルが割り込むように現われる。

その横に識別記号。〈DV500〉と〈DV501〉。

あれは。

「――中抜きの緑か」

二つの三角形シンボルは、ほかと区別するように『中抜きの緑』だ。

「デビル500と、501です」

最前列のもう一人の管制官が振り向く。

「仮設第八〇一飛行隊所属、F35Bです。レーダーには映りません、あれは一機がデータリンクで送信して来る位置情報のシンボルです」

「それは分かるが」

工藤はまた眉を顰める。

「どうして、あそこにいる」

●宮崎沖　上空
F35B戦闘機　デビル501

『命令スル』

イヤフォンに大音量の割れた〈声〉。

何だ、これは……。

国際緊急周波数で、さっきから機械で合成したような音声が怒鳴《どな》っている。

『ソノママ直進セヨ、スカイアロー009便』


（何だ――この〈声〉）

茜は眉を顰める。

旋回し、針路は変えた。

HMDの視野には今、宮崎市の海岸線と、その向こうに山の稜線《りようせん》がある。山々は霧島《きりしま》山系（標高は高い）。

ゴォオオッ
風防を包む風切り音。
左前方の聡子の機に続く形で、水平飛行だ。HMD視野の速度スケールは『250』、高度のスケールは『500』。
何だ……。

茜は目を細める。

前方、海岸線に滑走路を突き出す格好で、宮崎空港がある。

その上空に──何かいる。

HMD視野には、空港の直上辺りの宙にぽつん、と白いターゲットボックス。その左右を挟み込むように、二つの黄色いターゲットボックス──

白いボックスに囲われるのは、双発の旅客機らしいシルエットだが。

ピッ
EODASが反応して、黄色いボックスの横に何かを標示した。飛行物体の形状や、発振する電波等をパッシブに解析して、推定される〈正体〉を示す。

〈MQ9〉

えっ……？

茜は目を見開く。

同時に

『デビル500』

ヘルメットのイヤフォンに声。

別の声だ。

『デビル500、こちらCCP。先任指令官だ。聞こえるか』

●宮崎市　上空

エアバスA321　スカイアロー航空009便

コクピット。

(――!?)

ぬうっ。

それが視野の中に姿を現わした時。

悟はのけぞりそうになった。

思わず息を呑《の》む。

何だ、こいつは。

白い、ぬめっとした印象の頭部——機首というより『頭部』だ。盛り上がったそれは、まるで目玉の無い、ＳＦ映画に登場する宇宙生物の頭のようだ。

続いて細長い胴体。

直線状の長い主翼があり、尾部の尾翼はＶ字型で、後尾でプロペラが回っている。

ブンブンという唸《うな》りは、この推進式のプロペラの音か——

『ソノママ』

機械で合成したような〈声〉が、命令口調で告げた。

『速度ヲカエズ直進セヨ、００９便』

「キャプテン」

悟は操縦席を振り向くと、外を指した。

「無人機です」

「何」

「何だって」

矢舟と山下が驚きの声を上げる。

その間にも。

ブンブンという空気を震わせる唸りと共に、無人機――白い、目玉の無い宇宙生物のような飛行物体はA321の右横を追い越し、前方へ出て行く。

やや高い位置――前面風防の頭上すれすれに、直線状の主翼の翼端が通り抜ける。

ブンブンブンブン

「…………！」

悟は、その直線状の主翼を見やって、目を剝《む》いた。

ミサイルを吊《つ》るしている――!?

あれは。

眉を顰める。

スティンガーじゃないか……？

主翼下面には、片側二か所のハードポイント――パイロンがあり、懸架《けんか》されているのは細い小型のミサイルだ。見覚えがある。

『命令スル』

機械音声は、まるで目の前に浮く無人機の白い頭部がしゃべっているかのようだ。

『ワレニツヅイテ飛行セヨ』

「どういうことだ」

〈声〉は国際緊急周波数で呼びかけてくる。

矢舟が無線の送信ボタンを押し、応える。

「そちらは誰か」

だが
『従ワナイ場合ハ、攻撃スル』
〈声〉は矢舟の問いを無視するように、繰り返した。
『後方ニ、モウ一機イル』

「キャプテン」

悟は左右の操縦席の間から、前面風防のすぐ前方に浮いている直線翼を指した。

「あの翼下面のミサイルは」

「あぁ」

矢舟はうなずく。

「あれは、スティンガーか、それに類するやつだ。赤外線誘導、射程は短いが照準にレーダーが必要ない」

「さっきの、F15も」

「多分な」


矢舟は前方に浮かぶ無人機の主翼を、顎で指す。

悟は、指し示された主翼の様子を見て、息を吞む。

いったい何が起きているのか。

分からないが、目の前に浮いている物体は現実だ。

主翼下のパイロンは四か所――両翼で四発を吊るせるようだが。一つのパイロンは空《から》になっている（さっき発射したのだ）。

「シックス（真後ろ）にもう一機、つけているなら」

矢舟は言う。

「狙われている。言うことを聞くしか、ないか」

「キャプテン」

山下が矢舟を見る。

「ミサイル――って、まさか」

「仕方ない」

矢舟はちら、と後ろを見る。

「どういうことになっているのか、分からん。しかし一八五名、乗せているんだ」

●エアバスA321　客室内

「――――」

一九列目の席。

機体が緩やかに、左方向への旋回を始めた。

その傾きを身体《からだ》で感じ取り、黒ワンピースの女は「フン」と鼻を鳴らす。

〈プランE〉、予定通りか――

周囲を見回す。

さっきの爆発の衝撃は収まり、静穏に戻った機内だ。

制服のCAが立ち上がって、通路をまわっている。

お怪我はありませんか、と声を掛けている。

乗客たちの中には、放心している様子の者もある。

何が起きているのか。

乗員にも乗客たちにも、分からないだろう――

「――フン」

窓の外を見る。

先ほど着陸せずに、空港を飛び越したことは窓の下の景色を見ていれば分かった。

ブンブンという異様な爆音を響かせ、無人機が追い越して前方へ出て行くのも窓から見えた。

あれが第三国を介して、国家安全部が秘《ひそ》かにアメリカから買い付けた無人機か。

実物は初めて見るが。

中国製よりも優秀と聞いている（ミサイルまで撃てる）。

エアバスの機体は、緩やかに旋回している。

これから。

無人機の誘導で、着水海面へ向かうのだ――

●同空域
F35B戦闘機　デビル500

『デビル500、こちらCCP』

無線の声は言う。

『新田原タワーに中継させ、呼んでいる。聞こえるか』


「聞こえます」

リーダー機の操縦席。

音黒聡子は、前方の水平線から目は離さず、無線に応えた。

さっき離陸して来た新田原基地の管制塔の周波数で、声は呼び掛けて来た。

横田のCCPの、先任指令官と名乗ったか――?

「大丈夫です。この周波数を使ってください、国際緊急周波数は奴《やつ》らが使っています。聞かれてしまいます」

『――奴ら?』

声が訊《き》き返す。

『いったい、何が起きている。そちらで分かるか』

「全然」

聡子は酸素マスクのマイクに、言い返す。

二五〇ノット。五〇〇フィートの水平飛行で海岸線へ近づいている。

先ほど、機のEODASが何か探知して。本来のテストミッションはキャンセルし、様子を見に来ているのだ。

そのさなか、友軍機が二機、空中で消失するところも見た。

何が起きているのか、こっちが教えて欲しい――

「全然、分かりませんが。現在、宮崎へ着陸しようとしていた民航機が無人機に脅《おど》されて、空中を誘導されて行きます」


見ると。

HMDの視野の奥、宮崎市の市街地の上空を、白いターゲットボックスに囲われた双発旅客機の機影がゆっくりと左旋回して行く。

その前方に一つ、真後ろの位置に一つ。黄色いターゲットボックスに囲われた小さな点が見える。まだ点にしか見えないが――

EODASは、その点が〈MQ9〉だと言っている。

「アンノンが二機。EODASの識別では、MQ9無人機が二機」

聡子は三つのターゲットボックスを視線で追いながら、続けた。

「奴らは、国際緊急周波数で民航機に対し、無人機に従って飛ぶよう強要しています。従わない場合は」


言葉を区切る。

直接に、さっき爆散するところは見ていない。

しかし反応の消失したF15二機――

それらの搭乗員は、どうなったのか。

その考えが浮かぶのを、眉根を寄せ、抑えた。

自分だって、いつ、どうなるか――

「従わない場合は撃つ。そう脅しています」

2

●横田基地地下
航空総隊司令部・中央指揮所(CCP)

「――」

「――」

地下空間の全員が、息を呑んだ。

管制官たちが顔を見合わせる。

何と言った……？

たった今、天井スピーカーから響いた声。

新田原基地の管制塔を介して、呼び出すのに成功したF35Bの編隊長の声だが。

その報告の内容は――

「――おい」

工藤は正面スクリーンを見上げ、インカムのマイクにもう一度、問うた。

「今、何と言った。二機のアンノンは――何だって？」

『MQ9です』

低い女子パイロットの声は、繰り返す。

『少なくとも、EODASはそう言っています。これよりさらに接近、確認します』

「お、おい」

『大丈夫です』

女子パイロットは言う。

『こちらは、向こうからは探知されません。近寄って、報告します』

「MQ9ですが」

情報席から明比が言う。

コンソールに検索結果を呼び出している。

「通称〈リーパー〉、アメリカ製の無人攻撃機です」

「――――」

「――――」

「ターボプロップ推進で最大速度二六〇ノット、スティンガー赤外線ミサイルを装備。この無人機は民生用派生型も多く生産されているので、非同盟国や、テロ組織が入手するのもあるいは可能かもしれません」

●宮崎沖　上空
エアバスA321　スカイアロー航空009便

コクピット。

『降下セヨ』

大音量の〈声〉が言う。

『ワレニツヅキ、降下セヨ』

あれから。

機首のすぐ前方、間合い三〇フィートほどの空中に占位した無人機――尾部にプロペラを持つ宇宙生物のような機体に先導され、浅いバンクで旋回し向きを変えた。

今、機首方位は０９０。真東だ。

推進式プロペラの無人機は、Ａ３２１の機首のやや右の前方に位置取りをしていて、先ほどは旋回の外側から促すように左旋回をさせた。

前面風防には今、細長い直線翼の左翼部分が、水平線に重なるように浮いている。

副操縦士席のすぐ斜め前で、プロペラが回っている。

ブンブンという唸りが空気を伝わり、側面窓はさっきから震えている。

「――降下させるのか」

矢舟がつぶやき、直前方に浮いている直線翼の機体がやや機首を下げて沈み込むのに合わせ、左手のサイドスティックをわずかに前方へ押す。

ぐうう――

機首が下がり、水平線が前面風防の真ん中あたりまでせり上がる。

「オートスロットルを外《はず》す」

矢舟が表明して、右手の親指でスロットルレバーの左横にあるボタンをカチ、カチと二度押した。

ビーッ
オーラルトーンと共に、左右のPFDに『A/T　OFF』の表示。

矢舟が右手でスロットルレバーをゆっくりと絞る。

中央計器パネルのエンジン計器画面で、左右のエンジンのファン回転数を示す二つの扇形がしぼむ。

直前方で『ツヅケ』と強要する無人機。

うまく間隔を保たないと、回転するプロペラがこちらの機首に突き刺さる。

かといって。急に減速して機体を捻《ひね》り、離脱して逃げようなどとすれば。たぶん真後ろに占位しているもう一機の無人機に攻撃される――ミサイルを撃ち込まれる。

降下に入って、安定すると。

目の前の無人機の主翼との間合いは、広がりも縮まりもしない。

さりげないが、編隊飛行を極めた戦闘機パイロットの技量だ。


矢舟キャプテンの、この腕なら。

悟は思った。

このA321を急機動させ、二機の無人機から逃れることは可能かもしれない――

いや、たぶん出来る。

だが、そうはしない。乗客の生命をリスクに晒《さら》せないからだ。


「おい」

矢舟は無線の送信ボタンを押して、言った。

「どこまで降りるんだ」

●同空域
F35B戦闘機　デビル500

(降下して行く……？)

音黒聡子は眉を顰めた。

無人機により『人質《ひとじち》』にされているのは、エアバスA321だった。

スカイアロー航空の機体だ。

国際緊急周波数をモニターしていると。

その便名が『009便』であることも分かった。

でも。

なぜ無人機二機に前後を挟まれ、洋上へ連れて行かれようとしているのか。

事情は分からない、依然として――


こちらも、降下するか。

先ほど、三つの飛行物体(旅客機と、正体不明の無人機二機)に追いついてから。

高度は、三つに合わせ二〇〇〇フィートまで上昇した。

無人機は有人戦闘機とは違って、下方監視能力に優れている。

五〇〇フィートの低空を維持して、下から見上げていると、向こうの光学センサーに見つけられかねない(逆にプロペラの真後ろは死角のはずだ)。

だから同高度を保ち、後方から追いかけて来たが――

「降下」

音黒聡子は左手でスロットルレバーを引き、同時にサイドスティックを押し込んで、機体を降下に入れた。

風防の枠に取り付けたバックミラーの中で、舞島茜の五〇一号機が間髪《かんぱつ》を入れず、一緒に降下を開始する。ぴたり、と右後ろのポジションをキープする。

『聡子さん』

無線に声。

●F35B戦闘機　デビル501

「聡子さん」

舞島茜は、五〇〇号機に追従《ついじゅう》して機を降下に入れながら、無線に言った。

今のところ、新田原基地管制塔の周波数を使って交信し、前方の無人機に気取《けど》られる様子はない。

こちらは二機とも、レーダーには映らない。どこかで無人機をコントロールする勢力があったとしても、今のところ、こちらの存在は知られていないだろう――

「聡子さん、ドローン・スイープを使ってみたらどうでしょう」

茜は提案してみた。

無人機を相手にするのであれば。

特に、あのエアバス機の真後ろ五〇〇フィートに占位して、しつこくついて行く二機目の無人機。あれを追い払うことさえ出来れば、A321がミサイルに狙われることは無くなる。


『――そうね』

●F35B戦闘機　デビル500

「そうね」

聡子は思い出した。

そうだ。

聡子と茜のF35B――数か月前に南シナ海の東沙島《とうさ》まで、極秘任務で飛行した二機には『対無人機用の特殊能力』が付与されている。

あの技術者――〈いずも〉に乗り組んでいた防衛省技術顧問のジェリー下瀬が、特別に誂《あつら》えてくれた（お陰で、中国艦隊の展開していた空中機雷群を潜り抜け、かろうじて任務は達成できた）。

ドローン・スイープという。AN／APG81レーダーの素子の一部を用い、〈敵〉のドローンを制御するAIに働きかけ、追い払う（ジェリー下瀬に言わせれば『帰巣《きそう》本能を刺激する』のだという）。

やってみよう。

「ストア・マネジメントシステム」

前方には、無人機に挟まれながらゆっくり降下するエアバスA321。

そのシルエットが見えている。

重なるように、旅客機の直前と真後ろに二つの無人機――

右手のサイドスティックで、三つの飛行物体と位置関係が変わらぬよう追従しながら、聡子はボイスコマンドを使用した。

酸素マスクの内蔵マイクに英語で命じる（英語で命じないと働かない）。

声のコマンドに従い、PCDの中央右にSMS（兵装管理）画面が出る。

「コード7G」

ピッ

ピピ

「ドローン・スイープ、アクティベイト」

〈DRONE　SWEEP〉

●東京　総理官邸地下
NSSオペレーションルーム

「どこまで」

メインスクリーンを見上げながら、障子有美がつぶやいた。

「あの機を連れて行くつもりなの」

スクリーンには、横田基地地下のCCPから引っ張って来たリアルタイムの防空情報が出ている。

宮崎沖の情況マップだ。

CCPの工藤とホットラインでやり取りし、現在の情況も摑めている。

エスコート任務に就いていた二機のF15については、まだ安否が分かっていない。

スカイアロー航空009便を『脅迫』し、『誘導』しているのはなぜかアメリカ製の無人機——

今は新田原基地に所属する二機のF35Bが、後方から追従し監視している（F35Bは偶然、現場に居合わせたという）。

「おそらく」

門が腕組みしたまま、情況マップを顎で指す。

「沖合に、工作船がいる」

「――工作船？」

有美はスクリーン上を目で追う。

〈ＳＡ００９〉と表示される三角形シンボルは、尖端《せんたん》を右――東へ向け、ゆっくりと進んでいる。前後を挟んでいるのは黄色い三角形二つ。

「あの先に？」

「そうだ」

門はうなずく。

「本当ならば、奴らは俺たちに見つかることなく宮崎へ到着し、夜を待ち、ゴムボートで海岸から沖の工作船へ乗り移る計画だった」

「それが」

「こちらが宮崎空港に」

門は言う。

「五〇〇人も警察官を配備した。奴らは、それを察知した。まともに宮崎で降りたのでは、捕まってしまう」

「――――」

「そこで」

「そこで？」

「リソースをすべて投入することにした。奴らは」

門は唇を嚙《か》む。

上目遣いにスクリーンを見る。

「中国は、あのリニア新幹線の技術者が、どうしても、喉から手が出るほど欲しい。何故《なぜ》かは分からない、しかし奴らはどんなことをしてでも後呂一郎を連れ帰るつもりだ。おそらく宮崎沖の、そう遠くない海面に工作船が待っている。無人機を二機も射出させている、一隻だけではないと思う。奴らは、工作船の間近の海面にスカイアロー機を着水させ、工作員と後呂一郎を『回収』する」

「ほかの、乗客は」

胸に嫌なものを感じながら、有美は訊いてみた。

「スカイアロー機のほかの乗客、乗員は？」

「海に沈める」

門は言った。

「機体と共に、全部沈める。一人残らず――わが国の沿岸で、奴らはこれだけの大事件を起こした。国際的に非難される材料になりそうなもの。証拠、目撃者、全部消して、ついでに工作船も爆破・自沈させ、自分たちは潜水艦に拾ってもらい逃げる。俺が向こうの諜報組織の長ならば必ずそうする」

「――――」

有美は、唇を結んだ。

鼻から息をして、情報席を振り向いた。

「湯川君、横田へホットライン。急いで」

3

●宮崎沖　上空

F35B戦闘機　デビル500

（――駄目か）

音黒聡子は、HMDの下で目をしばたたいた。

何の反応もない――

数か月前の南シナ海で、中国の〈空中機雷〉に対して使用した時は、目の前からハエを追うかのようにドローンを排除できたのに。

〈DRONE SWEEP〉

ドローン・スイープ――AIに干渉するパルスは出し続けているが。

直前方、一〇〇〇フィートの間合いで推進式プロペラを回しているMQ9無人機は、まったく反応しない。

揺らぎもせず一定の姿勢で、降下し続けている。

これは駄目か――そう思うのと同時に。

浅い角度で降下していた無人機が、頭部をやや上げ、水平飛行へ移る。

その前方にいるA321と、先導している無人機もだ。

（！）

聡子はハッ、として、右手でサイドスティックを引き、追従しながらわずかに左手で推力を増す。

ゴォオッ

ＨＭＤ視野で、水平線の位置が下がり、前方の三つのシルエットと重なって止まる。

降下停止、水平飛行。

ゴォオオオッ

(低い——)

前を行く無人機の挙動を注視していたから、意識していなかった。

低いじゃないか。

すぐ下が海面。

前方、プロペラを回す無人機の尾部から、自分の足の下へ猛烈な勢いで海面が流れ込んで来る。

ピピ

ＨＭＤの視野下側に、電波高度計の数値が現われる。『１００』——海面上三〇メートル。

無人機の様子は。

揺らがない。

超低空で、直進を続けている。

「反応がない」

聡子は目を上げ、ミラーの中の僚機をちら、と見て言う。

「ドローン・スイープ、あいつには効かない」

『どうしてでしょう』

ミラーの中で、舞島茜の五〇一号機はぴたり、と右後ろの位置をキープしている。

『前回は、追い払えたのに』

「おそらく」

聡子は推測を言う。

「あいつら二機は、AIで自律飛行をしているんじゃない、どこかからリモート・コントロールされてる」

『え』

「い、人間が、どこかで機載カメラを見ながら、リモコンで――」

そこへ
『デビル500』

聡子を遮《さえぎ》るように、無線に声。

あのＣＣＰの指令官か。

『今、官邸から指示があった。聞こえるか』

●東京　横田基地地下
航空総隊司令部・中央指揮所（ＣＣＰ）

「聞こえるか」

工藤は立ったまま（さっきから立ったままだ）、正面スクリーンを見上げて言った。

たった今、ホットラインで官邸地下の障子有美と話したばかりだ。

「いいか、聞いてくれ」

だが

「――――」

工藤は言葉を区切り、唇を嚙む。

この〈命令〉は、伝えるのが難しい。

スクリーンの拡大されたウインドーの中、二つの緑の三角形〈ＤＶ５００〉と〈ＤＶ５０１〉は尖端を右――東へ向け、黄色い三角形二つと、それに挟まれる〈ＳＡ００９〉を追尾《ついび》する形だ。

しかし。

だいたい、あのF35B二機を、まだ正式にCCPの指揮下にも入れていない──

デビル500と501は。

厳密に言えば今、『ボランティアで』あそこに居てくれている。

「官邸の内閣府危機管理監から、日本政府として指示が出た」

工藤はスクリーンを見上げ、インカムのマイクに続けた。

「いいか。今、民航機スカイアロー航空009便は、国籍不明の〈凶悪テログループ〉によって拉致《らち》されようとしている」

「──」

「──」

地下空間じゅうの視線が、工藤へ集まる。
●宮崎沖　上空
F35B戦闘機　デビル500

『聞いてくれ』

先任指令官の声は続く。

『内閣府の分析によると。００９便はこのままでは、宮崎沖の海面に強制的に着水させられる。前方の海面に、所属不明の不審船は見えないか？』

「――え？」

聡子が目をしばたたいた時。

ピッ
ほとんど同時にＰＣＤの〈戦術航法マップ〉上に、舟形シンボルが現われた。

これは……？

ミサイル試験に備え、今回は離陸前からＥＯＤＡＳを〈地表面索敵モード〉にしている。

ただ、超低空に降りたので、光学センサーであるＥＯＤＡＳは見通し距離――水平線の手前にある地表物しか探知できない（この高さではせいぜい一〇マイル強）。

ピピ
ＨＭＤの視野にも、前方の三つの飛行物体に重なる形で、黄色いターゲットボックスが一つ、新たに現われた。

前方――水平線の上か……?

飛行物体が邪魔になり、見えないが。

海面に何かいる。

ピピピ

〈戦術航法マップ〉上に、さらに何か表示される。

シンボルと文字列のようだが――

しかし、同時に目の前に浮いている推進式プロペラの無人機が、さらに下方の海面へ向けて沈み込み始めた。

まだ降下する……⁉

「くっ」

●同空域
エアバスA321 スカイアロー航空009便
コクピット。

「おい」

矢舟が声を上げた。

思わず、という感じだ。

「まだ降りるのか⁉」

だが
『ワレニツヅキ、降リヨ』

〈声〉は命じた。

国際緊急周波数で、割れるような音量。

すでに海面近くまで降下させられ、たった今一〇〇フィートという超低空で水平飛行に入ったばかりだが。

『海面上五〇フィートへ降下セヨ』

前面風防、すぐ目の前に浮いている無人機が、ゆっくり沈み込み始める。

（――⁉）

城悟は、思わずオブザーブ席から身を乗り出した。

まだ降りる……⁉

つい先ほど。

人工音声のような〈声〉に強要されながら、A321は海面めがけて降下させられた。

どこまで降りるのか――

矢舟機長の腕が信頼できるから、悟はオブザーブ席でただ、息を殺して見守っていた。

海面が、視野の下側の半分を占めるくらいに降下して、ようやく前方の無人機が引き起こしをして水平飛行に入った。

一〇〇フィート……？

悟はF2乗りだ。

F2戦闘機には、〈海上侵攻勢力阻止任務〉がある。

海面すれすれの超低空を、ASM2ミサイル四発を携行して突進するような飛行は、訓練で頻繁に実施している。

超低空に、慣れてはいる（今では電波高度計の数値を見なくても、感覚で、自分の足と海面とがどれくらい離れているのか摑める）。

悟が「これでは一〇〇フィートだ」と思うのと同時に、左右の操縦席のPFD下側に電波高度計の表示が現われ、黄色く明滅し始めた。数値は『100』――黄色の明滅はパイロットに『低すぎる』と警告している。

こんなに降ろさせて。

あの無人機――いや無人機をどこかで操っている〈勢力〉は、この民間旅客機にいったい何をさせようというのか。

あれはＭＱ９だ。

アメリカ製の無人攻撃機だ。空自の戦闘機パイロットならば、形状から判別はつく。

しかしアメリカ軍が、こんな訳の分からない、テロのようなことをするはずが――

「くそ」

左席では矢舟が小さくつぶやき、左手のサイドスティックと右手のスロットルレバーを微妙に操作した。

わずかに機首下げ、推力をわずかに絞る――

降りるのか。

コクピットが沈み込む。

地表接近警報装置が自動的に働き『テレイン、テレイン』と警告音声を発した。

「くっ」

数秒もおかず、矢舟がスティックとスロットルレバーを戻すように再び操作、左右のエンジンのファンが回転を上げ、降下が停止する。

ゴォオオオッ

●横田基地地下

航空総隊司令部・中央指揮所（ＣＣＰ）

『水平線上に船舶』

天井から女子パイロットの低い声。

デビル５００――Ｆ35Ｂの編隊リーダーだ。

『ＥＯＤＡＳが見つけました』

「一隻だけか」

工藤は訊く。

官邸の障子有美の言葉では。

〈テログループ〉の工作船は、複数いる可能性がある。

洋上で、二機の無人機を甲板から射出したとすれば、工作船は複数かあるいは大型船である可能性が高い。

それが『中国の』とはっきり言えない（言わない）のは。

有美が日本政府の危機管理を統括する立場であり、政府を代表しているからだ。

疑いはあっても。まだ証拠も挙がっていない段階で、『ある国がわが国に対して不法行為をしている』と政府を代表して言うことは出来ない（公式に他国を非難することになる）。でも『国籍不明の〈凶悪テログループ〉』と表現するのは間違いではないし、構わない――

工藤も、その立場は理解出来た。

「工作船は、複数いるか、あるいは大型だ」

『――待って下さい』

●宮崎沖　上空（超低空）
F35B戦闘機　デビル500

「少し待って」

直前方の無人機に続き、ゆっくりと降下していた。

音黒聡子は「少し待って」と言いながら、右手首でサイドスティックをわずかに引き起こし、同時に左手でスロットルレバーを前へ少し出す。

沈み込みを、止める。

再び水平になる。

ズゴォオオッ

空気が震える。

視界は、目の高さから下側が全部海面——青黒い波濤《はとう》が激しい勢いで前方から足下へ流れ込んで来る。

目の高さ、水平線と重なるようにして無人機のプロペラ。その向こうにはエアバス機の後姿だ。双発の大型機は、海面との間隔を一定に保ち飛んでいる——

「いい腕。民間に置いとくの、もったいない」

『何と言った？』

「あ、いえ」

しまった。

左手の親指。無線の送信ボタンを押したままだったか。

「当該船は、エアバス機と無人機に重なり、まだ視認はできませんが——」

ピピ

〈戦術航法マップ〉に、何かまた表示された。

F35BのAN／APG81レーダーは、捜索のため作動させていなくとも、パッシブ・モードで常に情報を収集している。

地上から対空レーダーの捜索電波を受けると、自動的にそのパルスを解析、レーダー電波の発振源と（可能であれば）その機種をマップ上に表示する。

ピッ

〈H／LJQ364〉

新しい表示が、マップ上の舟形シンボルの横に浮かび出た。

進行方向、一〇マイル先――

やはり。

ピピ

さらに何か出た。

〈HQ7〉

●同空域
F35B戦闘機　デビル501

茜は眉を顰める。

（――何だ？）

聡子の機に追従し、海面上五〇フィートでレベルオフ。機の姿勢を水平にすると、HMD視野の下側半分は全部海面だ。まだら模様の波濤が手前へ呑み込まれて来る。視野左端の速度スケールは『180』。右端の高度スケールと、視野下側に低高度の時のみに表示される電波高度計のデジタル数値が共に『050』『050』。電波高度計は黄色くなり、明滅している。

ピッ

さらに。

〈戦術航法マップ〉上に、先ほどから何か現われている。進行方向、一〇マイルほど先だ。

舟形シンボルが一つ――

離陸前に、ＥＯＤＡＳを〈地表面索敵モード〉にしてあった。

対艦ミサイルの〈標的〉を探すためだったが。

海面にいる船舶を光学センサーが捉え、シンボルにして表示しているのか。

前方の飛行物体三つは、しかし見ているとまるで、その舟形シンボルへ向かって行くようだ。

ピピ

〈Ｈ／ＬＪＱ３６４〉

〈ＨＱ７〉

（――――？）

茜はまた眉を顰める。

舟形シンボルの横に出て来た、この表示。何だろう――？

4

●宮崎沖　上空（超低空）

エアバスＡ３２１　スカイアロー航空００９便

コクピット。

(――――)


本当に、五〇フィートまで降りた……。

城悟はオブザーブ席から思わず立ち上がった。

大型機で、ここまで降りるとは――

ゴォオオオッ

「何をさせるつもりだ」

左席の矢舟の声は、なお冷静だ。

左右のPFDの電波高度計が『050』。数字は黄色く明滅している。

この異常な低さではオートパイロットは使えない。

マニュアル操縦で、海面からの高さを維持して飛んでいる。

矢舟は無線に言う。

「本機は、燃料がそろそろ無い。飛べるのは、あと三〇分だ」

ぐらっ

ふいに揺れる。

●エアバスA321　客室内

ぐらっ

「うっ」

ふいの揺れに、通路に片膝をついていた鹿島智子は思わず、手にしていた包帯を放って両横の座席のひじ掛けを摑んだ。

何だ、この揺れ――

だが揺れは、すぐに収まる。

智子は通路に放ってしまった粘着式の包帯を、手を伸ばし拾い上げる。切り傷を負ってしまった乗客の一人を床に寝かせ、応急処置をしている最中だった。

「――はぁ、はぁ」

肩で息をする。

まだ、どのくらいの人を処置しないといけない――？

先ほど、空中で機を襲った〈爆発〉——

何が起きたのか。

あの時。シートベルトを外して窓外を見ていたり、ベルトの締め方が緩かったりして、衝撃に見舞われた際にけがをした乗客が出ていた。

その人数も少なくない。

智子はCAたちを指揮し、けが人の介抱に当たった。多くが打撲《だぼく》か、あるいは気分をひどく害していたが、中には物にぶつけて傷を負った人もいる。

その人たちを通路に出して寝かせ、応急処置を急いだ。

しばらくは、機体は安定して飛んでくれていたが……

「変ね」

見回した智子は、眉を顰めた。

窓の外の海面が、目に入ったのだ。

ずいぶん低くないか……？

「南原さん」

智子は、通路の後方で同じようにけが人の介抱に当たっている後輩CAを呼んだ。

数秒、考えたが。

思いついた指示を口にした。

「お客様全員に、救命胴衣を着させて」

「――えっ」

南原まどかは前髪がほつれるのも構わず、寝かせた乗客の介抱に当たっていたが。

智子が呼ぶと、驚いたように顔を上げた。

「救命胴衣、ですか？」

「そう」

智子はうなずく。

「外を見て」

●エアバスA321 コクピット

「くそ」

矢舟がまた悪態をつき、左手の素早い操作で機体を水平に戻した。

揺れている。

マニュアル操縦で姿勢を保ちながら、矢舟は無線へ問う。

「おい。いつまで、この低さで飛ばす？」

海面の風が強い——

悟は中腰で、左右の操縦席から前方を見やった。

おそらく海面上の風は二〇ノット——それ以上か。

「キャプテン」

思わず、操縦席の後ろから口を出した。

F2の任務では、五〇フィートは当たり前に飛ぶが。

やすやすと出来るわけではない、F2パイロットたちに代々伝授されている〈鉄則〉があるのだ。

海面の風が強い時は、表面気流の乱れで、まるで未舗装の道路を車で突っ走るような上下動に見舞われる時がある。その時は〈鉄則〉を守る。

「絶対、手前を見ては駄目です」

すると

「あぁ」

矢舟は背中で応えた。

「そうだったな。わかってるよ」
水平線から、目を離しては駄目だ。
手前や下を見たら、その瞬間、海面へ吸い込まれてしまう。
こういう時は何があっても水平線を見て――
(――!?)
思わず一緒に操縦している気持ちで、前方を見ると。
何かいる……?
何かが、目に入った。
悟は目をすがめた。
水平線の上だ。

同時に
『着水ノ用意ヲセヨ』
人工音声のような怒鳴り声が、告げた。
『着水セヨ』〈声〉は繰り返した。『前方一〇マイル、待機中ノ船ノ横ノ海面へ、着水セヨ』

●エアバスA321　客室内

「――――」

黒ワンピースの女は、CAたちが通路を行き来しながらささやき合うのを、顔を前へ向けたままで聞いた。自分と歳の変わらぬ日本人の娘たちは「救命胴衣?」「本当?」と早口で言い合う。

「着水の可能性があるからって、チーフが」

「とにかく急いで」

「アナウンス、私が入れます」


話し合って、また散って行くCAたちを横目で見送ると。

女は、携帯をまた顔の前へ持って来た。

新しいメッセージが入っていた。

〈〈プランE〉の最終段階〉

微《かす》かに眉根を寄せ、箇体字の文面を見る。

〈脱出要領〉――

ついさっき、第十局から自分と、〈豚〉の着席位置を訊いて来た。正確な座席番号を教えろ、とあったので返信すると。

今、答えが返って来た。

最終段階の脱出要領は、次の通りとする――

（――――）

文面を目で辿る。

待機中の工作船第十四号より、特殊部隊はすでに出動済み。

スカイアロー機が着水をした直後、特殊部隊は高速ボートにて同機の右主翼へ接舷《せつげん》、翼上非常口を外側より開口させ〈虎8〉工作員と獲得対象技術者を『回収』する――

女は、ちらと窓の方を見やる。

翼上非常口――つまり、ここの窓のことだ。

窓枠の上側に〈ＥＸＩＴ〉の赤いプレート。

万一のことを考え、緊急に脱出しやすい場所を席に選んで、正解だった。

〈豚〉はまだ、寝ているが――

「――フン」

外側から脱出口を開いた特殊部隊員が運び出してくれるのなら、かえって手間が省《はぶ》けて、いい。

起こす必要もない。

自分と、〈豚〉――後呂一郎が『回収』された後は。

文面は続く。

特殊部隊は脱出口へ神経ガス弾を投入、機内空間の全人員を活動停止させた上で機体から離脱。機体はその後、無人機と工作船からのミサイルにより処分――

「――なお残りの安全部所属工作員二十四名については、特殊部隊員が一般の日本人と区別するのが困難なため、今回はやむを得ないが機体と共に処分する――フン」

女は声に出さずに読み終えると、鼻を鳴らした。

相変わらず、手荒な真似を――

ポン

客室の前方で、機内インターフォンのチャイムが鳴った。

一人だけ年かさの長身のCAが駆け寄り、壁のハンドセットを取る様子が見えた。

●同空域（超低空）

F35B戦闘機　デビル500

『009便、前方一〇マイル、待機中ノ船ノ横ノ海面へ着水セヨ』

相変わらず、割れるような音量だ（発信元が近くて強力なのか）。

機械変調の〈声〉が怒鳴っている。

『繰リ返ス』

くそっ

「CCP、報告します」

着水を促す、というか強要する〈声〉が響いている間。その内容に集中していたので報告が出来なかった。

「報告します」

音黒聡子は水平線を目で摑んで機体姿勢を保ちながら、PCDの〈戦術航法マップ〉へもちら、と目をやる。

舟形シンボルの横、解析結果も表示されているが。

あの機械の〈声〉が『前方一〇マイル』と言うのだから、間違いない。

ピピ

ＨＭＤの視野でも、前方のスカイアロー機——エアバスＡ３２１の機体に重なる形で、黄色いターゲットボックスがもう一つ、浮かんでいる（多分、水平線上の船影を囲んでいる）。

「本機の前方、一〇マイルの水面上にいるのは外国の工作船です」

聡子は早口に無線へ告げた。

ＥＯＤＡＳの探知したあの船を、〈工作船〉と判断して構わないはずだ。

なにしろ。

ピピ

〈Ｈ／ＬＪＱ３６４〉

中国製の軍艦用対空監視レーダーを、こちらへ向けている。ＡＮ／ＡＰＧ81が盛んに表示を明滅させ、警戒を促している（探知されてはいない）。

一般の漁船や貨物船が、こんな軍用レーダーのパルスを出すはずがない。

「奴らは『待機中の船の横へ着水せよ』と、スカイアロー機へ強要しています」

『わ、わかった』

ＣＣＰの先任指令官が応える。

『内閣府の分析によると。テログループの目的は、００９便に搭乗している邦人技術者一名を拉致することだ。それ以外の乗客・乗員の生命は保証されない。工作船のそばに着水した場合、機の乗客・乗員の生命は保証されないそうだ』

「――――」

『内閣府、いや日本政府からの指示を伝える』指令官は続けた。『時間がなく、海上警備行動などを発令する余裕がない。内閣府危機管理監からの指示と言うか、命令だ』

「――はい」

『現在、進行中の〈凶悪テロ事案〉を抑止するため、政府は警察権を行使する。自衛隊は警察官の代行として、警察官職務執行法に則《のっと》り、当該事案を抑止し国民の安全を護《まも》るため、必要と思われる範囲で武器を使用し〈テログループ〉を制圧せよ。つまり』

「――――」

『その前方の無人機を、機関砲で墜《お》とせ。００９便を着水させてはいけない』

え……。

まずい。

●同空域（超低空）

エアバスA321　スカイアロー航空009便

コクピット。


「着水すれば」

矢舟は無線へ問い返した。

「この機の乗客の安全は、保証するのか」

『ソノ通リダ』

〈声〉が応える。

『指示ニシタガエバ、保証スル。シタガワナイ場合ハ攻撃スル。ミサイルヲ撃ツ』

そこへ
「キャプテン」

右席から山下が言う。

ヘッドセットのイヤフォンと、後方を交互に指す。

「インターフォン、客室と繋がりました」

「わかった」

矢舟はうなずく。

「私は、操縦で手が離せない。君が代わりにチーフへ指示してくれ。当機は、保安上の理由で、やむなく着水をする」

「はい」

「着水は」

矢舟は前方を見やる。

「あと約二分後」


（二分か）

城悟も、左右の操縦席の間から前方を見やる。

先ほど水平線上に見え始めた船影――

貨物船か……？

大きい。

みるみる、引き寄せられるように近づく感じだ（もう五マイルもない）。

あれは外国航路の貨物船だろうか。

赤茶《あかちゃ》けた、古びた印象。

ただ、普通でないのは。

甲板上がフラットで、荷揚げ用のクレーンなど上部構造物が見当たらない——

（————）

目を凝《こ》らす。

「約二分後に、着水する」

矢舟は指示を続ける。

「客室乗務員は、全乗客に救命胴衣を着用させ、点検し、着水時の〈安全姿勢〉の説明をしてくれ。着水の十秒前に、機内アナウンスで合図を送る」

「わかりましたっ」

山下はうなずき、イヤフォンを手で押さえながら通話相手を呼んだ。

「チーフ、聞こえますか。キャプテンの指示を伝えます」

（——何だ……？）

悟は眉を顰めた。

水平線上から、みるみる近づく船影。

貨物船のように見えるが。

F2に乗っていると、任務中に民間の船舶はよく目にする。

貨物船もタンカーも、コンテナ船もよく見かけたが。

あれは――？

（何だろう、船橋の前の甲板上にある、灰色の箱型――）

5

●宮崎沖　上空（超低空）
F35B戦闘機　デビル500

「すみません、CCP」

音黒聡子は無線に告げた。

「本編隊に、武装はありません」

なんてことだ。

聡子は酸素マスクの中で唇を噛む。

〈敵〉の無人機は目の前に浮いていて、こちらの存在は探知されてもいない。

しかし。

機関砲も空対空ミサイルも、無いぞ——

●東京 横田基地地下
航空総隊司令部・中央指揮所（ＣＣＰ）

『繰り返します。機関砲弾ありません』

天井からの声は告げた。

『今回はテストミッションです。ＧＵＮもＳＲＭも。武装は持っていません』


「な」

工藤は絶句する。

正面スクリーンを仰ぎ、目を見開く。

い、武装が、な、無い……⁉


「何だと」

そこへ
「先任」

最前列の管制官が振り向いて、報告した。

「お待たせしました。新田原基地のFがただいま離陸、ただちに現場海域へ指向します」

だが
「――――！」

工藤はスクリーンを仰いだまま、歯嚙みする。

スクリーン上、宮崎沖を拡大したウインドーの中。

東へ進む〈SA009〉の尖端の先に、黄色い舟形のシンボルが一つ（これはデビル編隊からデータリンクで送られてきた〈工作船〉の位置だ）。

黄色い三角形二つに前後を挟まれた〈SA009〉は、今にも舟形シンボルに尖端を接触させる。

そのすぐ後ろに、緑の中抜き三角形〈DV500〉と〈DV501〉がいるのだが――

「――くそっ」

一方、ウインドーの左手、宮崎県の海岸線に新たに出現した緑の三角形が二つ。

〈DR03〉と〈DR04〉。

管制官が告げた通り。

新田原基地から新たに飛び上がったスクランブル機だ。

しかし
(四〇マイルかっ……!)

その間合を、工藤は一瞬で目で測《はか》る。

駄目だ。

間に合わん。

「うぅ」

「先任」

「先任」


『――あぁ』

その時。

地下空間の全員が、固まろうとした時。

息詰まる空気の上から――天井スピーカーからまた声がした。

女子パイロットの低い声。

『あぁ、CCP。デビル・ファイブゼロゼロ、何とかします』

●宮崎沖 上空(超低空)

F35B戦闘機　デビル500

「何とかします」

繰り返して告げると。

音黒聡子は送信ボタンから指を離し、前方を見た。

「何とか、するさ」


『聡子さん』

イヤフォンに舞島茜の声が入る。

『聡子さん？』

「――――」

聡子は答えず、前方と、PCDの〈戦術航法マップ〉を交互に見た。

ピピッ
遥《はる》か後方（遥かに遠いように感じる）、マップでは自機シンボルの真下、四〇マイル後ろに新たに緑の三角形が二つ現われた。中央の自機シンボルへ向けて近づいて来る。

新田原のF15か。

表示されるスピードは速いが――

「間に合わないな」

頭を振る。

エアバス機は。もう、マップ上では舟形シンボルまで約二マイルだ。一分ちょっとで、着水させられる。

ピッ

〈HQ7〉

舟形の横に、もう一つ表示されているのはHQ7――中国製の小型艦対空ミサイルの発射装置の名称だ。火器管制レーダーが照射されて来るので、存在が分かる。

こんなものまで。

HQ7は個艦防空用、レーダーで照準し赤外線で追尾して来る。射程は一〇マイル、フランス製のコピーだから性能は優秀だ。

対空ミサイルまで積んでいる。

(――HQ7、か)

聡子は、舟形シンボルを睨《にら》んだ。

こいつは。

いつか日本海でわたしが出くわした奴の、同族か――?

あの時は。

一瞬、数か月前の〈事件〉が頭をよぎった。

荒れる日本海。

シックス・βバクテリアのサンプルを強奪しようとしたグループの工作船。

奴らは、海面におちたNSS工作員の女子一名を船で轢《ひ》き殺そうとし、わたしの機に対してはロケット砲を撃って来た。

あの時の工作船も、同様のミサイルを載せていた。

おそらく同族か。

前方の舟形——奴らの工作船の真ん前に着水なんかしたら。

（無事で済むわけがない——）

『聡子さん』

数秒、考えていた。

舞島茜の声で聡子は我に返る。

マップ上では、〈SA009〉は工作船まであと一マイル——

猶予《ゆうよ》はない。

『聡子さん……?』

「茜」

聡子は、無線に短く言った。

くどくどと、打ち合わせる余裕も時間もない。

着水させたら、終わりだ。

「あと、よろしく」

聡子は言い切ると、左手のスロットルに力をこめた。

●同空域

エアバスA321 スカイアロー航空009便

コクピット。

(——何だ……?)

城悟は目をすがめた。

機は海面上五〇フィートを進んでいる。

ブォオオッ、と風切り音は凄い。
小刻みに揺れ続ける、前方視界——もう一マイルあまりに迫った、大型の貨物船。
それは直前方よりやや左手に浮いていて、停止しているように見える。
その甲板の上だ——船橋の前辺りに、気になる物体がある。
灰色の、角《かく》ばった立方体だ。それが支柱に載って、斜め上を向いている……。
何だろう。
ゆっくりと回転し、まるでこちらへ立方体の切り口を向けるかのようだ。
あれは。

だが。
もっとよく見ようと、目を凝らした。
その時だった。
悟の視野を左から右へ、ふいに別の何かが横切った。白いもの。
「——えっ⁉」
思わず、声を上げた。
白い群れがいる。
貨物船の赤茶けた船体を背景に、白い小さな群れがゆっくりと波濤の上——海面近い空中を横切って行く。
白い点々のように見えていたものが、たちまち近づく。
まずい。
「キャプテ——」
叫ぼうとした、瞬間。
遅かった。
無数の真っ白い物体が目の前に迫り、あっ、と思う間に視界を全部満たした。
ズバババババッ

●同空域（超低空）
F35B戦闘機　デビル500

『——聡子さんっ』
無線には舞島茜の声が響くが。
音黒聡子は左手で強く握ったスロットルレバーを、前へ出した。
両目は直前方、無人機の推進式プロペラを睨んでいる。

一度だけ、唇を嘗《な》めた。

「――――」

『聡子さんっ⁉』

わたしが刺し違えればいい。

簡単なことだ――

（――――）

防大を出て、任官をするときに宣誓して。こういうことは、いつ起きても構わない。そう思って来た。

その時が来ただけ。

後ろの舞島茜は有能だ、わたしの代わりに、あの民間機を救ってくれる。

「ごめん、茜。あとはお願――」

そうつぶやきかけた時。

前方から白い小物体――無数の白いものが群れをなして襲って来ると、あっ、と思う間もなく視界のすべてを真っ白にした。

ズババババババッ

●同空域（超低空）

ズバババッ

無数の白いもの――カモメの群れだった。

大型船が停泊しながらゴミを捨てていて、海面に〈餌《えさ》〉が漂《ただよ》っていた。それを狙って、無数のカモメが波濤のすぐ上を飛び回っていたのだった。

数百羽の海鳥と衝突し、Ａ３２１を先導するように飛んでいた無人機は頭部に数羽が激突、同時にターボプロップエンジンの吸気ダクトにも数羽が跳び込み、たちまち空中で踊るようにもがき始めた。

エンジンがストールして、速度を失った。

●同空域（超低空）

エアバスＡ３２１　スカイアロー航空００９便

コクピット。

ドシャーンッ

凄まじい衝撃が、コクピットを襲った時。

城悟は後ろ向きに吹っ飛ばされ、後部扉に背中を打ち付けた。

吹っ飛ばされる一瞬前、無人機の直線翼が前面風防にうわっ、と大きくなった。それだけが見えて、あとは気を失った。

意識がなかったのは二秒か、三秒か。

冷たい空気が猛烈な風圧で押し寄せ、顔をなぶられる感覚で目を覚ました。

ビュォオオオッ

（────！）

目をしばたたく。

立たなくては。

しかし

ぐらっ

背を後部扉に叩きつけられた姿勢から、身を起こそうとすると。

コクピット全体が左へぐらり、と傾いた。

「う」

どうなったんだ。
視野が、潤《うる》むようにぼやけている。
悟は、歯を食いしばり、手探りで摑まれるものを探ると、立ち上がろうとする。
「うぅ⁉」
凄まじい風圧だ。
立てない。
コクピットの中なのに……⁉
ぐらっ

また床が傾く。
だが、傾きは途中で抑えられ、何とか水平に戻ろうとする。
風圧に抗しながら、何とか立ち上がる。
その瞬間。
「──⁉」
悟は目を剝いた。
海面が近い──

これは。

（二〇フィートも無いぞ）

息を呑むと
「——城三尉」

すぐ前で、声がした。

しわがれた声。

「そこにいるか」

「……え」

悟は、目をこする。

ようやく、目がはっきりしてくる。

なんてことだ。前面風防ガラスが、ほとんどなくなっている。

声は左席からだ。

「はっ」

悟はハッ、とすると、センター・ペデスタルに手をつき、左側操縦席を覗《のぞ》き込んだ。

「――キャプテン！」

矢舟は、シートからずり落ちそうな――前もほとんど見えないような、のけぞる姿勢でいた。

しかし左手には、サイドスティックを握っている。

「大丈夫ですかっ」


「山下を、どけろ」

矢舟は右手を上げ、副操縦席を指した。指が震えている。

「山下を――ぐふっ」

「キャプテン」

「俺は」

矢舟は唇の端から、赤い泡のようなものを吐いた。

「もう、もたん。山下を引きずり出して、君が」

ぐらっ
機体がまた、左へロールする。
矢舟の左手が、スティックをさっ、と返して止める。

「もう、限界だ」

矢舟は繰り返した。

「山下を席から引きずり出して、君が右席に着け」

「は」

悟は、矢舟の言う意味をようやく理解した。

「は、はい」

●同空域（超低空）
F35B戦闘機　デビル500

何が起きたのか。

聡子には分からなかった。

真っ白い群れがいきなり、目の前に襲って――

凄まじい衝撃を食らった後、一瞬だけ意識が飛んだが。

すぐに気が付いた。プルアップ、プルアップという地表接近警報がコクピットに鳴り響いていたからだ。

「──はっ」

目の前に、蒼黒い波濤が迫る。

やばい。

犬死《いぬじに》は駄目だ──！

反射的に、右手でサイドスティックを引いた。

ブォオッ

猛烈な勢いで、前面視界が下向きに流れ、額《ひたい》の上から水平線が降って来た。

「無人機は」

歯を食いしばり、叫んだ。

「無人機はどこだ」

『もういません』

イヤフォンに、舞島茜の声。

『二機とも、海面に接触して墜《お》ちました。もういません』

「──⁉」

聡子は振り向く。

ＥＯＤＡＳは、自分の機体をも透かして、ＨＭＤに全周視野を与えてくれる。

振り向いて上方を見やると、五〇〇号機が六時方向、少し上にいる。

「茜」

『ずいぶん、呼びかけました。気が付きましたか』

「気が付いたから」息をつく。「しゃべってるのよ」

『カモメの群れでした』

茜は言う。

『私は上方へ避けて、何とか』

「無人機どもは」

『鳥とぶつかって、二機ともひっくり返っておちました。リモコンで操縦していたら、あれは、わけがわからないと』

『それより』

茜は言う。

『前方を。スカイアロー機が無人機と接触したみたいです』

●同空域

エアバスＡ３２１　スカイアロー航空００９便

コクピット。


「山下を引き出して、床へ寝かせてやれ」

矢舟が、震える右手で右席を指した。

「俺は、もうもたない。急げ」


「は、はいっ」

完全に風防の無くなっているコクピット。

いったい、何がぶつかった。

鳥だけでは、こんなに――

でも考えている暇はない。

「山下さんっ」

右席で、山下副操縦士はシートにのけぞり、ぐったりしていた。

呼びかけても動かない。

「山下さん」

それでも悟は呼びかけながら、山下の座席のハーネスを外すと、両脇に腕を差し込んで、引きずり出した。

まずい、意識がない。

どこか出血もしているか——？

だが
「早く座れ」

矢舟は言う。

声が震えている。

「俺はもう、もたない。右席に着け」

「はいっ」

悟は答えるが。

代わって右側操縦席に滑《すべ》り込み、前方を見ようとすると、声が聞こえなくなるほどの猛烈な風圧だ。

「何を、手伝えば」

「君が操縦しろ」

「えっ」

なんて言われた……？

君が操縦しろ？

「いいか、右足を踏め」

悟の反応など構わずに矢舟は続けた。

「左エンジンに鳥が飛び込み、フレームアウトしている。右ラダーを踏んでいないと、左へ傾いて引っくり返るぞ」

「――えっ、は、はい」

悟はうなずくと、右側操縦席で腰を落ち着け、両足を伸ばした。

ラダーペダルがある。確かに右側が、少し踏まれた位置にある（左席で矢舟が踏み込んでいるのだ）。

「足、踏みました」

「スティックはF2と同じだ。持て」

「はいっ」

悟は右手で、サイドスティックを握る。

確かに。

持った感じは、F2と同じだが――

「よし」

矢舟はうなずいた。

「あとは、任せた。ユーハブ・コントロール」

「えっ」

驚いて、左席を見るが。

矢舟は少し安心したのか、その瞬間にがくり、とうなだれてしまう。

●同空域
F35B戦闘機　デビル500

『着水セヨ』

無人機は居なくなったが。

無線には、まだ〈声〉が響いている。

『009便、ソノママダ。着水セヨ』

「茜」

聡子は僚機を呼んだ。

「並行ポジションに来て」

『はい』

舞島茜は、たぶん聡子よりも情況は分かっている。

前方、約一〇〇〇フィートの位置。

エアバスA321が、ふらふらと飛んでいる。

その左前方には貨物船——赤茶けた大型船だ（これが今回の工作船か）。

着水させられるなら、もうそのポジションだ。

『まだ〈声〉がしています』

「あの船の中で」

聡子は大型船を睨んだ。

甲板に、案《あん》の定《じょう》、やばいものを載せている。

HQ7の灰色のキャニスターが、ふらつくA321へ旋回して向こうとしている。

「無人機をコントロールしていた。脅していた奴も」

Ａ３２１は、かろうじて飛行している。

またふらっ、と左へ傾こうとする（危なっかしい）。

だが、言うことを聞かなければ——

「あのミサイルランチャーを、潰す」

聡子は宣言した。

「マスター・アームＯＮ。ついでにここで、ＡＳＭ２改の発射テストも同時に行なう」

『了解』

●エアバスＡ３２１　コクピット

「うわっ」

悟は、双発の大型機など操縦するのは初めてだった。

右手でサイドスティック。

左手でスラストレバーを握る。

左エンジンがフレームアウトしているって——？

左右の推力が、アンバランスなのだ。
右ラダーに掛けている足の力が抜けると、途端に機体はふらっ、と傾こうとする。
「く、くそ」
水平を保つ。
水平線に、目を走らせる。
もう、脅してきていた無人機は見えない、でも後方にはまだ居るのかもしれない。
左手で探って、放り出されていた通信用のヘッドセットを見つけ、頭に掛ける。
誰かに、助けを求めないと——
だが
『着水セヨ』
途端に耳に響いたのは、あの〈声〉だ。
『ソノママ直進、着水セヨ。シタガワナイ場合ハ——』

くそ。
あの貨物線の甲板——
歯を食いしばり、風圧に逆らって左前方を見る。

やはり。

対空ミサイルのキャニスターか。

こちらを向いている。

「く」

言うことを、聞くしかないのか。

くそっ……。

矢舟キャプテンは「一八五名乗せている」と言った。

乗客の安全のためには――

悟は左手で（右手は離せない）、無線の送信ボタンを苦労して押した。

「わ――」

分かった。

そう言おうとした時。

その瞬間。

突然、コクピットの頭上を背後から前方へ、何か太い物体がブォッ、と唸りをあげて通り過ぎた。

（――!?）

何だ。

一本だけではない。

ブォッ

ブォッ

ブォッ

「えっ」

グレーの物体は、続けざまにＡ３２１のすぐ頭上を追い越すと、左やや前方に浮いている大型貨物船の甲板の一点へ、吸い込まれるように飛んで行った。

エピローグ

●宮崎県　新田原基地
司令部棟　第四会議室

翌日。

早朝。


「君のおかげで」

黒服の男が、窓際に立ったまま言った。

「一九一名も助かった。礼を言うよ」

「――――」

城悟は、テーブル席についたまま、男を見返した。

窓のブラインドから、光の縞模様《しまもよう》が男の顔にかかっている。不精《ぶしよう》ひげ、細身の長身。
国家安全保障局という組織の『情報班長』と名乗ったか――
テーブルに置かれた名刺を、もう一度見る。
門篤郎。
腕組みをして、男はブラインドの光線に眩《まぶ》しそうな、煙《けむ》たそうな表情をする。
差し込む光線で、朝になったのだと分かる。
時計を見れば時刻も分かるが、見る気にならない。
昨日の夕刻から、どのくらい缶詰《かんづめ》にされている――？
「――今」
悟は口を開いた。
「一九一名、とおっしゃいましたか」

あれから。
海面すれすれを、片発《かたはつ》になったエアバスA321を何とか操って、危機を脱した後。
生還は出来たのだが。
帰還後、悟はすぐこの部屋へ連れて来られ、半ば軟禁状態にされ〈事情聴取〉に協力させられた（協力してくれ、と言われたが半ば命令だった）。

初めに、新田原基地に拠を置く第五航空団の防衛部長に「〈事件〉の経過を話せ」と言われ、憶《おぼ》えていることをすべて話すと。

次に東京の入間基地からU４連絡機で駆け付けて来たらしい、防衛省情報本部の係官たちが「〈事件〉の経過を詳しく話せ」と言うので、一生懸命に思い出して話すと。

さらに、やはり東京からヘリで駆け付けたらしい警察庁警備部公安課の捜査員たちが「知っている〈事件〉の経過を初めから全部話せ」と求めたので、また悟は一生懸命、神戸空港からスカイアロー航空００９便に搭乗する辺りから話すと「そうではなくて、バスに乗るところから思い出せ」と言われる。

聴取はほぼ夜通し続き、明け方に司令部棟内にある仮眠室をあてがわれて少し寝たが、またすぐに叩き起こされた。

総理官邸から、内閣府の官僚が来ていて「話したい」と言っている——

悟は、前日の緊張であまり眠れず、目をこすりながら制服を着直し、また第四会議室へ出頭した（前夜から、ずっとこの部屋を使っている）。

また同じことを話すのか——

そう思ったが。

ホワイトボードを背にした数人を相手に、差し向かいに一人で座らされ、また〈事件〉――スカイアロー機がテロに遭遇した経過をしゃべらされるのか。そう思っていたが、違った。

部屋に入ると。

聴取にあたる役人たちが座っていた席は空《から》で、代わりに窓際に独《ひと》りだけ、黒服の男が立っていた。

「まぁ、座ってくれ」

男はテーブル席を指した。

「テーブルに名刺を置いておいた。俺は、そういう者だ」

悟は重ねて訊《き》いた。

「門、情報班長」

男の名刺の肩書は『国家安全保障局 情報班長』。

ならば訊きたい、確かめたいことはたくさんある。

防衛省の係官も公安警察の捜査員たちも、あの便に搭乗していた人たちの安否につき尋ねても「自分たちは聴取に来ただけだ。いいから続きを話せ」と言うばかりだった（実際、彼らも詳しくは知らないらしい）。

でも。この男は、これまで訪れたインテリジェンス系の人たちの中で一番偉そうだ。

答えてくれるかもしれない。

「一九一名、と言われるのは。私を除いた人数ですか？」

すると
「いや」

男は頭を振る。

「君を入れて、だ」

「――――」

悟は絶句する。

俺を入れて……？

頭の中で再度、計算する。

００９便に搭乗していたのは乗客一八五名、クルーは客室乗務員四名に、コクピット二名だ。それと自分。

自分を入れて、無事で済んだのが一九一名ということは――

「それでは、あの――」

「あぁ」

男は部屋の中を振り返ると、悟を見た。

苦笑のような、やるせない表情。

「君の心配は分かる。大丈夫だ、あの機長と副操縦士は無事だ。二人とも重傷を負ったが、生命に別条はない。無事では済まなかった一名は、中国の工作員だ」

「――え」

悟は目を見開く。

何と言った？

「中国の工作員、ですか？」

「それも」男は続ける。「君とは関係なく、機内で全く別の〈事件〉がもう一つ、起きていた。工作員のリーダーが、手下《てした》の工作員の一人を始末した」

「…………」

悟はまた絶句する。

中国の――工作員……？

そんなものが、まさか。

あの便に搭乗していたのか。

「防衛省の係官も公安捜査員も」

　男はまた続ける。

「君に話させるばかりで、何も教えてくれなかったろう？」

「はい」

　悟がうなずくと。

「実は」

　黒服の男——門篤郎といったか——は腕組みをし、話し始めた。

「初めから話すと。あの便には中国にとって有用な技術を持つ、優秀な研究者が乗っていた。中国国家安全部の工作員たちが彼を拉致《らち》し、連れ出そうとしていた」

「——？」

「我々は、全力で阻止しようとした。当初は、当該研究員と工作員を乗せた００９便が神戸空港から飛び立てないようにし、地上で拘束する方針だったが。奴《やつ》らの工作により、無線が妨害され離陸させられてしまった」

（——）

　何だって——⁉

悟は、目を見開いた。

工作で、無線を妨害……？

それでは。

機内で乗客の電子機器が使われていたのではなくて――

「それでは、機の無線が『送受信不能』となったのは」

「そうだ」

門はうなずく。

「奴らは電子戦デバイスを用い、こういう場合の航空法の規定を利用した。００９便が途中で引き返しを命ぜられることなく目的地へ飛行するよう仕向けた。宮崎に到着したならば二十五名の工作員で当該研究員の周りを固め、捜査当局の待ち受けを突破して市街地へ逃げ込む。夜を待ち、海岸からゴムボートで脱出、沖で待つ工作船へ」

「――――」

「奴らは、そういう手はずだったが」

男は、やるせなさそうな表情で息をついた。

この人は――

悟は男の仕草を見て、思った。

まだ三十代だろう。それなのに国家安全保障局という組織を、事実上、指揮する立場なのか。よほどの切れ者か……

しかし

「俺の指揮ミスだった」

男は言う。

「俺がミスをした」

「え」

「宮崎空港に」男はまた息をつく。「機動隊を含め、県警捜査員、警察官総勢五〇〇名を配備し、００９便の着陸を待ち受けた。ターミナルだけでなく、空港フェンス外周にも機動隊を配置、水も漏らさぬ態勢を作ってしまった。そのせいで」

「そのせいで？」

「奴らに本気を出させ、〈非常手段〉を取らせてしまった」

（――――）

――『けが人が』

悟は目をしばたたく。
何と言った。
〈非常手段〉……？
ひょっとして。
あの無人機のことか。
それで結局、俺が操縦することに——
——『けが人がいるんです』
頰《ほお》に風圧の感覚が、蘇《よみがえ》る。
押し寄せる空気の冷たさ。
海面すれすれ、二〇フィートでふらつく大型の機体——
あんなものを操縦した経験など無いのに……
（……くっ）
思わず、目をつぶる。
白い点々が見える——そう思った時には遅かったのだ。波濤《はとう》すれすれを舞っていた数百羽の海鳥の群れに、あの無人機と共に一八〇ノット（時速三三四キロ）で突っ込んだ。

前面風防が真っ白になり、次の瞬間、コントロールを失った無人機の直線翼が目の前にうわっ、と迫った。

まともに衝撃を食らわなかったのは、操縦席の後方に立っていたからだ。

コクピットの後方扉まで吹っ飛ばされ、背中を打ち付け、数秒間気を失ったが身体《からだ》は無事だった。

それからは。

必死だった。

矢舟機長に求められるまま、右席から山下副操縦士を引きずり出し、自分が代わって座った。風防ガラスは失《な》くなっていて、風圧がまともに顔面を襲った。呼吸も出来ない――

その自分に矢舟機長は言った。

「あとは、任せた。ユーハブ・コントロール」


「城三尉。君は」

門が言った。

「F2戦闘機のパイロットだそうだな」

「――はい」

その言葉で我に返り、悟はうなずく。

「一昨日まで、百里で乗っていました」

「君が、あのコクピットに便乗していてくれたお陰で」

門は悟へ向き直った。

「助かった。礼を言いに来たんだ」

助かった——か。

思わず、目を伏せる。

脳裏にまたあの空中の様子が浮かぶ。

あの時。

右席に着いた時、もう前方に無人機の姿は無かった。どこへ消えたか——考える余裕もない、A321はすでに海面上二〇フィートまで降り、バランスを崩しかけていた。

左エンジンに鳥が飛び込んで、推力が無い——

右のエンジンが無事で済んだのは、前方にいた無人機が〈盾〉になったか——？

どうだったのか分からない。

矢舟機長は「右ラダーを踏め」と言った。右エンジンの推力だけで飛ぼうとすると、機首は左へ偏向し、機体は左へロールしようとする。右手で摑んだサイドスティックを右へ取り、右足に力をこめる。だがまだずるずる沈降する――

やばい。

パワーが足りない。

左手で掴んだスラストレバーを前へ出す。右エンジンの推力が増し、機首が振れようとするからさらに右足を踏み込み、右の手首を返すようにして、機首を上げる。

浮け。

どうにか、機体を水平に安定させても、危機は去らなかった。

どこかに助けを求めようと、無線のヘッドセットをつけると、あの〈声〉が要求していた。

貨物船の傍へ着水しろ――

まだ、もう一機の無人機が背後にいるのかもしれない。

左前方から近づく貨物船の甲板上には、対空ミサイルのキャニスターが見えていた。こちらを向こうとしている。言うことを聞くしか、ないか。

そう思った時。

目を見開いた。

突然、コクピットの頭上すれすれをかすめるようにして背後から前方へ何かが飛んで行った。

灰色の、棒状の物体だ。

まさか。

一本だけではない、続けざまにあと三本。ブォッ、ブォッと頭上をかすめて通過すると貨物船の甲板へ吸い込まれた。

一瞬、見ただけでも。F2乗りの自分には分かる。まさかASM2……!?

対艦ミサイルらしきもの四発が吸い込まれた甲板はボッ、ボッとグレーの煙を上げるだけだったが(実弾ではなかったのか)。

数秒してオレンジの火球が膨《ふく》れ上がった。

甲板の対空ミサイルが、誘爆……?

考える暇もなく。

一秒後、凄まじい衝撃波が襲った。

「うわっ」

A321は煽《あお》られ、急な右バンクに入った。

反射的にサイドスティックを摑み、それ以上、傾かぬようにする。同時に左手でスラストレバーを前へ出し、右足を踏み込み、球状に拡《ひろ》がる衝撃波から脱出を図《はか》った。

水平線を睨《にら》んで、傾きを戻す。

「く、くそ」

そのとき
『スカイアロー009』
無線のイヤフォンに声が入った。
別の声。
『スカイアロー009、大丈夫ですかっ』

いきなり、女性の声だ。

「――!?」

同時に、風切り音に混じりグドドドッ、と重苦しい爆音。

右横か。

目をしばたたき、横へ視線をやると。

後方から、黒い機体――まるでコウモリのような印象の戦闘機が追い付いて来て、悟の真横に並んだ。

これは。

F35……?

どこにいたんだ。

驚く暇もなく

『水平飛行は保てますか』

女性の声は訊いて来た（低い声だ）。

『こちらは航空自衛隊です』

声は、横にいるパイロットか？

機の姿勢を保ちながら、首を少しずつ回して、真横を見た。

F35Bか。

コクピットのキャノピーの下から、HMDのバイザーを下ろしたヘルメットの頭が、こちらを向いている（顔は見えない）。

そこへ
『聡子さん』

また別の声。

これも女性の声だ。

『工作船は炎上しています。HQ7が誘爆したようです』

聡子さん……？

悟はまた目をしばたたく。

『了解』

低い方の女の声は応える。

『スカイアロー009、もう大丈夫です。危険は去りました。水平飛行は保てますか』

「――は」

悟はハッ、として左手をスラストレバーから離し、無線の送信ボタンを押すと、応えた。

「はい。レベルフライト、できます」

『よかった』

女の声はうなずく。

『では宮崎空港まで、わたしたちがエスコートします』

わたしたち……？

訝《いぶか》る暇もなく
今度は左側だ。

後方から同型の、黒いコウモリのような戦闘機がもう一機、追いついてきて並んだ。

二機編隊の僚機か。

低い女の声は続ける。

『エスコートします。わたしたちに続いてください』

「――あ」

悟はまたハッ、と気づく。

風圧の中、コクピットを素早く見回した。

矢舟は左席で動かない。

山下副操縦士は、床に転がしたままだ。

このままでは――

「すみません」無線に訴えた。「けが人がいるんです。直《ただ》ちに処置をしないと――宮崎空港でなく、新田原基地へ連れて行ってもらえますか」

『新田原基地……?』

「そうです」

悟は繰り返した。

民間の空港には、消防車はあるが救急車はない(外部から呼ばなくてはならない)。

空自の基地ならば医療施設がある。

救急処置は急がなければ――客室にもけが人はいるかもしれない。

「それに、慣れている方の滑走路なら。一回で降りられます。たぶん」

「――今回の〈事件〉は」

門篤郎は窓際に立ったまま、つぶやくように言った。

考え込む表情。

頭を振る。

「不可解でならない。なぜ奴らは、あんなに大規模なテロ行動に走ったのか――たった一人の研究員を連れ帰るために」

「――」

悟は湧き出す記憶を抑えて、男の表情を見やった。

辛そうだな――

この人は。

国家安全保障局という組織で、わが国の危機管理を担っているらしい。

宮崎空港に大勢の警察官を配備し、万全の態勢で待ち受けたせいで。彼の言う『奴ら』に〈非常手段〉――無人機による攻撃という手段を取らせてしまった。

そう考えているのか。

「門班長」悟は問うた。「無人機で攻撃して来たのは、中国の工作機関なのですか？」

「たぶんな」

門はうなずく。

同時に、息をつく。

「だが、中国の仕業《しわざ》だという証拠——物証は何も得られない。奴らは、あれから炎上する工作船を自沈させ、逃げた。海保の巡視船が駆け付けた時点で、もう水没していた。引き揚げには数か月か、下手《へた》をすると数年」

「——————」

「引き揚げて調べたところで、証拠になりそうな物品はすべて処分されているだろう。無人機もアメリカ製だった」

「そう、ですか」

「しかし」

「？」

「その代わり。009便に乗っていた奴らの工作員は、全員、捕まえることが出来た。君が」

カシャ
門は右手の指で、窓のブラインドに隙間を空けた。

司令部前の駐機場が、隙間から覗《のぞ》ける。

白と紺色のカラーリングを施《ほどこ》したA321が、斜めの朝日を撥《は》ね返している。

昨日、何とか片側エンジンだけで自走させ、あの位置までたどり着いたのだ——

機体はそのままだったが。

すぐ横に、見慣れないヘリコプターが駐機している。二機。

一機は大型のCH47。もう一機は、海上自衛隊の機体だ（MCH101か……？）。

「君が、ここへ降りてくれたお陰だ」

●東京　総理官邸

内閣府　危機管理監執務室

同時刻。

「――それで」

障子有美は、昨夜はほとんど眠れなかった（眠らなかった）。

地下のオペレーションルームに詰めっぱなしで、宮崎周辺の〈事件〉について、関係各省庁からの報告を受け続けた。

スカイアロー航空009便が、無事に新田原に着陸したと分かっても。

危機管理監の仕事はまったく終わらない（むしろその後の方が忙しい）。明け方まで地下に詰め、それから執務室へ上がって、ソファで仰向けになり目をつぶったが。

一時間ちょっとで、起きた。

国の危機管理に関する重大事態が起きた際は、内閣総理大臣へのブリーフィングは、早朝六時に行なう決まりだ。

総理に報告する内容を、まとめてしまわなくては——そう思って執務机でPCを開くと、各省庁から大量の追加メールが来ていた。

市ヶ谷（防衛省）からの一通を、声に出して読んだ。

「二機のF15戦闘機については、ミサイルの直撃を受けた後パイロットは脱出、低高度だったので重傷は負ったが生命に別条なし。機体は二機とも海岸の松林へ落下。民間人に被害なし——よかった」

これが一番、気がかりだったのよ。

心の中でつぶやきながら、ほかの報告メールも次々に流して見て行く。

スウィート・ホースは拘束に成功——009便が着陸して、誘導路へ入った際、当該工作員は翼上非常口を内側からこじ開けて脱出を図ったが。周囲にいた複数の工作員がその動きを阻止した。飛行中にスウィート・ホースの後方の席にいた工作員の一人が、当該工作員の携帯の画面を窃視《せっし》しており、彼らの指揮系統から発せられた〈指示〉の内容を知ったらしい。スウィート・ホースと他の工作員たちの間で『仲間割れ』が起きている——

「――ふん」

有美は鼻を鳴らした。

この報告メールは、昨夜から新田原基地に詰めているゼロゼロナイン・ワン――依田美奈子からだ。

美奈子は表向き、公安部に所属しており、現役の外事警察官でもある。スウィート・ホース――馬玲玉の取り調べを任せておいて間違いない（今回は〈スパイ防止法〉など無くても、工作員全員を普通の刑法で逮捕・起訴できる）。

門も、舞島ひかるも新田原に入っている。向こうは、任せておけばいいだろう――

「行くか」

あらかたの資料をまとめ、ＰＣを畳《たた》んで脇に抱え、立ち上がった。

手首の時刻を見る。

総理執務室へ向かうのに、二分ほど余裕がある。

有美は立ったまま、リモコンを取り上げ、執務室のＴＶをつけた。

昨夜から、オペレーションルームで地上波の放送もチェックしていたが。

あれだけの〈事件〉が宮崎周辺で起きたというのに、大手メディアはＮＨＫも含め、まったく報道していない。一連の出来事についての政府の公式発表は、今朝の官房長官定例会見で行なう予定なので、報道のしようがない、と言えばその通りだが――

しかし、宮崎の海岸の松林にF15が二機も突っ込んだのだ。普通ならば、マスコミは大騒ぎをしそうなものだ。

パッ、と画面に浮かび出たのは、海外ニュースだ。

早朝だから、海外のTV局のニュースと、生活情報、天気などを流す番組のようだ。

（静かだな）

マスコミが静かで、気持ち悪いくらい――

『――三亜《さんあ》海軍基地を出港しました』

流れる映像に、翻訳したナレーションが被《かぶ》さる。

洋上の映像だ。

明るい真昼の海の上を、グレーのシルエット――軍艦の群れが動いていく。

テロップが漢字だ（中国のTV局か）。

ナレーションが続く。

『空母〈福建〉を中核とする、人民解放海軍の機動艦隊は南シナ海で試験航海を兼ねた訓練を実施した後、太平洋へ進出、初の〈航行の自由作戦〉に従事します。この歴史的な任務に際し、南部戦区の学寵臣《がくちょうしん》上級政治委員は次のように――』

了

著者注・この作品はフィクションであり、登場する人物および団体名は、実在するものといっさい関係ありません。

TAC ネーム アリス スカイアロー009危機一髪

一〇〇字書評

切り取り線

購買動機（新聞、雑誌名を記入するか、あるいは○をつけてください）	
□（　　　　　　　　　　　　　　　）	の広告を見て
□（　　　　　　　　　　　　　　　）	の書評を見て
□ 知人のすすめで	□ タイトルに惹かれて
□ カバーが良かったから	□ 内容が面白そうだから
□ 好きな作家だから	□ 好きな分野の本だから

・最近、最も感銘を受けた作品名をお書き下さい

・あなたのお好きな作家名をお書き下さい

・その他、ご要望がありましたらお書き下さい

住所	〒				
氏名		職業		年齢	
Eメール	※携帯には配信できません	新刊情報等のメール配信を 希望する・しない			

この本の感想を、編集部までお寄せいただけたらありがたく存じます。今後の企画の参考にさせていただきます。Eメールでも結構です。

いただいた「一〇〇字書評」は、新聞・雑誌等に紹介させていただくことがあります。その場合はお礼として特製図書カードを差し上げます。

前ページの原稿用紙に書評をお書きの上、切り取り、左記までお送り下さい。宛先の住所は不要です。

なお、ご記入いただいたお名前、ご住所等は、書評紹介の事前了解、謝礼のお届けのためだけに利用し、そのほかの目的のために利用することはありません。

〒一〇一－八七〇一
祥伝社文庫編集長　清水寿明
電話　〇三（三二六五）二〇八〇

祥伝社ホームページの「ブックレビュー」からも、書き込めます。

www.shodensha.co.jp/bookreview

祥伝社文庫

TAC《タック》ネーム アリス スカイアロー009 危機一髪《ききいっぱつ》

令和 7 年 2 月 20 日　初版第 1 刷発行

著　者　夏見正隆《なつみまさたか》
発行者　辻　浩明
発行所　祥伝社《しょうでんしゃ》
東京都千代田区神田神保町 3-3
〒101-8701
電話　03（3265）2081（販売）
電話　03（3265）2080（編集）
電話　03（3265）3622（製作）
www.shodensha.co.jp
印刷所　堀内印刷
製本所　ナショナル製本
カバーフォーマットデザイン　芥 陽子

造本には十分注意しておりますが、万一、落丁・乱丁などの不良品がありましたら、「製作」あてにお送り下さい。送料小社負担にてお取り替えいたします。ただし、古書店で購入されたものについてはお取り替え出来ません。

Printed in Japan ©2025, Masataka Natsumi ISBN978-4-396-35106-9 C0193

祥伝社文庫の好評既刊

夏見正隆

チェイサー91

日本が原発ゼロ宣言、そしてF15イーグルが消えた！　航空自衛隊の女性整備士が、国際社会に蠢《うごめ》く闇に立ち向かう!!

夏見正隆

TAC《タック》ネーム アリス

闇夜の尖閣《せんかく》諸島上空。〈対領空侵犯措置〉に当たる空自のF15J。国籍不明の民間機が警告を無視、さらに!!

夏見正隆

TACネーム アリス

尖閣《せんかく》上空10vs1

尖閣諸島の実効支配を狙う中国。さらに政府専用機がジャックされた！　乗員のひかるは姉に助けを求めるが……。

夏見正隆

TACネーム アリス

地の果てから来た怪物 上

欧州から小松空港を目指していた貨物旅客機が消えた。状況確認に向かったF15J搭乗の舞島茜が見たものは？

夏見正隆

TACネーム アリス

地の果てから来た怪物 下

次期日銀総裁を乗せた旅客機内で混乱が！　極秘に同乗する舞島ひかるに危機が迫り、さらに謎のF15が接近し！

夏見正隆

TACネーム アリス

デビル501突入せよ 上

台湾諜報部からの情報による、スクランブル――。超大国の陰謀宿るアンノウンとのドッグファイトがはじまる！

祥伝社文庫の好評既刊

渡辺裕之

傭兵代理店

「映像化されたら、必ず出演したい。比類なきアクション大作である」——同姓同名の俳優・渡辺裕之氏も激賞！

渡辺裕之

悪魔の旅団《デビルズ・ブリゲード》

傭兵代理店

大戦下、ドイツ軍を恐怖に陥れたという伝説の軍団再来か？　孤高の傭兵・藤堂浩志《こうじ》が立ち向かう！

渡辺裕之

復讐者たち《リベンジャーズ》

傭兵代理店

イラク戦争で生まれた狂気が日本を襲う！　藤堂浩志率いる傭兵部隊が、米陸軍最強部隊を迎え撃つ。

渡辺裕之

継承者《けいしょうしゃ》の印《しるし》

傭兵代理店

ミャンマー軍、国際犯罪組織が関わるかつてない規模の戦いに、藤堂率いる傭兵部隊が挑む！

渡辺裕之

謀略《ぼうりゃく》の海域《かいいき》

傭兵代理店

海賊対策としてソマリアに派遣された藤堂。渦中のソマリアを舞台に、大国の謀略が錯綜する！

渡辺裕之

死線《しせん》の魔物《まもの》

傭兵代理店

「死線の魔物を止めてくれ」——悉《ことごと》く殺される関係者。近づく韓国大統領の訪日。死線の魔物の狙いとは⁉